瀏陽文化叢書

枞阳文化丛书

"枞阳文化丛书"编委会编 | 丛书主编　钱叶全

枞阳民俗

鲍官明　主编

合肥工业大学出版社

图书在版编目(CIP)数据

枞阳民俗/鲍官明主编．—合肥：合肥工业大学出版社，2017．2
ISBN 978－7－5650－3265－3

Ⅰ．①枞…　Ⅱ．①鲍…　Ⅲ．①散文集—中国—当代　Ⅳ．①I267

中国版本图书馆CIP数据核字(2017)第025032号

枞阳民俗

主编　鲍官明　　责任编辑　疏利民　　特约编辑　孙南洋

出　版	合肥工业大学出版社	版　次	2017年2月第1版
地　址	合肥市屯溪路193号	印　次	2017年3月第1次印刷
邮　编	230009	开　本	710毫米×1010毫米　1/16
电　话	总　编　室：0551－62903038	印　张	21．25
	市场营销部：0551－62903198	字　数	240千字
网　址	www.hfutpress.com.cn	印　刷	安徽联众印刷有限公司
E-mail	hfutpress@163.com	发　行	全国新华书店

ISBN 978－7－5650－3265－3　　定价：38．00元

枞阳要大力加强文化建设，坚持打好文化资源牌，充分发挥名人效应，增强文化自信，将文化底蕴和名人资源转变为发展优势，推动文化大县向文化强县跨越，促进枞阳经济社会全面进步。

切实做到“三个坚持”，一要坚持以人民为中心的创作导向，深入挖掘枞阳文化时代内涵，提升方苞文学奖、朱光潜艺术奖影响力，丰富文化产品供给。二要坚持大力发展文化产业，推动文化与旅游、科技等融合发展，建成一批重大文化产业项目。三要坚持发掘提炼“枞阳精神”，增强全县人民文化素养和文化自觉，努力建设文化强县。

——选摘自中共铜陵市委常委、枞阳县委书记刘亚东在首届“方苞文学奖朱光潜艺术奖”颁奖会议上的讲话

序

做好枞阳文化创新的时代课题

罗成圣

文化是一个地区的特质和灵魂。枞阳地处吴头楚尾，滨江怀湖，有着五千多年文明史、三千多年建城史、两千多年建县史，独特的区位和悠久的历史，形成了具有枞阳特色的地域文明和文化精神。

枞阳自古就是钟灵毓秀之地，教育发达，人文荟萃，名人辈出，在“安徽百位历史文化名人”中占据11位，先后涌现出“铁骨御史”左光斗，百科全书式的大师方以智，桐城派代表人物方苞、刘大櫆、姚鼐，以及将军、外交家、艺术家黄镇，中国“计算机之父”慈云桂，著名美学家、中国现代美学奠基人朱光潜，“一代大哲”方东美等一批风流人物。当代杰出人物层出不穷，以“两院”院士汪旭光、陆大道、丁汉、王福生等为代表，分布在世界各地的枞阳才俊如大江潮涌，竞展风流。

枞阳是桐城派的发源地，桐城派的代表人物及后起之秀大多生长在这块土地上。他们师徒相传，著书立说，学术宏富，形成了庞大的作家和学术群体，蔚成“何意高文归一县，遂令天下号宗师”的文化奇观。桐城派从枞阳走向全国，影响清代文坛两百余年，南极湘桂，北被燕赵，享有“文章甲天下，冠盖满京华”的盛誉，成为中国文学史上历时最长、参加人数最多、影响最大的文派。

枞阳既是历史悠久的文化大县，又是经济快速发展的新兴地区。枞阳雄踞八百里皖江之中，位居合肥、铜陵、安庆、池州四市之间，“一带一群四区”六大国家战略叠加效应明显，区划调整后经济社会建设得到市委、市政府“五个优先”支持，已经迎来新一轮的大发展、快发展。“十三五”时期，县委、县政府将团结带领全县人民，努力把枞阳建设成为世界铜都江北副中心、合肥都市圈通江达海重要门户、长江经济带重要区域节点、现代旅游休闲养生度假重要基地。

文化包含着兼容、开放和创新。面临枞阳“十三五”发展的大开放格局，枞阳文化迎来了继承弘扬、熔旧铸新的时代课题。如何继承弘扬枞阳优秀传统文化，如何把枞阳的文化名片做大做亮，需要全球视野，需要大开放的战略，需要海纳百川的胸襟，需要枞阳时代文化的吐故纳新。毫无疑问，这需要在历史文化的根基上形成一系列创新文化体系，包括加快现代公共文化服务体系建设，实施一批文化惠民工程，提升公共文化服务供给能力；坚持以人民为中心的创作导向，深入挖掘枞阳文化的时代内涵，提升方苞文学奖、朱光潜艺术奖的影响力，丰富文化产品供给；大力发展文化产业，推动文化与旅游、科技等融合发展，建成一批重大文化产业项目；大力弘扬社会主义核心价值观，发掘提炼“枞阳精神”，增强全县人民文化素养和文化自觉，努力建设“文化强县”等。创新是枞阳文化的灵魂。只有不断创新，才能保证枞阳文化的生生不息，才能将文化优势转变为枞阳的发展优势。

正是在这样的背景下，“枞阳文化丛书”第一次较为系统地梳理出枞阳历史名人、古代诗文选、当代文学及剧本、民俗风情和非物质文化遗产等精粹。这套丛书的出版，既是枞阳文化建设的一大成果，又是继承和发扬枞阳优秀传统文化的重要媒介。希望更多的有识之士参与到发掘、研究和弘扬枞阳文化的行动中来，续写无愧于先贤、无愧于时代、无愧于后世的文化新篇。也希望“枞阳文化丛书”作为一个文化创新品牌，在彰显枞阳文化自信、发展自信上，形成文化创新系列和出版系列，坚持不懈地锻造文化佳作，输出精品力作，传播正能量，引导大潮流，展示枞阳文化永恒的魅力。

枞川文明生生不息，枞阳精神薪火相传。感谢枞阳大地，感谢枞阳人民，让我们共同仰望这片土地上的灿烂星空。

（作者系枞阳县人民政府县长，“枞阳文化丛书”编委会主任）

编选说明

鲍官明

汉文化大背景下的民俗大同小异，比如除夕、春节、元宵节、清明节、端阳节、中秋节等。但由于地域的差异和时代的进步，各地大体相同的民俗有了不同的特点，尤其不同的个体，对于同一民俗的体感又各不相同，因此形诸笔端，显得多姿多彩，活色生香。

长江之滨的枞阳县，土地面积百万余亩，人口近百万，汉代即置县，物产丰富，民风淳朴，人文积淀深厚。而随着时代的变迁，很多民俗及物产正在悄悄地发生变化甚至逐渐消亡。为了记住历史，方轨前秀，垂范后昆，是以编辑出版枞阳元素的民俗显得尤为重要。

过去，是一面镜子，可流逝得最快的，总是最美的时光。人们在感叹“年”越来越没有味道，风味土特越来越没有特色的同时，总是喜欢回望，去寻找童年时候的年，寻找小时候吃过的那些终生难忘的土特产，穿过的一双布鞋，住过的合六间……而这些，都能在枞阳民俗美文里重温。这是一本从四时节令、婚嫁庆生、衣食住行、风味土特等四个方面介绍枞阳民间习俗的精美散文集。每一篇散文，都是一幅精彩的枞阳民俗图画，而整本书呈现在读者面前，就是一幅完整的枞阳民俗风情画卷。童年时悠长的“年”味，脆生生的炒米糖，甜糯的糍粑，热气腾腾的晃面，黑黝黝的豆瓣酱，拉塘鱼时小伙伴们在岸上飞奔的身影，杀年猪时人喊猪嚎的场面，工厂里分钱分米分鱼分肉时喜悦的心情，五月端阳清香的艾草……曾经熟稔的场景和物事，一一呈现。本书认真遴选了四十位枞阳本土作者八十余篇关于民俗的精美散文，这些真情流淌的文字都是非常珍贵的民间文化遗产，不经意间，唤起人们内心深处的乡愁，读起来如饮一杯陈年的老酒，品一盏新上市的香茗，令人齿颊留香，回味绵长。

与其说这是一本关于枞阳民俗的书，不如说这是一本枞阳民俗美文集。本书并非简单地罗列纯粹的民俗，而是赋予了民俗以情感与生命。文章既有细节描摹，又有抒情笔调，更有作者亲身经历的美好体验。让读者在阅读中去体味民俗、感知民俗，从而打开记忆的闸门，重温少时的纯真与艰辛，获取温暖与感动，领悟快乐和幸福，在越来越快的城市化进程中，找到些许慰藉和温馨。

2016 年 5 月 8 日

目录

第一辑 四时节令

我的乡村我的年

章乐飞

一

对乡村的记忆，刻痕最深的应该是过年的点点滴滴。那做工精细的年货，那千层底的新鞋，那鲜艳光亮的花衣，那醇厚质朴的乡情，那浓郁悠久的民俗，那红红火火、热热闹闹的时光……好似春晚，胜似春晚。在那物质匮乏、文化娱乐枯燥的岁月，把过年这幕大戏演唱得那么圆满、激越、昂扬，还真要感谢我们的母亲。她是演员，是导演，是策划，是总指挥。厨房锅灶是她展示技艺的舞台，锅碗瓢盆是她擂鼓助威的道具。那一曲曲，那一幕幕，怎能忘记？

二

晚稻收割入仓，小麦、油菜等秋季作物的种子入土，就是乡村冬闲的日子了，但乡村女人却分外的忙碌，伸手所触，张嘴闲聊，都是有关过年的活计。“准备哪些年货？做了多少？”年的序幕在农历十一月的乡村渐渐被拉开。

所谓年货，不是现在在商店里购买的金碧辉煌、洋味十足的高档食品，更不是上品烟酒或珍稀海味，而是家庭主妇把五谷杂粮经过蒸、煮、晒、炒等烦琐工序制作而成。什么粳米、糯米、黄豆、蚕豆、山芋、玉米，在母亲灵巧的手指上，在冬日温暖的阳光下，在灶台红艳艳的铁锅里，如顽石通巧，变成玲珑剔透、温润光洁、内涵灵气的炒米红团团；变成方方正正、规规矩矩、薄如瓷片的炒米糖、山芋角儿；变成红皮如瓣衬托、肉质似棉绽放、状若梅花的六谷泡儿……

“看似寻常最奇崛，成如容易却艰辛。”有谁清楚乡村主妇为欢度新年把清贫如水、苦若黄连的日子烹煮得喜气洋洋、红红火火而流下了多少辛苦的汗水、酸涩的老泪？

炒米是年货的主打食品，俗称冻米。它是由糯米、粳米通过蒸、晒、炒等几道工序制作而成，工序多，时间跨度长。如今，年轻的主妇嫌它制作麻烦，掏几个钱在市场上买，再也不愿摆弄这种传统的方法了。因怕失传，不妨细说。

饭甑，最原始的烧饭工具。几千年农耕饮食文化的器具，就在现代快餐饮食的大潮中这么烟消云散了。若是寻得，该是古董。饭甑是木质材料，空心，圆柱形，壁厚一厘米左右，高不过二尺，底径一尺有余，有长条形镂空间隙，起漏水通气作用，有木盖。听母亲说，我家的饭甑是奶奶陪嫁时的嫁妆，平时闻闻，都散发着米的清香呢！

年底，饭甑就在女人的手上擦得圆润光洁，敲打得咚咚作响。从东家传到西家，从李家传到王家。最喜气的是小孩子奔走相告：我家要蒸冻米啰！那声音在村庄上空飘扬回荡，这是年事开场的锣鼓声。年，在引人驻足观望。

母亲先将糯米或粳米过筛，把碎米剔出，将长腰腰、圆滚滚的囫囵米放在清水里浸几个时辰后淘洗干净。把圆柱形饭甑竖立在饭锅里，再把干净的米粒倒入饭甑。锅内放水，淹没饭甑底即可。灶膛内大火燃烧，当锅内水沸腾片刻，可取秤杆在饭甑内的米粒上直插三五个眼孔，好让锅内的蒸气上行，米粒易于熟透。此时盖上饭甑盖，就不能轻易揭盖了。大火，一鼓作气，直至熟透。若判断有误，过早揭盖，米粒夹生，再想蒸熟，既耗柴火又很难了。米粒夹生的冻米在炒成爆米时，也不易炒熟，待炒熟时，其他米焦了。色、香、味皆损，似乎是一年的喜气都逊色三分。年轻的媳妇持家，操纵这活儿，还找来大嫂、大娘观阵，掌握火候，以防夹生呢！

蒸米饭熟了，母亲会盛上几碗，送给左邻右舍，让孩子尝尝新。一碗米饭，一路米香，一辈子亲亲热热、和气绵长。

米饭蒸好后，倒入簸箕里摊开。在屋内阴凉两日，若是河水结薄冰的气候最好，蒸米也有微冻状，用手轻揉，粘连在一起的全散开了，一粒一粒的，如珍珠般晶莹透亮。母亲在门前的晒场上架竹席、簸箕，晒上七八个日头就干了。此曰：冻米。只等爆炒生香。

三

米面、挂面是精粮，是细食。在那粮食紧缺的年代，不做事的娃能吃一餐面食，犹如北方的孩子看见长江、南方的孩子登上长城一样心顺气畅。沿江流域小麦收成不多，且是春荒季节，吃一顿面糊糊，麦麸都舍不得筛尽，哪舍得吃这种精品。但新年的初一早晨吃炆蛋或鸡汤下面，是家家必备的。那吃的是乡村习俗，吃的是长命百岁，吃的是通泰祥和，吃的是愿景希望。

米面，又称烫米面。是把粳米、籼米的碎米掺点糯米在水里浸一个日夜，淘干净，兑水磨成汁液状的米粉浆。做烫米面时，要用白铁制的烫面盘两只，烫面盘长一尺有余，宽近一尺，四周沿高两厘米左右，两头用细铁丝串着，可用手提着放入锅内或从锅内拎起。烫面时，铁锅盛水，水抵烫面盘底为宜，将水烧开。烫面盘内滴一二滴香油，再将木盆内的米粉浆用小瓢舀入烫面盘内，把烫面盘上下、左右倾斜，让米粉浆均匀地流淌在烫米盘四周。再将烫米盘放在锅内的沸水上，盖上锅盖。片刻即可提起，然后把另一只盛放米粉浆的烫米盘放上。旋即用铁勺柄在提起的烫米盘四周画一圈，将烫面棍（即擀面棍）架这盘上，双手将薄如白纸的汤面贴上烫面棍，置放竹席或簸箕上。又把另一只烫面盘提起，如此循环往复，二三十斤的碎米磨成的米粉浆要大半天的功夫才能结束。

最后几盘，主妇会在盘子上撒上白糖或红糖，卷起，成筒状，送给邻里，趁热吃，香、甜、糍、糯、软。美味，这就是原汁原味的乡村美味。现在哪里寻得？亲眷礼往礼，邻家嘴（方言读叽音）换嘴。千年乡俗，演绎的是有福同享、有喜同乐的淳朴乡风，满村子都弥漫在米质的清香中，沉浸在要过年的氛围里。这薄如白纸的汤面阴凉一个晚上，微硬，卷成筒状，压扁，用刀切，即是面皮相叠的椭圆形状，在太阳下晒几日，散开，即是十多厘米长、不足厘米宽的白白净净的白米面。

挂面不是人人都会做的，像砖匠、木匠一样需拜师学艺，会者，称“挂面匠”。秋尽，冬至。山里的或洲上的换挂面的师傅就到圩上的村庄大声吆喝：小麦换挂面——啦！又细又白的挂面——啰！那是婆娘的事，儿子娶亲要挂面，女儿出嫁要挂面，做屋上梁要挂面，老人仙逝要挂面……我们小孩子不围观，喜欢听这声音。一听这慢条斯理的声音，胃就蠕动，舌就生津，大年初一鸡汤下挂面的味道太诱惑人啦！

我们生产队那时也有挂面坊，只给本队的社员加工挂面。师傅开张做挂面，我们早上放学经常绕道路过，看师傅盘面条的样子，如玩魔术，不可思议。有时还能得到一个小面团，回家埋在火钵里，焐成焦黄状，剥去焦皮吃。有筋道，嚼劲十足，都舍不得吞下。

那一缸面团团，是头天晚上将面粉放盐、兑水揉成硬实、柔软有度的面团团发酵。第二天早起，将这发酵的面团揉成薄片分成条块，搓捏成绳状上筷，储存在土坯砌的保温、保湿的箱内。一两个小时后取出上架，挂面架顶端横梁上的小孔间隔插满后，师傅手握下悬的挂面筷，双手一拉一抻、一扯一放，面条伸伸缩缩，缩缩伸伸。师傅反复运作，有筷粗的面条绳就如丝如线，伸缩自如。当如线状的面条有丈把长时，师傅就把手中的挂面筷插入挂面架脚上的横梁小孔里。一架架挂面架在晒场上晾晒，有斜拉状、有直拉状，似帘，似网。看着都让人生怜，生怕折断，毁了它细细匀匀、白白净净的身子。当挂面有七分干，三分湿时，再将挂面架下端横梁的挂面筷抽出，挂面筷调头插入挂面架上端横梁的小孔里，挂面即成对折状悬挂。下架，放入竹篮，吊在堂心的屋梁下，看着是念想，想着是希望，日子像挂面一样光洁清爽、柔韧绵长。

四

冬日，暖阳，雪化，霜融，疏朗的树木，毗邻的村舍，缥缈的炊烟，村庄是一幅素净的农家风物画卷。翻开，闲适中透着勤快、繁忙的气象，宁静里呈现着舒适、欢悦的神韵。弥漫着年的味道，浸润着年的香醇，昭示着年的脚步愈走愈近。

家家户户的晒场上，架放着竹席、竹帘、簸箕等器具，上面晾晒着洁白晶莹的冻米，细腻雪亮的米面，整齐有序、黑白相衬的鞋底鞋帮。

就树丫、就墙壁横置的竹篙或绳索上，挂着色彩斑斓的床单被套，白的、蓝的、黑的洗得泛白的褂子裤子，阳光静静地洒在上面，散发着米汤浆渍的米香。暖，熨帖着心胸。也有挂着的是腌鱼、腌肉、腌鸡、腌鸭，醇厚浓郁。香，涌动在鼻孔。

向阳的屋檐下，是三个一群，五个一帮的姑娘、大嫂、老媪，手上舞动的是针线，是鞋底、鞋帮、鞋样。鞋样是纸剪的，一双端庄美观、精致新艳的鞋样，就会在女人的手上传来传去。说它的长与短，肥与瘦，放大与缩小。这是村庄流动的风景，女人心中的蓝图。她们会小心翼翼地把鞋样剪拓下来，盘算着怎样纳底缝帮，怎样穿针引线。想象着父母、丈夫、哥哥、弟弟穿着崭新的千层鞋迈出新年的门槛、踩风踏雪的模样，心漾甜蜜，眉露欢畅。若是脸腮微泛酡红，那鞋样一定是为心上人准备的，手握鞋样不由自主地轻贴心口，眼望远方……

荒年饿不死手艺人。那时乡村靠手艺吃饭的人不多，若精通一门技艺，则特别吃香，胜过一村之长。每到年底，手艺人的吆喝声，在村庄此起彼伏：

“补锅——敲洋铁鼓——啦！”旧的、有裂缝渗漏的饭锅要补好，以备不测，偏僻村庄离集市远着呢！白铁皮做的箱子，装炒年货类的食品极妙，不易通风氧化。悠着点，到插秧时还能嚼嚼，咀嚼年味，奔日子的劲头更足。

“磨剪子——哦——铲菜——刀啦！”替心上人纳一双千层底的鞋，要一把快剪子铰边。那是剪去糟粕，剪去杂念。“铲刀”是师傅用一种扁形的钢钻把菜刀口铲薄，火花还在菜刀口上跳跃着呢！我们小孩子瞪大好奇的眼睛：硬与硬的撞击，产生激越亢奋，演变新生。刀刃雪亮锋利。女人更聪明，看着，就有悟性：日子要用雪亮的菜刀去打磨，就透明亮堂。

“修伞——啰——补靴子——啊！”过年若是下雨的天气，最煞风景，热闹逊色三分。人生不如意事常有八九，何况老天操纵。但谨记：晴带雨伞，饱带干粮。这是我的乡村父老最朴素的忧患意识。雨天，初一初二，出门拜年的男男女女穿着雨靴，打着雨伞行走在村庄小巷，阡陌小路上，又是别一番情趣。

“鸡毛、鸭毛、鹅毛换针——换线——啊！”

咚、咚——咚、咚！咚、咚——咚、咚！

“鸡肫皮、牙膏皮——乌龟板子——鳖壳！换针——换线啊！”

咚、咚！咚、咚！

挑货郎担的一边拖着腔调，一边用手摇着鼓儿，这是村庄的画外音，这是偏僻乡野的千年商贸图。一声吆喝，一阵鼓响，麻雀飞到树梢叽叽喳喳地欢叫，三岁稚童手握牙膏皮屁颠屁颠地跑，八十岁老奶奶踮着清末的小脚张望，十八岁的大姑娘扯一截红头绳、手握发辫……

砖匠、木匠、裁缝更是忙碌。

记得我的邻居王大爷是裁缝，一到年底就是他的忙月，很难见到他的人影。白天他到人家上工，晚上很晚才回家，到家还要加班加点，每至一觉醒来，还听到“嘟嘟”的缝纫机的跳动声。王大爷若是第二天到哪家上工安排有错，一架缝纫机就会被两家雇主抢来抢去，争吵不休。我总是在这样的争执声中让人吵醒，不恼，嘴角不由自主地泛起微笑。吵闹越凶，离过年的日子就越近。

五

一眨眼就是腊月。

虽是数九寒冬，冰霜铺地，但村庄蕴藏着灵性朝气、生机活力，彰显着英姿焕发，春心萌动。

池塘瘦了，河水静悄悄，似乎在等候着村姑、村妇的相约，等候棒槌击打的跃动；草枯萎了，耷拉着脑袋，窥视村庄人家“春”的大红喜字的张贴，聆听村庄里的爆竹声声，它就可以穿上翠绿的新衣手舞足蹈了；树叶落了，但树干、树枝汁液汹涌，热血沸腾，昂着胸、伸直着腰向村庄眺望，春到，为春节喝彩！为春日鼓劲！

麻雀扑棱一声飞出屋檐，落在树梢，观望东方红红的云彩。

最先把麻雀吵醒的是我的母亲。她已把昨天洗净的几竹篮萝卜切成块状，倒在大盆里的木砧板上，双手抡起菜刀，一起一落，一落一起。咔嚓轰隆地响，似擂鼓。块状的萝卜碎了，只有黄豆粒般大小，把这拂下，又把块状的萝卜拢到砧板上，双手握刀，就这么一起一落，萝卜碎了。大点的不过黄豆，小点的只有米粒，俗称萝卜籽。这是过年做米粉萝卜粑、萝卜圆子的主要食材。过年，图的就是团团圆圆，哪一家不做一些，吃一个正月。

萝卜、米粉在乡村是寻常之物，没有物稀为贵之身价。但在母亲精心调配下，它们的完美组合不光是充饥的美食，也是延续农耕饮食文化的力作。哪像现在的早点，虽然品种繁多，但张嘴就让人生厌。

它的独到之处当在它原始的、烦琐的制作过程中。

米用籼米、粳米皆可。先把米在清水里浸三五时辰，淘干净，淋去水，在石臼（也称石凼）里用石锤压碎。石臼，是二尺见方的麻石，从一方镂空，镂空的底是椭圆形，口呈方形。底小口大，可装五六斤谷物。石锤一头圆形球状，另一头方形，有一方形榫眼，插进手握粗的木棍，称石臼锤。把米放入石臼，手握石锤柄，举起石锤向盛米的石臼用力砸下，一下，一下……米成齑粉。再用纱筛（筛眼只有针尖粗）筛下，筛下的粉末方称米粉。大一点的粉粒倒入石臼，继续操作。

“田家秋作苦，邻女夜舂寒。”这是李白夜宿五松山下看到的舂米图，听到的舂米声。那是把稻碾成米的舂米声，是凄凉的，是悲苦的。

又是一个千年，我的乡亲父老为了过年，为了过年的欢欢喜喜、团团圆圆，在村口的石臼旁，用我们祖先最先进又最原始的方法把米碾成米粉，烹煮美食——米粉粑、萝卜圆子。抡起石锤的是男人，他蹲着马步，手抓石锤柄，双臂用力，把东乡武术的门道与日常的农事结合得天衣无缝。十几斤的石锤变成几十斤的重力落在石臼里，一下，一下。筛粉的是女人，一手紧扣筛箩圈，轻扭手腕，360 度旋转，另一只手轻敲筛箩圈，不紧不慢，不急不躁……月光下或是太阳下，雪白的米粉相衬着红扑扑的脸颊，是那么闲适自然，那么和谐和气。

米粉娇气得很，要细心呵护。紧接着要晒干，要炒熟。炒米粉时小火慢摇。用草把烧，火势强弱易于掌控。锅铲在锅里翻拌米粉速度要快要匀，不能让米粉粘锅而焦黑。米粉炒至微黄即可，如我母亲说的半生不熟的就是上乘。米粉粑、萝卜圆子的好吃、不黏牙、细腻柔软，大概就在炒粉的技艺上。

原汁原味的食物当是传统的原始的手工制作而无须五花八门的佐料，这米粉粑、萝卜圆子即是。记得母亲把适量米粉、萝卜籽倒入木盆，撒上切碎的大蒜叶，放盐兑冷水，搅拌，干湿有度，不沾不粘。抓一粉疙瘩在手，用手指把粉疙瘩向一起拢捏，再用双掌心快速旋转，乒乓球般大小的萝卜圆子就端端正正地摆放在竹筛里了。白呈微黄，一二瓣青绿的蒜叶点缀其上，看着，是一副憨厚敦实的模样，怎不让人喜欢？

米粉粑身价要昂贵得多。它是将萝卜籽、豆干、大蒜放油炒熟做馅，若是再加瘦肉则是富得流油了。米粉也用冷水调和，把粉疙瘩团成球状，后捏成碗形，装入馅，拢捏封口，双手心旋转成圆球，再双手轻压轻拍。米粉粑——五指可罩，圆心微鼓，周边如刀锋，其馅不露，那技艺可谓是炉火纯青。儿时一粑在手，焐着，那热量传身，就觉得通身舒畅。

蒸粑也有门道。先把铁锅烧红，在铁锅周围浇一点香油，把粑从锅心放起，有序排列至锅沿，然后把萝卜圆子倒在上面，按上锅盖。大火旺烧，当锅内冒出哧哧声，用水瓢从锅沿旋转一周浇水，用毛巾覆盖在锅沿周围，以防热量散发。大火，小火，焖。掌控火势，以贴锅的米粉粑不焦黑为顶上功夫。

蒸熟的米粉粑、萝卜圆子放在纱布垫好的竹篮里，吊在堂心屋梁下的铁钩上。油炸类的鱼圆子、肉圆子也放在上面，胜似现在的冰箱，可储存一个正月。要吃，随取随烧，很是方便。那时，小孩子嘴馋，望着竹篮里的萝卜圆子，如小猫盯着腌晒的鱼肉总想弄一点吃吃，趁着大人不在家，偷吃萝卜圆子的事时有发生。隔壁的小巴货就是在凳子上架凳子，偷拿竹篮里的萝卜圆子，不慎倒地，摔断了腿。虽然及时医治，但还是留下微残，走路一拐一拐的，人们由“枞阳大萝卜”而戏称他“萝卜腿”。现在说起，还为那时过年贪吃的趣事而忍俊不禁。

六

腊月是安静祥和的，是冬藏内敛的；腊月是热闹繁忙的，是张扬甜蜜的。鼻翼翕动，舌尖咂唇都是甜丝丝的味道——空气里都浸润着糖的成分。你看，谁家屋顶的烟囱从早到晚都冒着或浓或淡的青烟，谁家的厨房窗口一直向外涌出或密或稀的雾气。那一定是谁家的主妇在灶屋里忙着熬糖了。

熬好的糖称为糖稀，有山芋糖稀和米糖稀之别。我家人口多，口粮紧缺，一直用山芋熬糖。熬糖这天，母亲深夜两点就起床。先把已经洗干净的山芋放在锅里烀熟，熟后兑水压碎，成糊状，再加入碾碎成粑状的麦芽（小麦催生有芽、有根，用棒槌击打成饼状，浸水散开），搅拌均匀，在尚有余温的铁锅里焖一二个时辰。天亮后，把糊状的山芋装入布袋搁在大木盆的木架上，用双手在布袋外挤、捏、揉，汁液流入大木盆。这样反复数次，把汁液榨尽，只剩下麦芽渣、山芋渣的混合物。再把大盆里的浆状汁液倒入铁锅煎熬。刚开始时，灶台上的两口大铁锅、两只吊罐都装得满满的，有的还用木盆、洗脸盆另装着。随着灶膛内的烈火燃烧，锅内汁液翻滚沸腾，水汽蒸发，汁液状的糖浆水分就渐煮渐少，再把其他容器内装的汁液倒入锅里。时过中午，整合在一口大铁锅里的浆水渐有糖分，用竹筷蘸点，有黏性慢慢滴落，放到嘴里比红糖还要甜呢！这糖原汁原味，如蜜。待到傍晚时，只有大半洗脸盆的量，方为糖稀。用瓦钵装着，厚墩墩，亮晶晶，表面金黄。有这么一钵糖与五谷杂粮搭档，年的味道就更甜了。

腊月二十四后不能烧红锅。这是老人传下来的，是乡风是乡俗。大概是灶神二十三送走了，在灶台上炒制大宗年货，没有灶神保佑，怕惹火烛。再者老祖宗也接回家过年了，你还在家轰隆稀拉地穷忙，扰乱了老祖宗过年的心情，是对老祖宗的不恭吧！

年向腊月二十四靠近了，赶快炒米炆糖吧！炒米即是炒冻米，并非就此一项。有六谷子（即玉米）要炒，蚕豆、黄豆要炒，南瓜子、葵花籽要炒。当把所有的年货炒结束，日头临近下山了。忙，真的很忙。紧接着就是炆糖，腊月的夜都是甜蜜的，小孩子已经高兴得合不拢嘴了。

炆糖，就是把前几天熬好的糖稀用锅铲挖出适量放入锅里用文火融化，倒入适量的炒米，撒点事先切碎的姜末，搅拌均匀，装入烫屉，用斧头锤结实，再反扣于桌面。用菜刀切成方片糕状的长方体，再切成不足一厘米厚的片片，此为炒米糖。经济宽裕、吃喝讲究的家庭在炒米里掺和一点芝麻，做出的炒米糖则更香，口感更妙。那时我家炆糖也做点芝麻糖、花生糖、黄豆糖，这些糖我们小孩子是没有大口到嘴，只能吃点尝尝。那是来客才放一点在茶盘里，招待客人，客人也很少吃，只是摆设，充充面子。客人一走，母亲又小心地收藏好待来客再用。到过完正月，大概没有贵客来了，母亲才分给我们小孩子吃。

磨豆子，做豆腐，炸生腐，我们小孩子不围观，也不敢围观。做豆腐很有讲究，若是豆腐做得不好，主妇会生气，小孩子就是出气筒啦！

杀年猪很热闹。帮忙的、围观的，里三层、外三层的。三五个劳力把猪按在木凳上，杀猪师傅一手掐着猪的一只耳朵，一手用白亮亮的尖刀刺向猪的心脏，真是“白刀子进，红刀子出”，血向四周喷溅，再汩汩流到木盆。家庭主妇很高兴，一刀见血，预示来年日子红红火火，牲畜兴兴旺旺。

杀鸡宰鸭是腊月二十七八的事情，小孩子更是盼望心切。红艳艳的公鸡毛，是做毽子的必备材料，小心收集放在书里压着，似现在书里压着的植物标本。过年时踢毽子，不但小孩子喜欢，大人也会蹦几下，既暖和身体，又舒张心情。你看“撇人在眼前，卖俏在脚尖。翻来覆去一似风前燕。这身边，方才着脚，又到那边”。一道靓丽的风景，把年舞动得热火朝天、生机蓬勃。

七

腊月二十三，送灶神。鞭炮的噼里啪啦声在村庄此起彼伏，纸钱烧尽的灰片在村庄漫天飞舞，祭祀的烟火让村庄有片刻的肃穆、宁静。忙碌的主人伫立厨房，似乎心事重重地目送灶神上天。

我们小孩子不管这些。三个一帮，五个一撮，东家瞧瞧，西家看看，虽不知个中滋味，但可得到灶王爷上路后吃剩下的米糖、花生、炒黄豆，还可捡到引线脱落未炸的爆竹。嘴里吃着，衣袋里装着，双手捧着，乐呵呵地满载而归，满身都缠绕着年味。

父亲不信这个，母亲怎样送灶神看来也是草草了事，记得不是很清楚。有一年，看到外婆送灶神是那么细心，那么虔诚。对灶王爷似乎特别恭敬又特别害怕似的，还神神叨叨地默念着什么。她用五个碟子放在一个大木盘子里，把木盘端端正正、稳稳当当地置放在灶台上，每个碟子里年货的种类、数量相等，摆放的方式都一个样。然后用铁畚箕在灶膛里取一畚箕青灰从灶台脚撒到大门口，有一尺宽，厚实均匀，真似一条弯弯曲曲的公路。我不解其故，接二连三追问，外婆不语，用手直摇。多年后方才知道，那是通向仙界的路，是灶王爷向玉皇大帝汇报工作情况的官道。外婆走得很早，没赶上看电视这新鲜玩意儿，她若从电视上看到现在的楼堂馆所用红地毯铺在大门前的地上迎来送往，外婆一定会扯两尺宽、几米长的红艳艳的地毯铺上，让灶王爷不染俗尘，不接地气，以示对灶王爷的敬畏。

草纸点燃，鞭炮炸响，外婆磕头、作揖，这才将灶台壁上贴的灶神图像撕下放到点燃的草纸上燃烧。一瓣瓣白色的灰烬飘起，顺着外婆铺的小路飘过，一刹那间闪过堂心的大门，飘向寒风嗖嗖的天空。

灶王爷送走了，父母对小孩子的管束似乎也松点，备足的年货多少也能尝点。小孩子说、笑、打、闹，父母也无所顾忌，由着孩子的性情疯玩，似乎这样的一户人家才显得有“人气”，让接回家过年的老祖宗看着一个劲地“乐”呢！

腊月二十四是过小年，是接祖宗回家过年的日子。这一天，在我们生产队，我家最热闹。人来人往，川流不息。有带小孩子的，母亲会端来年货给他们吃，父亲一边陪人聊天，一边用他们带来的红纸裁成条幅书写人家接祖宗用的“牌位”。记得有一年，父亲把自家的“章氏历代祖宗之神位”写好贴上，也把全生产队二十几户人家的“牌位”写好放着，忙着出门办事去了。父亲刚走，邻居王大爷就拿着红纸来了。母亲说：“小孩子父亲写好了，你随意拿吧！”王大爷见是清一色的“历代祖宗之神位”的字样，说：“这和你家的不同，没有写上‘王’姓的字，怎么行呢?”王大爷说不行，吴家、李家肯定也不行。待父亲回家，太阳快要落山了，父亲向他们解释：“这样写可以，贴在你家就是你家祖宗牌位，贴在张家就是张家祖宗牌位。现在省两个字，我不在家，是怕你们拿错，那才是笑话呢！”他们还是说不行，这是对祖宗的不敬、不孝。父亲拗不过，只好重写。

现在想来，虽觉温暖，更觉悲凉。如今，这样的“牌位”没人再写了。读书的，远走他乡，不读书的，只会张口不会动笔。更何况，这偏僻的乡村，寻一支毛笔，一瓶墨汁，都是如寻古董了。现在的“牌位”是木板雕刻的，又近似复古，但不是自家请木匠做的，是市场买的，户户通用。我秉性执着的乡亲父老，他们大多隐居仙境，不知知道否?

二十四接祖宗，父亲很认真。晚饭前，父亲早早地把堂心的大桌搬开，两把大椅子放在上首，把大桌子、大椅子、茶几擦得干干净净。母亲把煮好的鸡、鱼、肉还有生腐什么的五碗菜摆在桌上，大公鸡卧在碗里最显眼，脖子是伸直的（竹签在里撑着），头昂着，鸡冠红艳艳的，似乎还要为过年再乐一次，唱一首歌哩！酒杯三个，茶杯三盏，新筷子三双，父亲为老祖宗斟酒、倒茶。一切就绪后，父亲在屋角烧纸，在屋外放鞭炮。父亲磕头、作揖最规范。先牵牵袖口，拉拉衣角，掸掸拍拍身前身后的灰尘，像电视里类似的镜头，程序一道都不少。看他磕头有板有眼的模样，我直想笑，平时那么严厉严肃，一副唯我独尊的派头，我们兄弟做一点错事，就罚跪在青石板上，今天你也向老祖宗磕头下跪了吧，还那么点头哈腰。我抿着嘴，才没笑出声来。母亲教我们小孩子磕头，还唠唠叨叨地说些吉利话，许下新年的愿景，祈求祖宗保佑。

祭祀祖宗结束，父母把酒杯、茶盏、筷子移至茶几上摆放，到正月十六“送祖”后才把这些器具拿走。说是老祖宗在家过年，不能让他们饿着，这样他们可随时能吃点喝点。母亲把鸡、鱼、肉类的大菜端进碗厨收藏好，待祭祀日再用。

过小年的年夜饭比平时要丰盛得多。母亲会生炭炉子（俗称突炉子锅，近似现在的火锅），无炭可燃，是几根木棍柴在燃烧，烟熏火燎的，呛得人眼水直流，咳嗽不断，但一家人的食欲不减，乐趣不衰。小孩子趴在桌沿，筷子在锅里寻找，为那一筷头子解馋的美食菜肴，那眼睛似乎都掉到锅里去了。锅是铝锅或陶钵类，里面烹煮的是白白的豆腐、青青的白菜、黄黄的生腐。它们相拥相煎相熬，或显或没，或躲或藏，沸腾不已，热热闹闹，怎不让小孩子心生喜欢，馋嘴先尝？屋内雾气弥漫，一屋子温暖似乎要把土坯墙胀破，温暖了门前的晒场，温暖了宁静的村庄。

这一夜户户灯火不熄，亮至天明。真的是在恫吓黑夜里的魔鬼，威慑远古的年兽？儿时，望着这如豆的灯火，异想天开，思绪飞翔：灯，夜夜都这么亮着，不就是天天过年，时时温暖，日日温饱？

八

大年三十，这是一年中最忙碌的一天。但不是播种布谷、抢收抢种那种黄汗淌、黑汗流的忙；也不是那种抢季节、抢晴天，没日没夜，争分夺秒的忙。这一天，每家每户都在主妇的安排下，从从容容地忙，欢欢喜喜地忙，说说笑笑地忙，乡下人说这是在忙吃。

在小河边、在池塘边，三五成群的嫂嫂、姑娘在张家山前、李家山后闲聊，灵巧的双手在刺骨的水面上娴熟地摆弄着什么。洗衣捶被，洗菜淘米，洗碟擦锅。她们是在擦洗岁月的污垢、擦洗心灵的邋遢，清清爽爽地过年。

在门前的晒场上、在房舍的屋檐下，老人、小孩坐在小板凳上，细心地分拣各种蔬菜。这是男人或主妇趁着寒露在自家菜园摘回来的。大蒜、小葱剥去枯瓣，剪去根须；青菜、白菜扳开叶柄，剔去枯叶；菠菜、芹菜抖落杂草，清除泥土。三五岁的小毛孩也不安分，拿着这棵瞧瞧，那棵看看，说要做上记号，晚饭时是我吃的，别人不能乱动。

老母狗也趴在一旁，曲着前腿，伸直后脚眯合着双眼酣睡。它很清楚，它要在大年三十的夜晚陪主人守夜呢！

小花猫在向阳的草堆旁蜷缩着身躯，绿得发亮的眼珠在骨碌碌地转。它肯定在盘算：主人精心调制的佳肴，如何捷足先登偷得一份羹，也享受一餐美食。

男女主人坚守厨房，男人随女人的指挥棒转来转去、东奔西走。男人一会去锅仓升火，一会去池塘挑水，一会去水井旁磨刀，一会去院中劈柴。你看他笑呵呵的嗓音能把屋顶上的青瓦震得咔嚓作响，咚咚的脚步声把大地震得摇摇晃晃。

女人围着围裙，捋着袖子，一会儿手握菜刀剁肉、剖鱼；一会儿手握锅铲炒菜、炼油。锅碗瓢盆叮当，刀铲筷勺脆响。蒸、烹、煮、炸、炖、炆、烀，十八种套路老练娴熟，十八碗佳肴色艳味香。

年夜饭，年复一年的年夜饭哦！让女人烹煮得清新别致，醇厚绵长。

这一天，我家更忙。年夜饭都是母亲一人张罗，父亲为全队的二十多户人家写对联。大清早的，大伯大妈就把红纸送来了，父亲根据各自的交代，在红纸背面写清楚。匆匆地吃过早饭，就忙着裁纸写字。记得小时，三十的清早，父亲就把我从被窝里叫醒，让我磨墨。墨磨黑了，匀了，倒进碗里，再接着磨。也许是盼着吃年夜饭吧，小手冻得像红虾似的，也不觉得冷，兴趣极浓，干劲十足。当父亲说足够了，才肯罢休。父亲悬腕写字，我伸手牵纸。红纸黑字隐现着浓浓的年味，蕴藏着红红的喜气。父亲有时在联书上寻章摘句，有时也即兴乱涂。1974 年春节，父亲在哥哥的房门上贴的对联是“虎向茂林蓄志；燕喜暖屋争春”。多年后方知，属虎的哥哥，在这虎年突破重重阻力，有幸被推荐上大学深造。想必那一年的年夜饭，父亲一定是开怀畅饮，醉意蒙眬。

20 世纪 80 年代，村庄里赌博成风。我一堂兄父母逝世早，又因儿时得过“天花”留下一脸的麻子而未成家。染上麻将后，没日没夜地赌，过年过节地赌。父亲总是在麻将场上把他请回家。后来嗜赌如命，整日不归，输光积蓄，陷进债坑。父亲数次相劝，但他恶习难改。有一年春节，父亲也赌气在他家大门贴上的对联是“麻脸麻心；赌钱赌命”。堂兄本来对麻脸就很忌讳，为避赌友“麻脸麻心”的嘲笑戏弄，真的戒赌，再不打牌了。

红彤彤的对联贴上，年夜饭就开始了。

请祖宗不能忘。祭祀的烟火在村庄弥漫，祭祀的鞭炮声在村庄此起彼伏。如豆的灯火越过窗户射透夜幕，似乎要把刺骨的寒风拒之村外。屋内暖意融融，亲情浓浓。小孩儿如猴跳跃，站在火桶里，一双筷子早就瞄准了糖烧生腐（即红烧肉）。这是家乡传统饮食的名菜、大菜，婚丧喜事的酒宴不能少。枞阳项铺镇的生腐史上有名，现在周边的城市还很畅销呢！红烧肉中的生腐更有嚼头，一块生腐到嘴，轻吮汁液，润舌头，洇咽喉，甜到心里。小孩子舀一勺汤汁倒进酒杯里，是酒，举杯，向爷爷奶奶敬酒，向爸爸妈妈敬酒。这是敬快乐，敬欢愉，敬祝福。夫妻之间也频频举杯，说一年中最顺畅的事、最吉利的话；谈新年里的新打算、新想法。老人慢慢地抿着酒，品咂着，眉梢是舒张的，嘴角是舒展的，微笑在布满皱褶的纹路上荡漾。他是在咀嚼生活的温润与苦涩，岁月的艰辛与通达，年味的悠长与短暂。

年夜饭，一骨碌儿就从品味美酒佳肴的舌尖上滑过，新年的钟声已经敲响，庆祝新年的鞭炮把村庄震得地动山摇。这是新年的开门炮，各家各户的大门吱吱呀呀地敞开了。这是通向新年的大门，是通向幸福快乐的大门，是通向春播秋实的大门。穿着新衣新鞋的小儿如雀欢欢喜喜、叽叽喳喳地跑出大门，串东家走西家，他们要把村庄的人家走个遍，送去新年的祝福，带回新年的好运。你看那女孩、男孩衣袋里都揣满着鼓囊囊的年货，手捧着红艳艳的花炮（引线断了未炸响的爆竹），一蹦三跳，哪是一个乐字能形容的啊！

大人是一个闲字了得。大年初一，一年就这么一天，身闲，手闲。男人手焐着茶杯，喝茶、吸烟、嚼着点心，早饭是炆蛋下挂面。肚子不饿，年饭还没消筋呢！但要吃点，这吃的是元宝，是财气，是福寿康宁。

男主人到各家各户拜年。从年高辈长的人家开始，一个生产队的人家都要赶到。这拜年是寡手（不带东西），但是新年的第一次，主人高兴、热情，泡茶、摆年货。互相问好，说些吉利话。坐一会儿，就要离身，主人会出门远送，互道祝福。村庄，人来人往，互赠香烟，互露微笑，互祝年好。喜气，在村庄里漫溢，在天空中飘荡。

初一，也有大鼓书上门说唱。咚咚的鼓声伴着抑扬顿挫的语速、高亢激越的语调，是家和业兴的序曲，平安吉祥的先兆。小孩子更显兴奋，丢下手中的游戏，一窝蜂地跟在后面，是听？是看？是热闹，是阵势，是氛围，是气场。一直要把说书人送到另一村庄，还恋恋不舍，一步三回头地张望。也请说书人晚上包场子，生产队出钱，各户凑一顿晚餐。入夜，上下生产队的人都赶来了，只等说书人的锣鼓声，那场面比看电影还热闹。什么《穆桂英挂帅》《罗成招亲》就是那时听说的。

大年三十，新年初一，年头年尾，一忙一闲。这忙，是一年的停顿，忙得温馨，忙得圆满。这闲，是一年的起步，闲得红火，闲得精彩。这闲是养精蓄锐，蓄势待发。

九

初二，天气晴朗，阳光和煦，阡陌纵横的乡间小路上人来人往，络绎不绝。年轻的小伙子精神焕发、神气昂扬，手上拎着，肩上背着，用稻箩挑着的，那一定是到未婚妻家向岳父母拜年的；年轻的少妇一手拎着竹篮，一手牵着小儿，那个大一点的男孩在前一路小跑，跑一截路，停下，转身急呼："妈妈，快一点啊！"他肯定是在担心：外婆衣兜里的红包，桌上的元宝，一定让他的表兄表妹抢光了。夫妻、父子、母子、兄妹，一拨又一拨的人流，来来往往，从田野走进村庄，从村庄穿过田野，给亲人送去新年的祝愿，给亲人送去新春的问候。

"新郎新娘回娘家，脸皮变厚不丑啦！遇到沟沟和坎坎，又是抱来又是拉。"村子里有刚结婚的新媳妇回娘家拜年，大一点的小伙子就教我们小孩子跟在后面说说唱唱。新媳妇若一嗔一怒，小孩子说唱的音调就越高，村口聚集的人就越多。调皮的小伙伴说唱的兴趣就越浓，似乎为他们回娘家开欢送会似的，热闹极了。乡下村庄、村口，就是村民聚集的文化广场。忙月，有忙月的热火朝天；闲日，有闲日的闲情逸致。你看，六七十岁的老奶奶腰系黑色或蓝色的粗布围裙，双手拢着火钵放在围裙下、搂在怀里，一晃一摇地来到村口，朝田畈里张望。有人说：您老望姑爷（即女婿）来拜年吧！老奶奶笑笑：“吃过年饭，望望田畈啰！麦苗比前几天绿得多啦！”你看，一位小姑娘从麦地旁的小路跑到村口，一边疯跑一边大喊大叫：“我姐姐、姐夫回家啦！”那声音全村庄的人都能听到。

家家都有亲戚，户户都有客人。乡下有俗语：亲戚三年一趟不为少，田埂一日三趟不为稀。正月，难得的闲日，多年未见的表兄表弟相见，虽没山珍海味款待，但八角钱的烧酒是要喝个痛快。推杯换盏，觥筹交错。那场面，那氛围，是何等亲热、温馨！邻里之间也互相接请。你在我家喝一杯，我在你家吞一盏。那阵势如干活儿，我帮你我争先恐后，我遇险你奋不顾身。“远亲不如近邻呀！”那亲切、那融洽，哪像城里人门对门，还形同陌路。

祭祀，是年事的主题。感恩祖宗，怀念先人，顿顿给祖宗甜饭。盛一碗饭放在茶几上的祭器旁，让老祖宗有空就可吃点。逢单日或早或晚祭祀，很是隆重，荤素菜、年货类食品搭配，斟酒、上茶、烧纸钱、燃鞭炮、磕头、作揖、许愿。

正月初七是“人日”，一家之主是不出远门的。“七不出，八不归，初九初十往家飞。”上辈人的谆谆告诫，就这么一代一代传下来了。新年至始，人们走东串西、拜亲访友、吃喝玩乐，身闲着，心野了，该收敛了。人日，是新年后一家人团聚相商相议家事的日子。

初七“人日”也是正月闹新年的高潮。家有大秤的主人，会把大秤安置好，左邻右舍的男女老少来称称体重，避灾避祸，身体无恙。小孩子称后会扳着手指嘀咕：旧年长了几斤，今年会长多少？

“人日荡秋千，寿长赛神仙。”村庄里的老人都这么说。秋千架没有古时深宫大院的“秋千争次第”的豪华、奢侈，人们因地制宜、因陋就简地在大门前树林里选择一棵又粗又大的歪脖子树，用麻绳系住洗衣板的一头，将绳子的另一头甩到歪脖子树丫上，牵下绳子再系紧洗衣板的另一头。人坐在洗衣板上，就可以优哉游哉地荡秋千了。秋千绳用洋红色的颜料水染着或长条的红纸包裹着一截，辟邪，应该是避免事故发生吧！“牵掩彩绳斜”，那是小孩子坐在上面，牵引着另一根绳索，一拽一放，身着花衣的小孩有彩带系身，如蝶在空中荡来晃去。这是抵风踏浪的起步，独闯天涯的开始。老年人荡秋千，养腰，腰不痛，岂不快哉！小姑娘在荡秋千，小伙子也在荡秋千，人越荡越高，日子越荡越清爽、越红火、越安康。

初八是稻谷的生日。记得母亲起来很早，梳洗完毕，即对稻篅进行祭祀。那是她一人的事，祭品是年货类的食品，燃香、烧黄纸、炸一挂很短的鞭炮。此日，若是艳阳高照，温暖如春，母亲则眉梢舒展，欣喜若狂，说今年肯定五谷丰登，收成有望；若是阴雨将至，则唉声叹气，忧心忡忡，唠叨年成不好，日子难熬。那时很小，在被窝里窥视母亲这神秘莫测的举动不以为然，为之窃笑。现在似乎醒悟，我们这一代人对“谁知盘中餐，粒粒皆辛苦”有点滴体会，不就是那一代老人的言传身教耳濡目染吗？谨记：敬畏五谷，亲近自然。

年接近尾声。

尖利的哨声在村庄上空回旋，那是生产队出工的口令，麦田里有成排成排锄草的村民。阳光和煦，暖风轻抚。因为年的喜庆，麦苗儿也似乎在翩翩起舞。

正月十五的夜晚，又是一年的第一个月圆之夜。家家亮灯，户户结彩，吃“元宝”，闹元宵，村民们双手托起的又是一个丰满、圆满、饱满的年。

十六的早晨，鞭炮声又在村庄里此起彼伏，燃烧纸钱的烟火又在村庄上空弥漫。那是村民恭送祖宗的礼仪，把回家过完年的祖宗送回天堂，再去亲热田野，侍弄土地。

工厂年味

鲍官明

日子一到腊月，仿佛一下子放慢了脚步，尤其是喝了腊八粥，打了扬尘灰之后，平素里不曾有过的事情，也像牛毛一样多了起来。

供销科长、采购员和大卡车司机忙着到东至山里去运炭。这炭是每年必运的。因为一个大院子里就这一辆大卡车，所以出发之前供销科长要与其他几家兄弟单位联系好，这家要多少，那家要多少。每年每家单位都有人进出，人数并不固定。统计好各家的数量，再加上自家单位的，然后适当地放一点余量，把数字给采购员。采购员按数字到财务上借好钱，于是初十或十一的早晨，大卡车载着供销科长和采购员就出发了。

妇女们也一下子忙碌起来。若是天气晴好，差不多家家户户都拆出了被来洗。早先时候，自来水供应不畅，一个厂就一个大水塔，大家都在水塔边排队。张家洗好了，李家洗，李家洗好了，王家洗。遇上谁家的手脚冻蕊蕊的，后面的人就急了。捋胳膊卷上袖，夺过那家的手里的被单，三下五除二，洗好了让那家的走，也不要那家的一声谢。那家的也不觉得难为情，端着洗好的被子，憨憨地走了。后来厂里水改，每家门前一只水池，想什么时候洗就什么时候洗，想洗多长时间，就洗多长时间，自由自在。

洗完被子，自然是腌制腊货。平时再节俭的人家，也要到集市上买来几副猪耳朵、猪脚和几只猪尾巴、口条之类的。这些事，不一定是女人们做。有的家是女人买，男人负责钳毛、洗净。那大多是因为这家男人母姑，不急不躁，耳朵眼里、猪脚缝里的细绒都被他清理得一干二净。也有甩大裳袖的男人，根本不问这些。好一点的买来东西往家里一放，就不问了。不好的，直到正月里吃的时候，才发现家里今年也腌制了腊货。

过了腊月十五，过年似乎就成了工厂里的头等大事。厂里就算有生产任务，也不下达了。因为就算下达了生产任务，人们的心思也不在生产上了。有一年加工棉籽，因为设备老是故障，拖到了腊月十八。最后那几天，厂长只要一到车间，工人们差不多都在瞅眼睛，最后还失火差点酿成了事故。因此后来的厂长都吸取教训，一到腊月基本上不安排生产任务。平安无事故，就算是做好了工作。

腊月十八，厂里会召开一个企管会。这个会差不多是年终总结性质的，包括过去一年生产经营工作的回顾，明年的打算，确定放假的时间与天数，春节值班人员的安排等。这些都是老生常谈。大家最关注的是这一年会发多少奖金还有哪些实物。等企管会一宣布，财务上就忙着造表去了。早则一天，迟则两天，财务室门口就会挤满了人。进进出出，大家的脸上都洋溢着笑容。

司务长和办公室主任，这会儿似乎还没有工夫领钱。宿舍楼前池塘边猪圈里的十几头猪已经养了一年，平日好吃好喝地供着，长得肥头大耳，该是引刀成一快的时候了。猪粪淌到池塘里，正好喂鱼，一年下来，鱼也壮了。先领了钱的职工，这会儿都自觉地加入了杀猪、捉鱼的帮忙队伍当中。一时间，猪在岸上嚎叫，鱼在水里扑腾，人在池塘边欢呼。整个工厂仿佛沸腾了。傍晚时分，办公楼前的大晒场上，猪肉和鱼已经被分成了许多堆，每一堆上都编好了号。办公室主任手里拿着一个抓阄筒，里面是写好的阄子。每家都派来了人，轮流在阄筒里抓阄。抓到几号，就将标有几号的鱼和肉领走。差不多就在鱼和肉快领完的时候，厂里大卡车轰隆隆地开进了厂门，于是就手每人又领走了四篓子炭。

腊月二十二上午开全体职工大会。会上厂长会将企管会上已经说过的一年总结和新年展望重讲一遍。然后就是宣布春节的值班安排表。照顾路远和不在厂里过年的职工，把他们都安排在了年初十之后十五之前或者白天。在厂里常住的职工则是值晚上和大年三十以至初一到初十的班。最后是安排大卡车送回家过年的职工，并祝大家过一个快乐平安的春节。

我是一九八九年被分配到厂里工作，第一年回家过年，就是坐着这辆大卡车回家的。半边猪肉，二十多斤大大小小的鱼，四篓子炭，四瓶明光佳酿瓶装酒，一箱子苹果，五斤生腐，二十斤香油还有春联挂历年画等。母亲接到这些东西时，欢喜得眼泪都快掉下来了。母亲说，自从嫁到老鲍家来，从来过年没有这么丰富过。那一刻，我的眼里也噙满了泪花。

放了假的工厂要空荡许多。说是值班，其实就是四个人烧了一盆炭在办公室里打牌。那时麻将还不流行，主要是扑克。几个在厂里住的好赌的，早就联系好了，三十的晚上分到一起值班。放完开门炮都不睡觉，一夜到天光。几乎不出一天，就有人晓得了昨晚的战果。有人不仅自己值班了，还给别人发了加班费。于是就有人挖苦发加班费的人，回家别叉絮被笼啊！得了加班费的人则揣着钱与满怀的暗喜跑回家睡觉去了。

差不多从初二开始，同事之间就开始互相接请。彼此都算好日子，就跟排值班表似的，今天中午在张家，晚上则到李家，明天中午又是王家。不管到了哪家，男人们都是一帮扑克，女人们则是一帮厨子。每天除了酒就是牌，除了牌就是酒。所有的人都沉浸在年的欢乐之中，现在过年就是头等大事，至于其他，十五以后再说。

正月十六或十八，召开全厂职工大会。这天每人都要签到，边签到还能边领一个红包。签完到，领完红包，老厂长放了一挂大鞭炮，大会开始。老厂长说，吃完年饭，望着田畈，从明天开始，正常上班，该干嘛的干嘛了。于是，一年的忙碌重新开始，大家又在期盼着下一个年的到来。

现如今，工厂改制拍卖十几个年头了，老厂长七八年前已驾鹤西游，我的同事们东逃西蹦散到了祖国的大江南北，好些年不曾聚首。而工厂的年味，也早已消逝在时光中……

幼时年味

何钱文

腊月鱼塘

年味是从鱼塘里飘起的。腊八过后，田地已无大的农事，鱼塘河沟都开始排水了。随意转上几处，总会见三五男人穿着皮靴裤弓在泥水中，眼尖的孩子和围观邻众在岸上指东指西欢欢叫叫。偶尔，谁戳只二斤老鳖，整座村庄都会羡慕几天。鱼挑回家，男人放下担子，抽根烟歇上片刻。烟毕起身，不紧不慢将一筐鱼倒在院子中心，大小互配分成八九十份，唤来孩子：“去，给你几叔几婶几爹几姨送去。”这边刚分配完孩子，又到雾香弥绕的厨房唤妇人：“家里酒够不够？谁谁怎么还没来？快去催催呀”！

不一会，灯火亮起。不一会，酒香弥漫。觥筹交错中主人频频递烟举杯，客人酒酣面赤连连答谢。过一会，客人的老婆孩子打着手电来接了。过一会，主人隔壁的妇女孩子来串门了。机灵的女主人忙着搬凳子，机灵的小主人端来热水壶，刚打开瓶塞，突然，整个村子“哗”的一声：停电了！村庄黑漆漆一片，屋子黑漆漆一片，男人嘴角烟火如天上星星般忽闪忽闪。刹那，客人老婆打开手电筒。刹那，主人老婆点亮煤油灯。刹那，邻居妇人拉孩子回家，边走边说："快快走，你姐在家写作业呢。"过片刻，客人匆匆扒碗饭，被老婆孩子搀着跟跄回家了。过片刻，女主人洗刷完碗筷出来一看，孩子伏在男人怀里，男人斜躺椅子上，睡着了。过片刻，整个村庄都睡着了。

杀 猪

隔几天，男人一觉醒来。进厨房不见女人，锅里兀自冒热气。问院门外玩耍的孩子。孩子说"娘在河边洗衣呢"。男人也不答话，自顾自打水洗漱。放下脸盆，忽听门外有人喊他名字。推门招呼，见是村东头的老憨。老憨站门口递烟，男人点火。老憨说："他爷，下午要杀猪，有没时间帮忙?"男人说："怎么现在杀猪?"老憨说："大娃子明天订婚"。男人："好，一准去。"碰巧女人洗衣回来，招呼进屋坐。老憨说："猪崽子力大，还得多叫几个人。"女人笑说："他爷，我家的一定去。"男人进屋端碗吃饭，女人在院外竹竿晾衣。过一会，男人丢碗搬出一木盆卤鱼，找来小凳叼着香烟，悠闲地串起鱼来。女人喂完猪盛碗饭说出去找娃。过一会，男人将一串串鱼迎风拴挂在屋檐椽子上。又点根烟，拿出锄头铁锹斧头镰刀，将松垮的柄把全部加塞紧固。半上午，女人还没回来，男人骂了一句，锁好门去寻。村中转半天没见女人，却遇见急慌慌的老憨。老憨老远就叫："他爷，快快快，人都到齐了，就差你了。"男人说："不了不了，我中午吃好了。"老憨又讲："怪我来迟了，吃饱了喝杯寡酒唛！"男人要推辞，老憨伸手拉男人胳膊，不由分说往他家拽。男人被拽进院子，一眼瞥见自家娃在院子里疯跑。正要呵斥，耳里闻听女人说话。一转头见女人正在老憨灶台炒菜，老憨女人坐灶底下生火。男人刚想和女人说两句，屋里的张屠户迎出来嚷："大爷，快就座哦，就候你了。"

落座。斟茶。主人拿出酒，俱推辞，都说下午忙，待晚上喝。两妇人端上饭。女主人进厨房，盛半盆新米饭，浇上半盆肉汤，倒上两碗熟菜，径直端到猪圈喂猪。猪"哼哼"吃，女主人鼻子酸，抹泪。妇人就劝。女主人还是抹泪。说："猪养两年了，真舍不得。"说，这个猪是她养过的最听话的猪，猪圈门都不要关的。正说着，屠户吃完饭出来了，喊俩妇人快烧热水。妇人烧水，屠户捡根树枝，往猪圈外撵猪。说也奇怪，天下所有的猪都认识屠户，叫嚷着，挣扎着，就是死活不出去！屠户使脚狠踹，猪就是不出圈门。厨房女主人听见了，跑出去说："他爷，你进屋喝杯茶，我来吧。"屠户悻悻进屋，女主人进圈用手轻抚猪头，流泪说："出来吧。"猪"哼哼"地答应真就出来了。

水烧好，男人们吃好饭出来了。屠户端来两条板凳放院子中间，底下放只木盆。主人拿出绳索。屠户使个眼色，男人们悄悄围向猪，突然鱼跃扑起将猪压翻。猪挣扎吼叫声嘶力竭。男人们喊叫捆押力竭嘶声。三五分钟，猪被抬到凳子上，屠户抽出杀猪刀，"扑哧"一下，猪血冒着热气往盆里飞溅。片刻，猪血流尽，片刻，男人们松手，男主人递烟。烟毕，男人围起来，听屠户指令。泡水、吹气、褪毛、开肠、剖肚。傍晚时分，炊烟升起。屠户卸下猪头猪脚猪尾，将猪身劈割成两半，一半连同猪头猪脚猪尾，明天送给儿媳妇娘家做聘礼。一半切成许多小块，留待这边办婚宴。过一会，电灯亮起。屠户收拾刀具，帮忙的人清理院子。过一会，女主人做好肉片汤，盛给院中玩耍的几个孩子吃。有一个孩子边吃边想：刚才还活跳跳的猪，怎么现在就成肉汤了？

小年豆腐

转眼，到了腊月二十三。晚上祭完灶王爷。女人说："孩他爹，明儿小年，帮我做豆腐。"男人说："哦。"几秒钟后又说："不行哎！我答应明儿得给汤木匠家帮忙上梁。"女人怨道："明天上梁？小年谁家没事？"男人说："天气预报说后天有雪呢。一落下来就不知等哪一天了。"女人怨："你真老实，叫你你就不晓得推啊。"男人说："明晚上我不在他家吃饭，回来祭祖，做豆腐请家婆（外婆）来帮忙吧。"女人不说话。

小年一早，男人洗漱完毕即去帮忙。女人叫醒孩子，说："娃，去把家婆喊来做豆腐。"娃不愿意，女人就哄。等娃出门，女人将浸了一夜的黄豆挑到机站碾好又挑了回来。接着生火煮粥。粥开锅，女人想想，跑鸡窝摸出 5 个鸡蛋放锅台上。看看座钟，家婆该来了。洗了小锅，烧了两碗开水，敲开蛋壳，放上红糖，做了碗糖水蛋。熄了火，盖上锅盖，洗漱扫地。看看时间，怎么还没来？想想，又端了盆衣服去河边洗。回院晾好衣服，怎么还没来!!! 女人就气，胡乱扒一碗粥。将锅里剩粥盛起来。洗锅烧水，边烧边骂："命苦，男人靠不住，父母靠不住。"水没烧热，院子里传来娘和孩子的说话声。跑出来一见，娘颠着小脚左手挎着半竹篮鸡蛋，右手拎只公鸡。女人赶紧接过来，边接边数落："怎么到现在才来?"娘说："大外孙去的时候我鸡都放寨了，抓了半天鸡才来晚了。"女人说："带这些干吗，你留着自己吃嘛!"娘说："我又不是给你吃的，我带给我姑爷和大外孙吃。"女人让娘坐，盛来荷包蛋端给娘。娘非要吃粥。娘说："吃蛋胃受不了。"结果是五只糖水蛋全进了孩子肚子。

娘吃完粥，就匆匆上灶台忙活了。女人坐在灶台底下，一边生火，一边和娘说闲话，加多少水？放多少石膏？何时小火几时猛火？娘身体好不好？爹风湿痛可减轻……一锅锅豆汁泛波，一锅锅娘儿闲话。

傍晚，女人刚摆好祭祀菜品，男人匆匆回来。女人数落：“还知道回啊！”男人憨笑，直接进厨房舀水洗脸净手。女人摆好酒盅，男人慢慢倒酒。酒毕，男人烧祭纸炸爆竹，唤孩子妇人磕完头，自己最后三跪九叩。叩头毕，男人起身查看祭纸有无烧完，孩子找寻脱硝爆竹。祭纸烧完，男人对供桌拱手作揖，唤妇人收拾祭碗。自己寻个干净杯子，泡上清茶。往条几上摆五只酒盅，五双筷子。依次斟满茶水，拱手作揖：“老祖宗，请用茶。”

片刻，女人摆好饭菜。男人咪起小酒，忽闻院外有鸡鸣声音。男人问：“鸡寨门没关好？”女人绷脸不答。男人跑外一看，见是只生鸡罩在鸡罩内。男人就问孩子。孩子说：“是家婆捉来给大（爸）吃的，家婆还带来许多许多鸡蛋给我吃呢！”女人笑问孩子：“家婆好不好啊？”孩子唱起顺口溜：“家婆好，好家婆……”男人又咪了一口酒，心里默念：家婆好，好家婆……

年三十

年三十，男人一早起来，跑去祖屋爹爹奶奶家，请分家单过的爹爹奶奶来家过年。女人起得更早，炖鸡煮蛋，准备祭奠菜品和年夜晚餐。

男人请完爹爹奶奶，回自家菜地割点青菜、香芹，回来坐门槛上，边择菜边想今儿要办的事，想这一年有没有什么遗漏之处。“除了上午去二驼子家买点拜年肉外，该买的都买了啊，该还的人情都还了啊。”想到这，男人宽了心。去河边洗完菜，回来不慌不忙吃早饭。

饭毕，男人端着茶杯挎着竹篮，点上香烟慢慢向二驼子家走去。路上碰见同去买肉的张麻子，递了支烟。到了二驼子家，买肉的都来了。

院子里乱摆着几条长凳。男人坐凳上缓缓喝茶，和他们悠闲说话。轮到男人了，男人先说："给我割十道拜年的肉吧（乡俗一道肉二斤）。"张屠户一刀一道，二驼子一道一称。边称边夸："他张爷真是天下第一刀，一刀一个准。"屠户嘴角叼烟，得意笑，大伙也笑。转眼十道割完。男人又说："他张爷给我再来一道十斤的。"别人纳闷。屠户就问："自家吃的？"男人点头。张麻子纳闷："自家吃的？昨儿不见你买了没？"男人一笑，答："不够。"

肉拎回家，女人接过肉。男人坐门槛抽烟。女人点肉，问："他大（爸），怎么有个多的？"男人说："多的给家婆（岳母）。"女人怔了怔，看男人一笑，回厨房继续忙活。烟毕，男人问女人："水缸里有没有水？"女人说："水不满了，你歇歇，我去挑。"男人说："我去吧。"拿起扁担，钩上水桶，男人向村外水塘走去。

水倒进水缸。男人去屋后小水沟里拉起网箱。抓出一只养了多日的胖头鱼。扔进厨房，对女人说："今晚拿它做火锅。爹奶喜欢吃鱼脑。"女人说："好。"男人又问："年夜饭，我们包多少压岁钱给爹奶？"女人说："往年他们几家都包五十一，我们跟他们一样吧。"男人说："孩子呢？"女人说："十一块一角，意思意思。"男人说："爹奶的压岁钱我包，孩子的你包吧。"又说："二爷的春联该写好了，我去拿。"

拿完春联出来，男人在二爷屋角旮旯猫起来。从兜里掏出四张崭新的 50 整币。用红纸包了两个百元红包放贴身荷包里。回到家，女人说："这么久？吃中饭了。"一家人吃饭，女人不断往男人碗里夹菜。

吃好饭，男人喝住往外跑的孩子，说："别走了，马上贴春联。"女人收拾碗筷，男人冲好糨糊，将春联在大桌上摊开，指着最长的一副问孩子："春联上写了什么？"孩子就念："山清水秀风光好，人寿年丰喜事多。"男人摸孩子的头，笑眯眯地说："这老些字都认得，娃书没白念。”孩子听夸更得意地蹦跳。男人又说：“娃发狠念书，我扛债都把你供出来。”女人从厨房出来跺脚：“呸呸呸，大过年的说什么债？”

贴好春联，男人的手被红纸染得红彤彤的，孩子脸上、身上像染了胭脂，全身红彤彤。女人就笑，说：“他大，有热水，赶紧和娃洗澡。”男人挂好澡帐，和儿子洗完澡出来时，已近黄昏。有的人家开始放爆竹祭菩萨了。男人小跑去祖屋，慢慢将爹奶搀了过来。爹奶房间落座，男人将桌子端到屋外，摆祭奠菜品。女人进厨房打热水端给爹奶洗面净手。不一会，男人拿起祭纸鞭炮，放了起来。放完，先请爹奶磕头，再孩子、妇人、自己。祭完菩萨，二人忙着收拾祭品，男人将桌子移至堂屋。再如之前模样摆上祭奠菜品，依次一番。

祭祀完成，拉亮每屋电灯。红灯红门红春联，满屋红润喜庆。男人请爹奶上座敬茶寒暄。孩子坐奶奶怀中撒娇。不一会，女人端来红泥小火炉，架上胖头火锅各色小菜。男人拿出珍藏多日的瓶装白酒，给爹奶、自己、女人依次斟满酒盅，孩子吵嚷着也要。男人敌不过，给孩子倒了杯茶水。女人落座，宴席开始。男人给爹奶敬酒，女人给爹奶夹菜。女人给爹奶敬酒，男人给爹奶夹菜。孩子敬酒，四人同往孩子碗里夹菜。

酒过三巡，男人拿出红包，双手恭递与爹奶。爹奶也各掏出早备好的红包揣孩子怀里。男人唬孩子说“不能要”。爹奶就训男人，说：“给大孙子念书的，你唬什么？”爹奶发话，男人就不说什么了。女人机灵，就逗孩子：“娃，为什么要念书？”孩子说：“考大学。”女人又逗：“考大学做么事？”孩子答：“考大学挣工资。”女人再逗：“挣工资做么事哉？”孩子眨眨眼，想起早上娘教的话。就答：“挣工资买好烟好酒孝敬爹爹，买许多许多花衣裳给奶奶穿。”孩子边说边认真比画小手，爷奶爹娘同时大笑。孩子看大人笑有点发懵，转身将头躲向奶奶怀里，跟奶奶小声嘀咕：“奶奶，我说的是真的！”奶奶知道，孙子这话，是真心的……

杀年猪

吴福成

在老家农村，一进入腊月，家家户户都要杀猪过年。这是村里的头等大事，各家都把杀猪当喜事来操办。我家也不例外，年初从集市上牵回来一头猪崽，在母亲一年的精心伺候下，早已是膘肥体壮，只等过完腊八节准备杀猪事宜了。

杀猪日子的选定不能随意，必须讲究个黄道吉日。母亲早早地请村东头的王瞎子帮忙算个好日子，因为在他们眼里，这些都关系到来年的五谷丰登、六畜兴旺，万万马虎不得。瞧好了日子，就要提前去请杀猪佬。“老胯子”是方圆几里唯一的杀猪佬，别人这样称呼他，大概是因为他个高腿长的缘故。腊月里，他可是个大忙人，母亲要请他可得提前好几天。老胯子会根据行程的安排，给母亲排出具体的杀猪时间。

正式杀猪当天，一家人谁都不闲着。抱柴的抱柴，扫地的扫地，大人们则要扛梯子，下门板，还要通知一个庄的三亲六眷，中午都过来吃猪头肉。准备好这些，便把大铁锅里的水装满，等待杀猪佬通知烧水。不一会工夫，村西头几个小孩子跑过来，传话那边已经接近尾声了。母亲即刻将灶膛里的木柴架起来，水一会就在大铁锅里跳起了舞。在这当口，门外已经响起了脚步声，老胯子带着两个助手，挑着一担工具过来了。这杀猪的工具一边是长方形的木腰盆，用来装开水泡猪，另一边是一个油腻腻的箩筐，里面有杀猪刀、砍刀、剔骨刀、刨子、钩链等铁质器具。

木腰盆摆好位置，横放上门板，将箩筐里的家伙一一拿出来，老胯子点燃了父亲递过的香烟，朝天空吐了一个烟圈，便招呼着几个人进了猪圈。只见他围着那头肥猪转了几圈，瞅准机会，将手上的铁钩钩住了猪嘴，其他的人一起上阵，揪尾巴的，抓腿的，拉耳朵的，三两下便将两百多斤的肥猪抬上了门板。说时迟那时快，老胯子那把明晃晃的长刀，“嗖”的一声，长驱直入地进了猪的颈部，殷红的鲜血如泉涌般喷进了早已准备好的铁盆，猪的号叫声逐渐微弱下去。都说“死猪不怕开水烫”，趁着猪身上的余温，赶紧泡猪退毛。母亲烧沸的开水全部被提来倒进了木腰盆，老胯子将一条细皮条从猪身下穿过，在沸水中来回拉动，助手们都过来刨的刨，刮的刮，很快黑猪就变得白胖胖的了。

接下来的活计是见证老胯子的刀功了。开膛破肚、剁猪脚、卸猪头、分猪肉，看着他手里上下翻飞的快刀，舞成的一片光影，还误以为闯进了古龙武侠小说的奇幻境界。不一会工夫，老胯子便按照母亲的意思把整头猪大卸八块，样样分类齐整了。母亲除了准备自家做腌肉的一部分外，还会给来喝酒的亲戚们一人准备刀肉，附带一些猪下水或者猪头肉，余下的肉便让杀猪佬联系人卖到集市上。

师傅们的活计渐渐收尾了，母亲厨房里的活才刚刚开始。红烧猪头肉、青椒炒猪肝、猪血煮豆腐，在小姑二姨的帮衬下，不一会工夫，花样十足的一桌菜就新鲜出炉了。老胯子和他的助手坐在了上席，倒上自家酿造的米酒，几个回合下来，伴着菜香酒气和炭火上的热度，话越说越多，气氛越来越好……

拉 塘 鱼

钱新华

雪后初晴的乡村寒夜，分外静谧，人们大都早早地钻进了温暖舒适的被窝里，此刻，唯有塘缺边那台小柴油机子还在“突、突……”地拖着疲倦的身子，不断地向塘外口吐着冰冷的塘水。哦，这机子的咳嗽声，分明是在告诉我：快过年了，又该拉塘鱼了。

听着这没完没了的扰人梦香的“机叫声”，我的思绪不禁又一次地回到了儿时生产队过年拉塘鱼的情景。那时候，村庄里那六七十户人家的小房子，一团和气地挨挤在一起，彼此之间分不出亲与疏，只是按上下地段分成了两个生产队。腊月小年一过，两位队长坐到一起，在抽着相互递过来的几支低价烟的过程中，就轻松愉快地结束了年度“峰会”，敲定了全村 300 多口人过年的渔事。

我清楚记得，拉塘鱼的前几天，队长就安排人员把闲置在队屋里的几只长年不用的老腰盆一一驮到塘边浸泡，这起到“下水麻绳自紧”的防渗漏作用。拉塘鱼当天，每位撒网师傅身后都得配上一名撑篙手。撒网人指向哪，撑篙人就撑到哪。两人一前一后分立于腰盆头尾。一旦渔人看准那块水域，撑篙人身如猿猴，双手紧抓竹篙，屁股极快地往下一沉，腰盆如同行进中的车子，稳稳地停在水波涟漪的画面中。那渔汉子左手似牵牛般地拧紧网绳，右手捏着一束渔网，身子猛然来个向后近似180度的侧转。说时迟那时快，只见那手中网儿瞬间飞到一丈开外的水面上方，开出了一大朵艳丽的“水上网花”。眨眼间，那网花又飞速地隐身于水底。挤满了四周塘埂看热闹的大人小孩，都沉浸在一种兴奋而又夹杂着几分急不可耐的等待中，恨不得也要爬上腰盆，去帮帮那渔师傅快点收网。然而，从那渔夫斜叼在嘴角的烟卷看，似乎没有半点顾及到岸上人们的焦灼心情，只顾悠闲自在地吞云吐雾，只是偶尔轻抖着几下网绳。我们一个个都不知道他这种做法有何用意，真是“一行不懂，一行黑啊”。突然，渔人的手像触电似的，双膝紧贴腰盆沿，扭曲的身子像是在井口边表演用力扯水（枞阳方言，意为打水或提水）的样子。正当网中的鱼儿快要拎出水面时，渔人大喊一声“起哟——”“啪，啪啪……”，被网进腰盆里的各种鱼儿都在做那最后徒劳的拼死一搏，企图蹦过腰盆沿，回到那快乐的老家。

庄村大，水塘自然也不小。正是应了那句“黄鳝大，窟眼也粗”(枞阳方言，大的意思)。四只腰盆在十多亩口面的水塘上摆开了“四面埋伏阵”。那些鱼儿性情虽然温顺，但为了生存与生命这至高无上的法则，还会顽强地抗争。它们被逼得东躲西藏，不停地射（跃）出水面，像是在打探逃生的机会。此刻，塘埂上所有的孩子们见了，便一起扯开嗓门，朝着水塘，一阵阵地“哦……嗬……”齐声呐喊。喊声越大，鱼儿蹦出水面也就越多。那场面恰似过年时红锅里暴跳的炒米。大人见了笑骂道：“嗬嗬，这些小孬子们，一个个都乐狂了胫子！”我们听了，更起劲地闹，闹得整庄子都欢腾了。渔人这时像在判断鱼跳跃的密度与频率以确定下网的位置。偌大的水塘里，看似布下了一张疏而不漏的大网，但还是防不了那些刁滑的鱼儿逃脱。一阵折腾之后，这些精灵们一个个机灵起来，便将脑袋埋进了塘底淤泥中，任凭你反复网过它们的脊背尾巴。那些深谙鱼性的渔人也只能一脸无奈地摇头叹息。还有一种鳡鱼，头嘴尖似子弹头，身体圆润细长，尾大劲足，在水里素有“破网高手”之称。经常会在渔人网具上留下几个报复性的新口子，弄得渔人心痛不已。

塘鱼的品种，鲢子居多。这是队长特意安排的，因为祭祖时，供桌上必须要有鲢鱼。这也是讨个“年年有余”的口彩。当然胖头、白鲩、鲫鱼、鳊鱼也不少。鱼种春季投放，自然养殖，几乎不喂食料。鱼靠拴在塘边两株古树下十几条耕牛的粪便，与居民洗菜洗米等生活残渣和浮游生物生存，生长缓慢。这些鱼的生长情形如同那个苦难年代的孩子。每家都是一大群如梯子档似的娃娃，大人只管生，至于能否养活，怎么养，那就看每个孩子的自身命运了。饿死病死是常事，但多数还是坚强地生存了下来。

四只腰盆载着四荷（方言中的量词）网，不消一个时辰，便先后忙着往塘岸上卸鱼。随着一只只腰盆靠岸，孩子们更是好奇地围了上去，把卸鱼路口堵得严密无缝。队长见了没好气地呵斥道：“小鬼侪们站远点，别把路拦着！”

我们的稀罕没瞧够，哪里肯让道？两位队长只好边推人墙，边嚷：“往后站，谁再拦路就扣除谁家的鱼！”我和一些胆子小的孩子被吓唬得乖乖地后撤，总算是让出了一条狭窄的“鱼路”。

分塘鱼，又是一个热闹的场景。队长为每家每户逐个地摸着阄子，一边打开纸团，一边高声报号：“叶旺家 1 阄子，立早家 2 阄子……”会计埋着头，一边哗哩哗啦地拨弄着算盘，一边按人头计算着每户应分得的鱼数量。我拎着两只大腰箩，焦虑不安地站在父亲的身后，眼睛总是离不开那几条二十多斤重的大青鲩子身上，心里不断地期盼着能有个好运气，分到一条鱼王，尝尝鱼王滋味。那些肥硕细嫩中透着银光的鱼儿被倒在地上，堆积成一座“鱼山”，鱼山外还层层叠叠地码放了一圈杂鱼。队长亲自掌秤，两个社员拿着铁锹不停地往篾筐里撮鱼，直到队长喊：“好！”方才住手。也许是天寒地冻的缘故，那些码放的鱼表面，不知何时都悄悄地结了层似透明胶袋包装的薄冰。透明溜滑的鱼堆，只要铁锹一碰，倒塌下来就是一筐装不下去的鱼。队长忽然叫了一声父亲的名字，哦，这该是轮到我家分鱼了。我家三代九口所分到的五十多斤鱼，将两个箩筐装得满满的。更令我高兴不已的是如愿以偿地分到了仅有的几条“鱼王”中的一条。我提着头尾都露在箩筐外的鱼王，歪斜着身子，吃力地往家走。

掌灯时分，队长的大嗓门仍在寒风中隐隐约约地飘荡着。此刻，我所感受到的不仅仅是队长那熟悉而威严的声音，更是浓郁而温暖的年味……

豸岭的狮子灯

张正顺

旧时枞阳东乡，春节期间舞灯盛行，如龙灯、河蚌灯、采茶灯、狮子灯等。不少村庄都竭力打造出一种像模像样的“灯”来，以增添节日的气氛，竞相媲美，其中最常见的狮子灯以豸岭吴姓宗族的最为著名。豸岭吴氏世代住居于竹子湖畔的豸岭头，衍生至周边附近的一些村庄，史称“豸岭吴”。千百年来，率性果敢、不屈不挠的豸岭吴姓儿女，以勤劳智慧创造了丰厚的物质财富和灿烂的精神文明，留下了许许多多可歌可泣的动人故事，其春节期间必备的“舞狮子灯”独树一帜，至今还被人津津乐道着。

豸岭的狮子灯寓娱乐和健身为一体，融武术、杂技和民俗文化于一炉，有着浓郁的乡土气息和民族特色。“咚咚哐，咚咚哐”，每每随着一阵激越喧天的锣鼓声，一队舞灯的人马趁着夜色闪亮开路，当“狮子”进入异地的村庄，就被引领到一块早已预备好的空旷场地之中开始表演。一只披红戴彩的威猛的“狮子”尾随着手执灯球的领狮者，在一声声指令下，在场地中央时而跌扑、翻滚，时而跳跃、搔痒，一时间簇拥而至的观灯者人头攒动。为了避免人流拥挤侵占了“狮子”表演的场地，每每有一两个挥动“火琉球”者，在场地的四周不断旋转走动，两只红光耀眼、爆裂响亮的“火琉球”被拴在一根绳索的两端，绳索的中间部分被挥球者一会儿紧扣在双手中，一会儿又衔在嘴里，两只“火琉球”在空中精灵一般翻腾跳跃，令观灯者望而生畏、避而远之。等到场地完全开阔起来，随着领狮人一声指令的吆喝，“狮子”在场地中央按照严谨的传统套路，做出“鲤鱼飘滩”“鸭子浮水”“蛤蟆跳坎”“四肢滚球”等动作。接着，待狮子蹬踞一隅默然不动时，领狮人则将灯球放在场地中央，便开始耍弄起一套套当家拳来，除了基本的“狮子门”，还有“小武虎”“小飞虎”“武松夺岭”“八仙过海”等，都是徒手的拳术套路。再后来，舞灯的队伍中会另外闪现出几个精壮小伙子，亮出随身携带的器械，如单刀、铁尺、梭镖之类，娴熟自如地表演起来。这时观灯的人群中不时发出喝彩声，助兴庆贺的爆竹也一鞭接一鞭地开始燃放起来了。

当观灯的人们热情被点燃，期待被放大后，豸岭的狮子灯将开始表演拿手的绝活——狮子望长江。这是一种高难度的表演，高台由许多张方木桌垒叠而成。叠法一般有两种：一种是以一张桌子为底叠得上下一样大的“一炷香”式，另一种是上小下大的“宝塔型”，这是最常见的。宝塔的高度不一，最高可达到 8 米，所用方木桌共 108 张，都是经过精心挑选的，每一层方桌与方桌之间都保留了巷弄般的空隙。方桌数量不同摆法设置就不同，为了设计出最佳摆置方法，人们会预先用麻将牌进行模拟、斟酌。层层垒叠的方木桌难免晃荡不稳，因此在表演时每一只桌脚都安排专人扶持把握，他们为了桌脚的稳固，出灯之前都要从家里带来一只“草把子”别在腰间，以便到时派上用场。“狮子”的表演会由下而上，除了进行一层高过一层地向上攀越，还要在“巷弄”里来回自由地不断穿梭，并做出各种摇头摆尾之类的动作来。所以为了确保这一表演的安全完美，通常相互配合表演的“灯头”“灯尾”都是经过精心挑选的能人，舞灯尾者必须个矮壮实有臂力，舞灯头者则最好是瘦轻机灵，因为“灯头”在攀越每一层高台时，几乎都是依靠“灯尾”的托举之力。这种世代传承的表演方式并无保险措施，表演者停留最上面一层不到3米见方的高台平面上，想要表演成功，不仅要有胆量，还要凭智慧、靠机敏，同时需要“灯头”“灯尾”之间的密切配合，更要有对生活的热爱以及对生命的敬畏。俗话说，常在河边走哪有不湿鞋，这种高台表演也难免有马失前蹄之事，只是由于通常的宝塔型高台是斜坡状，再加上舞灯者的身手敏捷，一般也没有多大的危险。据过来人介绍，新中国成立之初，豸岭狮子灯受邀前往湖东县城（汤沟）参演，当“狮子”在最上面一层高台表演时，由于不慎失脚，“灯头”“灯尾”一溜烟从上层顺着斜坡滚落到地面，有趣的是，当时在场的领灯人反应敏捷，竟迅速对着手里的广播筒高声喊道：“刚才所表演的式子是‘老鹰叼鸡’，大家不要惊慌，不要误会！”这一有惊无险的失误，不但在普通的外行人面前没有露馅，反而更为豸岭的狮子灯赢得了极大的口碑，成了豸岭吴氏百姓日后反复笑谈的资料。

豸岭的狮子灯若是在春节期间受邀演出，每到一处除了展示不凡的身手才艺，还会传播一些耐人寻味的民俗文化，譬如每当一场酣畅淋漓的狮子灯表演结束，队伍中会出现几个敬献恭贺词的人，一般三人，一人一句，出口都是吉利的话，什么“铜锣皮鼓响叮当，狮灯今日来贵方，贺得贵村人兴旺，荣华富贵万年长”，什么“狮子灯儿来贵方，男女老少喜洋洋，庆贺新年行好运，一年四季都平安”等等。这一别开生面的文雅节目，作为整场狮子灯表演的尾声，带给观众更多的是精神上的慰藉，有着余音绕梁的十足韵味，为灯班子的离去增添了几分难分难舍的魅力。

当然，在东乡各个村落家族与豸岭吴氏并存的舞灯班子比比皆是，只是其中高下有别、良莠不齐。一些舞灯班子的成立不只是为了自娱自乐或强身健体，而是趁着春节的大好时机外出赚一点外快。因为送灯就如拜年，在带去了欢乐、喜气与吉祥的同时，接灯者自会礼尚往来，奉上一份大小不一的红包。所以送灯班子每到一个村庄，为了收到更多的红包，总希望演出场子多多益善，必然希望挨家挨户地表演。为了取得对方的欢迎，送灯班子在出灯演出之前，都要安排有头脸、有身份的人早早送去一份灯帖子，此所谓“不看舞灯的，就看送帖子的”。受此利益驱动，这些舞灯班子中不乏滥竽充数、质量平庸者，俗称“草把灯”。豸岭吴氏的灯班子则特殊：他们接受对方诚意的邀请才去演出，一般不主动送灯帖子；他们不挨家挨户地串演，只在空旷的场地中集中隆重地展示；他们专为对方送去喜气，赚一个彩头，以增进情谊，充其量也只会喝下一盏敬献来的茶水；他们也为展示自身风采，为本家族的功夫才艺做一回广告，让人眼界大开、心悦诚服。因此豸岭吴氏独具特色的表演与卓然不群的做派，让那些难登大雅之堂的“草把灯”大失颜面，所受欢迎的指数大打折扣。因此豸岭吴氏的灯班子在受到敌对嫉恨之余，还难免遭遇尴尬或危险。因此豸岭舞灯班子每每外出表演时，既要力争表演成功出色，又要预防被人轰场子，外出舞灯就要准备打架，灯班子里必定配备一些身手不凡的人，带上各种单刀、铁尺之类的器械，既能即时展示功夫才艺，又能震慑对手，有备无患。这辉煌与荣耀背后掺和的灰暗色调，掌声与笑语里面夹杂的不和谐音符，至今还刻印在老一辈人的记忆里，虽经过时间的冲洗，却同样是那般厚重与温暖。一次次狂风巨浪使水手的能耐得到了检验，而舞灯演出带来的矛盾冲突促进了豸岭吴氏当家拳的不断提高和代代传承。况且这关乎信仰、关乎文化、关乎心灵、关乎生死、关乎爱恨情仇的存在，是一幅幅渐行渐远的时代剪影，承载着这一区域一代代人真实鲜活的记忆。

记忆不灭。豸岭的狮子灯不灭，如同整个东乡武术。她是一抹独具风情的靓丽风景，一道独特的文化盛宴，犹如一张鲜活靓丽的名片，成为一个家族或一方区域的精神图腾。

龙灯琐谈

齐永平

正月我去官桥镇张家龙外婆家拜年时，恰是残雪消融、春寒料峭的季节。用过午饭，搬一条长凳摆在门前，我和隔壁的表舅爷们一边听着屋檐边融化了的雪水滴答声，一边放下生活的负担，东扯西拉，尽情享受浮生半日闲，而春日的阳光悄悄地爬上了我们的衣襟，不一会儿，棉衣下就泛起了浓浓的暖意。

说起来小时候我极喜欢待在外婆家，外婆的门前有青黑色的石头圈成的果园，有五月白之类的桃树，还有几株枣树，夏吃桃子秋打枣。其实从蝉鸣时我就嘴含手指渴望着桃子的成熟，也曾偷偷地尝过青嫩的桃子，却是满嘴青涩的苦桃仁味。但能够有那么多株的果树去渴望，让我在外婆家的玩伴中有着无形的优越地位，因为我那持家严厉的外公十分疼爱我，肯让我随意地采摘，长大后才发现那时的玩伴多是舅舅辈的长辈。

现下和我聊天的张复如就是其中的一位，年纪比我还小 1 岁，却是舅爷。张复如平日在武汉打工，搞装修，木匠活、漆匠活都有一把刷子。农村里从事这个行业的人不少，很少能挣到技术钱，多是苦力钱。

正聊着，村南走来一个人，很响亮地问道："张复如，晚上还去不去?"张复如则答道："还去。"那人又问道："昨天晚上什么时候回来的? 怎么样?"他答道："12 点吧，还好，就是肚子有点饿。"这样的问答有点神秘，让人觉得他过年回家时还客串了什么"角色"。不会是参加教会吧，我有点疑惑地望着他："那晚上干么事?"有人笑着说："舞龙灯，今年罗庄新兴的龙灯。"

原来如此。"咚——咚——锵"，那熟悉的乐调自心底浮了起来，漆黑的夜，红艳的灯，舞动的影，喧闹的人群，难以言语的喜悦……尘封多年的记忆一下子复苏了。张家龙那一带有正月请龙灯的习俗，我小时候去外婆家拜年，遇到舞龙灯必定要留下来歇上一两个晚上，且喜且惊地看龙灯，欢快的锣鼓，精美的龙灯花纹，红艳艳的牛油烛火，吸引着幼小的心灵，硕大而狰狞的龙头，又让小孩子望而生畏。但那是贫瘠年代里少有的乐趣，比村里放露天电影还热闹，不独孩子们，就连大人也跟着嬉闹到大半夜。后来的日子似乎忙碌了，龙灯也渐被乡下人遗忘了，初中毕业后我就没再看过舞龙灯，偶尔在电影电视中会看到，太不鲜活了，苍白，空洞，一如读书时作文本上常见的批语。

然而惊喜却这么漫不经心地一头撞来，虽然我不能马上观赏久未谋面的龙灯，但听听舞灯人谈天也很过瘾啊。在儿时，舞灯的艺人是何等威武何等神秘，如今就在身边，可以毫无顾忌地乱问，不像儿时提及龙灯那得恭恭敬敬的，有许多忌讳的，真是此一时彼一时。此时的话题当然是集中到龙灯身上了，表舅爷们熟悉这些土生土长的龙灯，犹如熟悉自己的掌纹一般，当然少不了鉴定鉴定。

"罗庄的大钵，比大鼓还响，那是熟铜的。"

"可试过?"

"我亲自试的，把鼓声都盖过了。"

“不行，你那锣鼓家伙不行，打得乱七八糟的。好些包手噢。”

“引灯也不会进门，那天晚上那些人在我家门口就等得冷着要死。”今年的雪确实是大，50年不遇，说着玩的？

“不懂规矩哦，本来引灯先进屋，把红包收着，在屋里喝喝茶，估摸龙灯到了，就到门外站着等候。龙灯一到，先在门外游一圈，停一下，该换蜡烛就换蜡烛，然后再游一圈，龙头对着大门三点头，再进屋。还要注意不要把人家门框上的门庆碰掉。张洼的小李，肩扛龙灯，把门庆碰掉，我就骂他‘你是吃干饭的？你就不能托着进门’？”

“龙头一般有几盏火？有什么讲究？”我趁机把儿时观灯的疑惑提起。

“龙头7盏火，龙尾5盏火。有个小窗户，用麻索系着，打开可以换蜡烛。”

“还是用铁丝好些。那天在我家里舞灯，小门就舞开了，我都着急死了，生怕灯过（枞阳土话：灭掉的意思）着。”

“就是，那年，东头老牛家舞灯，龙头一盏火过着，当场就吵起来了。后来，老牛的老头就走了。”

谈起这事，舅爷们感慨良多，提起了许多灵异事：某人家剪龙须，没有请香案，结果当场下起了雨，龙灯都没法子舞；某人家出语不恭，炸花炮就点着了草堆。请龙灯的人最忌讳龙灯或龙尾的灯火灭掉，主凶兆，主人家一般会有人大病或伤亡。一般家有老人生病的，不敢请龙灯。舞灯时讲究平安，就是碰掉电线或什么的，也要披红挂绿，即送红布、绿绸给主人家，甚至要放铳消灾。

“那放铳是怎么回事？”我想起了儿时舞灯时必有的震耳怪响，好像叫“放铳”。

“放铳，就是镇压邪气。一般进门放一铳，出门放一铳。有的还在床底下放，那一般是那家妇女身子不好。”

“过去回龙时也放铳，多远的，听着铳声，就知道是几回龙了。有钱人家有七回龙、九回龙的，我听过七回龙的。”

“舞龙灯要多少人?”我想，不会比舞狮子灯少吧。

“大鼓、大锣、小锣、大钵、小钵，两班人；引灯，收钱记账的，收东西的，光记账就有两人；龙头，龙尾，龙腰，至少要两班人”，有人扳着指头算着，“有五六十人吧。”

“晚上要三班车子呢。张黑皮最好，他讲送老龙的，只要 28 元的油钱。”

“那一晚上要舞多少家？收入怎么样?”我试探着问。

“一般有 20 多家。礼钱是个意思，不强求，一般一百多元。有户在安庆做生意的，房子是新的，还没装修好，包了 1800 元。镇政府也可以，今年包了 600 元。”

“可以啊！看来政府真的是在提倡建设农村风俗文化。”我由衷地赞叹道。

“人家老板在安庆赚了钱，又是新屋起龙，当然红包包得多！还拿了条烟吧?”

“是条好烟，我还分了一包咧!”张复如补充道。

“龙灯怎么请啊?”

“送帖啊。这有讲究的，送帖不过午，过午不送帖。有的地方好龙灯，像官山一个庄子，每年都有 20 多家接龙灯，红包都有 1 万多元呢!”

“明年还有龙灯吧？我要带我家里的宝贝女儿来看看，她可没看过龙灯呢!”我一边兴奋地说，一边想象着女儿欢天喜地的样子。

“好！到时我让她看最好的龙灯!”

“哈哈……”爽朗的笑声回荡在村子上空，久久不歇。

……

在这合适的季节，有关龙灯的话题是极吸引人的。说着，笑着，不觉日影西移。初春的阳光毕竟淡薄，不经意的就有些寒意，而袅娜的炊烟更是归家的信号；浓兴未尽，我也只得起身送走表舅爷们。不一会，三三两两的身影就各自散落到庄子深处，我伸了伸懒腰，随意中望望远方，暗黑的山林映衬得山顶上的雪愈发白了，也许，明年我带着女儿来观赏龙灯时，不一定就有这般美丽的山岭春雪了！

狮舞白梅

齐永平

“锣鼓响，脚板痒”，乡下老年人回味他们的正、腊月时如是评价。吾生也晚，八九十年代也曾闻音而动，听过敲门歌，多为瞎子卖唱，一人牵着一人唱；观赏过乡邻们待之有如神圣的龙灯，龙灯所到之处，整个庄子都沸腾起来；也领略过争吵热烈的狮子灯，这些算是下里巴人了，间或也遇上杂技团、黄梅戏等阳春白雪。读小学时，有回操场上表演杂技，全校师生为之空校，当然还有团团围观的乡邻们，场面自是壮观，我还记得有一人鼻顶一大竹竿，上面立着一小孩，宛如风筝般地晃晃悠悠。

这一晃悠就二十来年，期间我从乡下走出，绕了一个小圈，又回到乡村，不过是从菜籽湖畔挪到白云岩下，夜听涧水如歌了。2007 年冬天的一个晚上，在孙畈街道的老车站改成的乡间饭店中，席间偶然提起狮子灯，缅怀不已，不想大家俱有同感，言语热烈，更没想到座中的孙畈村书记孙彪就是方家，多年前他是拿球珠的，就是绣球。我以为拿球是个轻便活，孙书记平头一摇，不无自豪地感慨道：“狮子跟球走，每到一家，我先打上一趟，哼，哈，那要见真功夫，打完都要出汗。”说话间孙书记双眼发光，显然是回想起往昔的青春岁月。

“不看舞狮，就看散贴”，谈起白梅的舞狮，行家里手如是说。简短的八个字，东乡人的剽悍之风呼啸而来。那年头，能拉起一班舞狮的，不容易，成员少的有二十来人，多的有六十多人，大多是一个庄子里的人，靠的是家族的力量，能把狮子灯舞出去，能赚几个零花，更不容易。舞狮不像舞龙灯，大多要自己推销，也就是散请帖。散帖的人选要精挑细选，要么是德高望重，要么是地方上有头有脸的人，吃得开，除此而外，还要能说会道，所谓八面玲珑的人物。舞灯多半是正月初一到十五，新年新气的，散帖者要就景说情：“表爷，你这家里搞着多兴旺，今天送个灯给你看看，热闹热闹！”这么一说，主人高兴，帖子就顺理成章地送出了，甚至主人家里有些不顺事，譬如媳妇几年不生，家人大病方好，会说道的散帖者也能以冲喜、避灾、祈福等名义把帖子散出，真的能算上是舌灿莲花了。

帖子送出，散帖者还要四下打点，给那些喜欢惹是生非的汉子们递根烟，打声招呼，请高抬贵手，不要闹场子，如果能让主人家出面，效果更好。当然，真有闹场子的，舞狮人也不怕。不要看舞狮似乎就八九个人，引灯一双，球灯一人，锣鼓两三人，狮头狮尾各一人，还有一个驮大袋的，其实像拿球灯、舞狮头狮尾等位置都有换班的，因为舞狮是下大力气的，一个人没办法舞上大半个晚上甚至整夜的，再加上护场的人，少有十来人，多有几十人，据老人讲，邻乡章家大队甚至出动过整个庄子的青壮男儿护送狮灯，那总有八九十人吧。那年月，能够拿十元或二十元钱的殷实家庭不多，主人家大多是包几元钱意思意思外，再拿些糕和烟，像“大前门”“春秋”，档次高些的就是“东海”了。

腊月的山乡，暝色早现，夜的帷幕一经拉动，欢乐的海洋便涌来一波又一波的潮汐。激昂的锣鼓声中，引灯铺道，那长形的引灯，明灿灿的灯火，色彩斑斓的图案，夜色中显得十分华丽，一个精壮的汉子拿着灯球郑重上场，率领狮灯等大队人马鱼贯而行。舞狮讲究颇多，如不走回头路，狮子灯出门，走哪条大道，先到哪庄哪家，路线在家就定好了，就算走错了路，也不能回程，弯多远也得弯；也不能走下水路，所谓"水往下流，人往高走"，不吉祥。

进庄后到了主人家，灯球要先拜上堂，然后"舞狮门"。一个好灯球，要懂得山里的礼节，还要会亮相，会打套路，引出彩声。不然，庄子里的汉子就会说你不会舞，不如我来舞，即所谓闹场子，有文有武，武者，多为抢灯球，因为狮子跟球走，抢来了灯球，狮子都得听你指挥，能够成功地抢到灯球，在四邻八队那是多大的荣耀啊，毛头小伙子也许就能娶上漂亮的媳妇。有些庄子甚至连整个狮子都抢，借你的家伙，为大家增添娱乐。因此，护场的人才有那么多，大处要防抢灯球，小处要防人趁乱踢舞狮者，一踢一个跟头，可要大出洋相的，也要防扔鞭炮到狮灯底下炸人，炸得狮子乱跳，跟不上鼓点，有时还会把人炸伤，甚至还要防有人剪狮尾。那年月，画纸儿都少见，有的大人惯着孩子，想给孩子件装饰物，兼有讨吉祥的寓意，拿着锋利的剪子来剪狮尾，急慌慌的，往往把舞狮尾的人衣服剪破。

舞罢狮门，狮子随灯球上场，摇头晃脑，双眼连连发光，绕得人两眼发花，却是激奋人心。其实也就是两个大灯泡，舞狮头的里面控制着开关。狮子听鼓下道，时而跳跃，时而翩翩起舞，先正堂，后偏房，甚至鸡寨、猪圈都要绕到，取意兴旺六畜。舞到兴处，狮子就要拿出看家本领——狮子抢绣球，鼓点热烈起来，球灯忽左忽右，时上时下，逗得狮子灯张牙舞爪，左盘右旋，上下蹦跳，引得叫好声不断。忽然鼓点更加急切，节奏都有点疯狂了，生气的狮子猛地一跃，狮头将大红的球灯一口咬下，掌声雷动，把欢乐推向高潮。当然，狮头是靠狮尾抱着用力向上方一扔，借力跃起，相比狮头，舞狮的狮尾更见功力，虽然出风头的是狮头。更见狮尾功夫的要数“麒麟送子”，由一小儿骑在狮尾之上，如遇家有孕妇的，或者新生小儿的，主人家的红包会更加厚实，骑在狮尾上的小儿口袋也会装满各色各样的点心，却累坏了狮尾。

舞戏过场，有些狮子灯还有文戏——打花鼓，多是三人合舞，一人打锣，一人打鼓，一人主唱。有唱政策宣传歌的，譬如计划生育；有唱黄梅戏的，《王小六打豆腐》《小放牛》，逗得乡邻们前仰后合。当然，主唱得有点急智，因为人家武抢球灯不行，或许自恃能歌善舞，上来对唱，文抢也能名扬四方啊。

据老乡邻们回忆，老白梅最盛大的狮子舞是在孙畈街，那是新中国成立初期的事。其时孙畈街地处要津，四通八达，店铺两边对列，各行各业兴旺发达，名闻大江两岸。有一年习武成风的金渡豸岭人组成一支技艺精湛的狮子灯，来到孙畈，和本地的狮子灯切磋舞艺，当街叠起八九张木桌，锣鼓声中，不靠工具助力，狮子灯攀缘而上，绝顶旋舞，名曰“狮子望长江”，引来欢声如雷，人人叹绝！

“人间何处不沧桑？漫说名教出东乡。酒酣戏说玩灯事，雪满故园细无声。”当问起现在是否还能组织起一支狮子灯时，向来以勇力和齐心出名的孙院组，曾经是球灯好手的村书记孙彪犹疑了一会，说：“能。不过，难啊！”

家乡的狮子灯

张振中

雄狮苏醒惊天地，乡村沸腾乐翻天。山不在高，有狮则灵；水不在深，有龙则灵。家乡坐落在白荡湖畔的龙口，古往今来就有舞狮子、舞龙灯、耍武术的传统习俗，师承东乡武术，高手辈出，在沿湖一带闻名遐迩。在春节期间龙口舞狮子、耍武术蔚然成风。

舞狮子是历史悠久的传统习俗，并非是一件轻而易举的事，狮头的扮演者必须具备小巧玲珑的身材和行走如飞的功夫，狮尾的扮演者必须具备虎背熊腰的身材和身手不凡的功夫。两位扮演者首尾呼应动作协调一致，浑然一体如影随形，方显狮子龙腾虎跃、剽悍凶猛、勃怒瞬间、喜怒无常的本性。与此同时，扮演者不但须具有娴熟的技巧，还要会十八般武艺。

春节来临，一年一度的舞狮子灯便拉开了序幕。大年三十要举行隆重的“拜狮”仪式，将焕然一新金光闪烁的狮子头供放在一张大桌子上，摆上供品，焚香烧纸拜狮。仪式非常隆重，由本村庄的长辈主持仪式，舞狮子能手大声朗诵拜狮文：“威武雄狮，沧桑百年；舞狮拜年，除旧迎新；祈祷平安，幸福安康；雄狮显威，风调雨顺；雄狮保佑，财神临门……”那些身着红黄相间彩服舞狮子的青壮年，个个身怀绝技，在舞狮子能手的率领下，虔诚地向狮子三鞠躬。

顿时，锣鼓喧天，鞭炮齐鸣，一片欢声笑语。接着现场舞狮子，英姿飒爽的灯球手大吼一声，一头活生生的狮子腾空跃起。一些暗暗许了心愿的村民纷纷给狮子披彩挂红，有的村民在狮子下巴颔安装小响铃祈祷来年的好运。在大四门武术的伴奏下，灯球手高举灯球，“嗬”的一声吼，那庞然大物随着“咚咚哐、咚咚哐……”铿锵的锣鼓节奏开始向观众拜四方，在灯笼火把映照下威武的狮子熠熠生辉。一会儿轻歌曼舞，摇头晃脑，抓耳挠腮；一会儿横眉怒目，耀武扬威，狮啸风生；一会儿腾空而起，上蹿下跳，连续翻筋斗。那些坐在父母肩膀上的熊孩萌娃按捺不住喜悦的心情，手舞足蹈地用双手抱着头，应着“咚咚哐、咚咚哐”的节奏也悠然地舞起似是而非灯来，那幼稚的憨态令人发笑。舞狮子能手把狮子桀骜不驯、变化多端、凶相毕露的本性表演得活灵活现，栩栩如生，脱“影”而出，逗得全场的男女老幼忍俊不禁。

拜罢狮子，开始舞太平灯。动作敏捷的灯球手，一手高擎闪烁的灯球，一手挥舞彩带做向导，在有节奏的锣鼓声中，雄狮挨门逐户地“洗地”辞旧。传说，家乡的狮子特别有灵性，在辞旧迎新的时刻雄狮进门，一年四季招财进宝，祈福平安，万事如意。

正月初，是舞狮子拜年的高潮。白天兵分三路向周边村庄发送灯帖子，晚上按迎水而上的路线出灯。当时就流传着“不看舞灯的，就看送帖的”的说法。送帖子的人在当地既要有崇高的威信，又要有能言善辩的交际能力。送帖子也十分慎重，一般都物色在当地有头面的人家。傍晚，接灯户听见村头的锣鼓响就在大门前挂一盏大红灯笼以示准备接灯。引灯手一般熟悉地形地貌，知晓当地的风俗习惯，高擎八仙过海的大引灯，按预定的路线行进。接灯的人家最忌讳舞下水灯，如果地形不熟悉舞了下水灯不但要吃闭门羹，还面临着砸灯摔灯球的尴尬。偶遇久婚不孕盼子心切的夫妇，他们将事先准备好的绸缎披在狮子身上，披红的表示盼男，挂绿的表示望女。不过家乡的狮子特别显灵，那真是盼男得子，望女来凤。

“谁家见月能闲坐，何处闻灯不看来”，最精彩的是在生产队大稻场上玩全套。鸣锣开场，首先甩火球清场子，甩火球的高手站在广场中间，一手持一个烛光闪烁的火球，“啪”的一声，只见两只火球似流星拱月在天空画出一圈圈圆形的光环。男女老少自动往后退围成一圈。锣鼓响，脚板痒，全队的男女老少聚集一场，什么舞狮子、打花鼓、河蚌精表演一应俱全。打花鼓是传统的节目，由三男扮成生旦丑的角色。生的角色头戴毡帽，嘴唇悬着一尺多长的胡须，手摇一把破鹅毛扇。旦、丑的角色涂脂抹粉，巧舌如簧，花枝招展，手捻绢巾，妖里妖气，摇头晃脑。在有节奏的锣鼓声中走S路线交叉变换队形，表演时站成一字队形。表演的内容是《三国演义》《水浒传》《杨家将》上面的经典小故事，或者是民间的笑话，也可以现场即兴发挥，看到什么就说什么。一人一段小故事，最后一句异口同声，故意洋腔怪调逗观众开心。把说、学、逗、唱表演得淋漓尽致，往往一个经典小故事或一段笑话把观众笑得前俯后仰涕泪满裳。河蚌精表演特别逗人。在蔚蓝的大海边，一位老渔翁，头戴斗笠，腰背鱼篓，自由自在地划着小渔船，口中哼着“月儿弯弯照九州，几家欢乐几家愁……”的民歌。一个硕大无比的河蚌灯，用蓄电池做里面背景灯光，貌若天仙的河蚌精隐藏在里面，用双手拉动河蚌壳，一张一合引诱老渔翁。老渔翁看到硕大的河蚌欣喜万分，想用渔网罩住河蚌拿回家当作下酒的美味呢！狡黠的河蚌精巧妙避让渔网而激怒了老渔翁，渔翁张开双臂用力将渔网撒向河蚌。哪知河蚌牢牢夹住渔网，把老渔翁连人带网拖到大海里。那真是翁蚌相争，渔翁失利呀！

老渔翁被河蚌精拖进海里船翻人仰，那一瞬间狼狈不堪的样子逗得观众哈哈大笑。还有老百姓喜闻乐见的《夫妻观灯》《小辞店》《打猪草》等民间黄梅小调。武术表演的青年小伙子，身着绚丽的武术服装，精神抖擞，闪亮登场，表演了地八仙、小武虎、龙潭探穴、十八连环掌、大刀斩四门，刀光剑影，动作神速，十八般武艺精彩纷呈，令人目不暇接，心烦技痒，跃跃欲试。

最威风的是出远场舞狮子，家乡有两个集镇（项镇埠、杨家市）。时逢新春佳节，小集镇上有名望的人士出面邀请家乡狮子进集镇大显神威。狮子进镇不仅四季安康，而且财神随之临门。可是狮子“洗街”不是一件简单的活，一个集镇几百户人家，从头到尾，家家必进，户户必到，舞头尾的中途不准换人（传说中途换人不吉利），必须选派身强力壮的人担任角色。傍晚时分，浩浩荡荡的舞灯队伍，灯笼火把像一条火龙向集镇方向挺进。“八咯八、仓令仓……”铿锵有力的锣鼓声震天动地，划破乡村宁静的夜晚。狮子刚进街头，鞭炮齐鸣，鼓乐喧天，喧嚣尘上，人流如潮，灯笼火把把街道照得通明透亮。只见狮子威风凛凛，仰头摆尾，一蹿多高，在灯球手的向导下，开始“洗街”了，所到之处前呼后拥鞭炮齐鸣，好客的东家用香烟和糖果来犒劳狮子的精彩表演，整个集镇沉浸在无比热闹之中。这种大张旗鼓舞灯拜年的活动一直延续到正月十五闹元宵呢！

1977年春节，为了隆重庆祝粉碎“四人帮”的伟大胜利，迎接文艺“双百方针”的鲜花盛开，弘扬草根文化，活跃农村的文艺阵地，枞阳县金渡公社举行唱革命样板戏会演和灯会武术大比武。高大的擂台上，四盏汽灯光芒四射如同白昼。擂台两旁悬挂着“唱样板戏做革命事业接班人；舞狮子耍武术弘扬传统文化”的巨幅对联。露天台下人头攒动，聚集着成千上万的观众。随着公社书记一声令下“灯会武术大比武正式开始”，各代表队闪亮登场。只见身材高大、身着红色的服装、头扎白毛巾、身系绸带的灯球手、高擎闪烁的灯球做向导，一对威武凶猛狮子应着大四门武术的节拍和铿锵的锣鼓声，腾空而起，从东西南北四个方向，向观众跪拜（俗称：狮子拜四方）。接着这一对庞然大物以轻盈的姿态，柔美的造型，表演了倒立行走、翻筋斗、抢灯球、挠痒的动作。舞狮子的扮演者配合得幽默诙谐，把剽悍凶猛的狮子喜乐哀怒的神态惟妙惟肖地展现出来，赢来观众捧腹大笑和经久不息的喝彩声。一条巨龙徐徐地游上擂台，一会儿吞云吐雾，翻江倒海，一会儿金龙抱柱，遨游在宽阔的擂台上空。台上的灯会表演十分精彩，台下不时地响起一阵阵雷鸣般的掌声。

最扣人心弦的是金渡高家嘴舞“活狮子”。舞台用 72 张方桌叠成几丈高的金字塔，顶层只有一张方桌。动作敏捷的灯球手高擎灯球做向导，活狮子从下往上按照顺时针一层层地跪拜四方。在铿锵有节奏的锣鼓声中，舞头和舞尾的扮演者巧夺天工融为一体，走在大桌的边缘如履平地，盘旋拾级而上。当狮子爬到第 13 层，这庞然大物居然“活”起来，在一张方桌上，一会儿倒翻杨柳，一会儿直立而起，两只炯炯有神的大眼睛金光四射，眺望波涛汹涌的万里长江（俗称：狮子望长江）。活狮子在金字塔攀上跳下爬到最高的一层，是力大无比舞尾的人抱起舞头的人双腿，使狮子身轻如燕凌空而起眺望长江。那惊险的一幕，那威武的雄姿，令人至今难以忘怀，可惜那时没有 DV 拍摄下那一瞬间雄狮的造型。在几十米高的一张桌子上表演“狮子望长江”是高家嘴舞狮子的绝作。在金字塔顶层一张桌子上表演“活狮子眺望长江”既令观众拍掌喝彩，又令台下的观众为“活狮子”捏一把冷汗。接着龙口和金渡武术代表队闪亮登场，分别表演了精彩的武术。整个灯会武术比武一浪高过一浪，那欢呼声、喝彩声此起彼伏，把会演活动推向巅峰。

汇报演出结束了，又是一幅惊天动地的景象。一班锣鼓一班灯，各走各的道，各敲各的调。星罗棋布的灯笼火把染红了天际，只见一条条“火龙”蜿蜒盘旋在广阔的田野上。这喧天的锣鼓声，这欢声笑语交织成的乡村文化交响曲，仿佛唤醒沉睡的土地和静谧乡村的夜晚。沸腾的山野沉浸在“火树银花不夜天”“疑是银河落九天”的壮观之中。

正月初七庆人日

疏泽民

一大早，故乡白梅狮子凹，那个六户人家的小山庄里就飘起袅袅炊烟，接着就有诱人的鸡香鱼香弥漫开来。人们起早做饭，蒸鸡煮鱼，是为祭祖。饭菜摆上桌，酒杯里斟上酒，焚香、烧纸、点燃鞭炮，向祖先跪拜、磕头。祭祖结束，吃过早饭，人们就相邀结伴出去玩了。

村口有棵老槐树。虬曲的枝丫上早就搭了一根长长的麻绳，麻绳垂下的两端绑在木板或板凳的两头，就成了秋千。秋千反过来念就是“千秋”，有“千秋万寿”的吉祥寓意。娃娃们可不管什么千秋万寿，只知荡秋千好玩，一人坐在木板上，双手扶绳，另一人在旁边用力一推，秋千就随着绳索来回摆动。坐在木板上的娃子，享受身体腾空飞翔的快乐，久久不愿下来。地下的娃娃不乐意了，就不再推动，让秋千停摆，或者猛然用力，让秋千横摆荡成前俯后仰状，吓得坐的娃子尖叫求饶。旁边的大人见了，也禁不住偷着乐呢。

庄子三面环山。大人在这天都喜欢爬山，登高望远，以祈求这一年事事顺利，财气福气步步高升。一个人爬没多大意思，若有三五个人结伴同往最妙。一路谈笑风生爬上山顶，极目远眺，村庄、田野、远山，都在暖阳下舒展身姿；山下传来的声声犬吠、阵阵鸡鸣和零星鞭炮的炸响，为村庄增添了节日的喜庆。

离庄子不远处，有两座岩壁林立的大山，小名叫七嘎山，大名叫白云岩。白云岩的两座山原本连在一起，大约很久以前的一次强烈地壳运动，将山体拉裂，形成数百米深的峡谷。山腰间有座溶洞，“白云青鸟”的传说，就来自这里。两面刀削般的悬崖峭壁对立相望，就是耀眼的招牌；而那曲径蜿蜒的石壁溶洞，更是勾住了无数人的脚步。初七这天，方圆几里的庄稼人成群结队，来到白云岩，曲径通幽的山路上，少男少女络绎不绝，溶洞里更是摩肩接踵。有的为看风景，有的为求签，有的则期望一场美丽的邂逅。而那些调皮的孩子，喜欢将成串的鞭炮一根根地拆下来，点燃，往溶洞里扔。胆小的女孩，吓得直往妈妈怀里钻。大人呢，也不责骂那些调皮蛋，因为这天是人的生日，人们图的，不就是一个乐吗？

据庄子里念过私塾的老先生说，人日是个古老的节日，兴于汉代。《占书》记载，正月初一为鸡，初二为狗，初三为猪，初四为羊，初五为牛，初六为马，初七为人，初八为谷。到了唐代，人日节最为盛行，人们登高祈福，并举行多种庆祝、礼仪活动相庆。娃娃们听不懂老先生说什么，也不管什么人日鸡日，只知道这天可以痛痛快快地玩，即使弄破了新衣，打碎了碗碟，或言语冒犯了大人，也不会受打骂——他们认为，孩子这天被打，一年里天天都要驮打。孩子是家长的心头肉，怎么舍得天天打骂呢？

除了吃和玩，无论大人小孩，都不用干活。地脏了不用扫，衣脏了不用洗。据说扫地会把财气扫走，洗衣会把蚊子老鼠带回家。庄子里年纪大的，腿脚不好，就坐在屋檐下晒太阳，唠嗑农事，听听鸟语。他们最爱听的，是喜鹊喳喳叫，因为这是一年里风调雨顺的好兆头。

晚上，家家户户的灯火都亮起来，庄子里更热闹了。咚咚隆咚锵，一阵锣鼓响，庄子西头的戏班子开演了。戏台是由长板凳铺木板搭建而成，几盏红灯笼悬在戏台中央。演的是《打猪草》和《夫妻观灯》，悠扬的黄梅调，飘出村外。戏台前面，黑压压地围着里三层外三层的村民，不断喝彩。这边还在热闹着呢，庄子东头又传来了锣鼓和鞭炮响，那儿在舞狮子灯。看灯比看戏有趣多了，娃娃们便一溜烟地跑过去。领舞的人左手提着灯笼，右手握着五彩绣球，躲闪腾挪。那狮子呢，张着大嘴，左扑右跳，要去叼那绣球。忽然，领舞人纵身跃到层叠的高桌上，心有不甘的狮子也一步一跳，逐层攀上高桌，咬住绣球，并吐出条幅，上面写的都是祝福的话。掌声响起来，鞭炮声响起来，娃娃们激动得叫起来。

上弦月落山了，热闹了一天的村庄渐渐安静下来，快乐了一天的人们渐渐进入梦乡。正月初七喜庆的人日，已酣睡在人们绵软温暖的梦里，甜甜的。

正月十六送年

谢志成

老家的风俗，对正月十六的送年很重视。送年，说白了就是送祖宗。从去年腊月二十四小年夜起把祖宗接回来过年，到出元宵才算把年完整地过完了。十六一大早，家家户户都要把祖宗送到该去的地方。

送年是正月十六的头等大事。记忆中，一大早，母亲就起床做饭，平时早饭都是吃粥，今天例外要煮干饭的，还要备好三碗荤菜做祭品，父亲则一大早就把大小门头上的门庆子（相当于横批）撕下来，带回堂屋。有一年我跟在他后面帮忙，把门上的春联也撕下来了，由于春联纸张大，糨糊涂的多，是不能够一下子整体揭下来的，弄得大门像个“花脸猫”，父亲说，春联可以不撕的。门庆子是一定要揭的，否则老祖宗还以为年没有过完呢。

祭祖的活动跟往日差不多，供上三碗菜，三碗饭，三杯酒，只不过今天的饭得盛得满满的，最后一餐好让祖宗们吃得饱饱的好上路。撕下来的门庆子跟大裱纸祭祖时一起烧掉，再放一挂爆竹，几个十六响（冲天炮），磕三个响头就算把祖宗送出门了。父亲这时候常常像是自言自语道："老祖宗呀，年底我再把你们接回来过年啊。"

看着门头上没有了门庆子，重返平时光秃秃的样子，总让人很感伤的，年戛然而止，从现在开始就不是年了。盼了一年的年，就这么匆匆地走了，还有好多欢乐没有过够呢。学校也是在今天开学的，吃过早饭我们接过父亲给的学费，去学校报名了，大人们也扛着锄头下地劳作去了。门，从此又交给了"铁将军"把守。

我在十八岁的时候就走上社会，那时起每年的正月初十左右就匆匆离开故乡，已有十多年没有与父亲一起送年了。现在的农村大抵都是这样，留下的都是老年人和儿童，现在学校开学也比较早，送年的活动就更没有几个人参与了。留守家乡的父母们，会不会因送年而感到更加的孤独呢？我是多么想再回去一趟帮父亲一把，撕下门庆子，一起来送年。

三　月　三

章宝贵

每年的农历三月初三日，在家乡枞阳一直流传有吃粑的习俗。粑，又叫饼，有加馅或不加馅的区别，是一种用面粉或米粉加水揣揉成面团后，双手搓捏，制作成扁圆饼状的一种食粮，或煎或蒸，或油炸或水煮。而三月三这天要做的粑，其实有很多讲究，记得小时候在乡下，在三月三的头一天就要到地里挖一种叫作小蒜的野蒜和叫马兰的野菜（小蒜有抗毒杀菌之功，马兰有清热解毒之效），回家洗净沥水，切碎后放于籼米粉中，制作成粑，入锅油煎，添水加盖，稍焖便可出锅，一面焦黄酥脆，一面绵软清香，闻其香食其味，便叫人回味无穷了。

民间三月三要吃粑的传统，据老年人说，因为三月三这天自古就是招魂续魄的“鬼节”，这小蒜马兰米粉粑，有招徕吉福、消弭凶祸、攘除疾病的功能。在古人神秘观念中，人有三魂七魄，魂为人阳神，魄为人阴神，魂能飞扬上天，魄能下沉入地。而三月三的鬼节，先民们认为，伴随着生命之神一年一度的死而复活的人间万物，其中也包括人类，而人的死亡表现形式，就是魂魄离散，阳春季节，恰是招魂续魄，投胎人世的大好时机。尤其游荡的孤魂野鬼们也急于投胎阳间，在这天出来找人附体，便于自己投胎。所以，可以通过吃粑的仪式来“粑魂”，好让魂魄不离身或回归。就是在这种观念背景下，家乡枞阳的民间，至今还流传“三月三九月九，无事别在江边走”的俗语。

可这种传统习俗，为什么在家乡民间流传盛行呢？本人总结多年走南闯北的阅历，以及查阅相关资料，顺着漫长的中国民间文化的历史长河，追根溯源，竟也理出些许头绪，意在抛砖引玉，感受一下灿烂悠久的中国传统神秘的节俗文化。

三月三，在魏晋以前，称为上巳（sì）节，最早出现约于春秋时期，当初节日的主题是迎接生命之神的复活，以此为核心，节日内容包括沐浴祓禊（fú xì）、招魂续魄、祭祀社神、祈年求福、跳傩（nuó）驱疫、男女春嬉等一些活动。在《吕氏春秋·季春纪》有云：“是月也，生气方盛，阳气发泄，生者毕出，萌者尽达。”上古时代，先民意识中，这季节万物复活，也是适合人类繁衍的，所以在三月三这个节日里，男女在一起歌舞狂欢，还具有强烈的性放纵色彩，当然这只在华夏的部分地区流行。但从秦朝到唐宋，统治者们以禁遏淫风、整齐民俗，进行干预，只保留了部分相对健康，比如招魂继魄的一些活动仪式。

随着历史的演变，三月三这种类似复活节的习俗，也逐渐变形成多种形式遗存。其中就有变为某种节日饮食的习惯，但大都是从祭祀某种神灵的需要而开始的，比如就有传说三月三是真武大帝、王母娘娘、财神的生日。《荆楚岁时记》中记载：“取鼠曲菜汁做羹，以蜜和粉，谓之龙舌粄，以厌时气。乡村供神，以乌米饭，专用三月三。”更有与家乡吃粑来“粑魂”之风俗有异曲同工之妙的，是湖北沿江一带，至今保留的“三月三，鬼门关”的俗传，这天当地人，要扯一把地末菜，洗净放鸡蛋一起煮，人人都吃，以此来避邪驱疫。这些活动中的供品和饮食，我想大概就是如今人们吃粑的雏形了。由于家乡枞阳位处长江中下游，自古是吴楚咽喉要塞，民间习俗很容易就掺和复合了吴楚之遗风。从古书《荆楚岁时记》中可以看出，荆楚是今湖北一带，乃家乡紧邻上游，三月三的饮食习俗得以传播，并流行至今，是受长江流域的文化影响。朱熹著作《楚辞集注》中提及："而荆楚之俗乃或以是招魂续魄施之生人——以礼言之。固为鄙野；然其尽爱以致祷，则犹古人之遗意也。"另清朝胡文英著述《屈骚指掌》中云："生人招魂，吴楚风俗有之。"这些古籍里，亦或多或少涉及了三月三节俗的流传。

很幸运的是，这种古老的风俗，在民间丰富的土壤里，遗存至今。但由于社会的快速发展，人们都进入了快节奏的生活状态，尽管在农历三月三还有吃粑的习惯，但少了小蒜和马兰，都是在早点摊上买的成品粑，人们几乎淡忘或忽略了这粑的原味和吃粑的由来。

三月三来了，你吃粑吗?!

清明随想

江习明

清明节快到了。

俗话说：“清明大似年。”清明节上坟扫墓、祭拜祖先是中华民族传承已久的一种民俗。当然，各地祭祖的方式不尽相同。我们当地的习俗是在祖先的坟头插上标子、摆上碗、斟上酒、烧上纸钱、燃上鞭炮，然后磕个头，名曰“做清明”。

小时候，每逢这个时节，父亲也会选上一个星期天，带上我们兄弟几人，在已知的祖先墓前，一次次地沿袭着乡人皆知的祭祖习俗。在上山的路上，父亲经常向我们提及长辈们留传下来的一些传说，或者说说祖父祖母的故事，有时，也会提提他本人一些童年的往事。每每讲述时，父亲的眼神总是那样的恍惚，那样的游离。看得出，很多事在父亲的心里，仿佛就发生在昨天。

而今，父母已离我们而去了。这些年的清明，我们兄弟几人已经约定，每年轮流牵头，负起召集全家的责任来。一到这个时节，牵头人总会早早地逐个打电话，征询时间。然后，我们会选择一个风和日丽的双休，带上各自的孩子，回乡做清明。

很多人以为，清明就是上坟祭祖。是的，但这只是做清明的一种形式，而正是通过这个形式，让大家更多地感悟到传承的责任，感受到父母及祖辈的恩情。父亲当年给我们讲述的故事，如今要由我们向下一代人传承了。我们也会向孩子们讲他们的爷爷奶奶当年所受的苦难，讲我们这一辈人童年的清苦和快乐。

我们兄弟几人，因生活所迫，天各一方，一年到头，难得见上一面，因为做清明，大家才聚到了一起。我们会利用很短的相聚时光，相互交流，表达彼此的关切。而下一辈人接触机会更少，相互了解不多，也是由于共同做清明，才彼此感受到一脉相承、血浓于水的亲情。

清明前后，正是春意盎然、天朗气清的好季节，更是全家亲近自然的大好时机。平日里，大人们忙于生计，小孩子忙于学业，难得出来放松一下。而此刻，在翻山越岭的路上，吹拂着和煦的春风，呼吸着清新的空气，看近旁蝴蝶翻飞，听远处松涛阵阵，心情也变得格外清爽自在了。而山道两旁，时不时跳出的三五支不知名的野花，还有偶尔飞出的两三只平日很少见的小鸟，更让人眼花缭乱，惊叹不已。

清明原来竟是这样多姿多彩！今年，清明节也已被国家列入法定节日。清明作为一种民俗文化，内涵还在不断地传承和丰富之中，但愿今后的清明节，带给人们的不仅仅是烧纸与磕头。

清明一日

鲍官明

每年正月一过，母亲总是在电话里问，你们什么时间回来做清明？这时间过得就是快，印象中好像刚做过冬至，拍的图片在手机里，还没来得及上传就又清明了。老家有个规矩，每年春节过后，清明之前每天都可以做清明；立冬过后，冬至之前每天都可以做冬至。

昨天，双休日，二哥正好没事，于是，二人就一道回家了。

一进家门，母亲自然是十分的欣喜。小儿长，小儿短的。而家中的场景又是那样的熟稔和亲切。鸡们安详地在门前踱着方步，一边啄食着地上的泥土和砂子，一边探头侧目端详着我与二哥，把我们当成了生人；小猫咪窜进窜出的，一定是闻到了我们带回来准备做碗鱼的腥味；最惹人爱的那一群浑身黑得放光的小猪仔，一边哼哼唧唧，一边旁若无人地争食着母亲刚撒在地上的红花草；门前屋外枫树上、竹林里，不时传来鸟儿清脆的鸣叫声……在这样的环境里，我的思想前所未有的放松，头脑里是一片空明澄澈。记得正月里回家与姐姐聊天时我曾对姐姐说过，少小离家，这么多年地漂泊，无论在哪里，即便是在枞阳现在的家中，我时常都有莫名的烦躁，唯有在这一块地方，我才有一种安定的感觉。因为，这里才是我真正的家。

在老家，清明大似年。好多人隔江路水，不远千里地赶回来做清明，为的只是在先祖的坟前做一番祭奠，磕上一个响头。老太太还在世的时候，正二月里，只要听见哪家坟头鞭炮一响，就提醒父母亲，要给老祖宗送钱送礼送旗幡了。如今老太太已经去世四五年了。母亲每每对待清明冬至，自是十分虔诚，三碗菜，三碗饭，三盅酒，从来都置备得极为细致。而这三碗菜中，必须有新鲜的鱼碗，因为老爹爹（我的祖父）在世时最喜欢吃鱼，而且要新鲜的。曾子曰："慎终，追远，民德归厚矣。"老家的民风，在一年一度的清明冬至的爆竹声中，愈加地纯朴。

祖坟，累计有三处。一处就在屋后头马路那边，与黄坂相邻。听父亲说那里长眠着我们家祖上自高甸搬入泊塘的第一位老人，我看石碑上的辈分是"朝"字辈。鲍氏的辈分排行我只记得是"东、朝、正、大、时，官、光、徐、汝、志"，再往后，我就背不出来了。我现在是"官"字辈，那么那位先祖足足比我高了四辈，应当是我的高祖父了。曾祖父，听父亲说是个小财主，新中国成立前有百亩良田。但是，祖父年轻时好赌，曾经一个晚上输掉过二十四石米。没有本钱的时候，祖父就用曾祖父名下的田地做赌注。有一年，稻黄的时候，曾祖父依旧拿着镰刀到黄坂的鹅颈子田里去割稻。刚下田，徐光明的祖父站在泊塘黄栎头树下边跑边喊："小老爹爹，这个稻你不能割，你儿子前天晚上已经将这个田输给我了！"曾祖父气得吹胡子瞪眼，回家就要找祖父算账。曾祖母护犊子："你要是敢挨我儿一下，我就跟你拼命！你成天到晚就是田地、田地，田地有什么好！将来儿孙们有了出息，谁还要这个田地！"新中国成立后，祖父已经将田地输得差不多了，家里也因此落了个贫农的成分，全家却因祸而得福。再后来，我与二哥都考取了学校，家里就真的不要田地了。每每谈到这些，祖母都感慨唏嘘，说曾祖母有先见之明。关于这块坟地，中间还起过一次纠纷。我与二哥相继考上学校之后，黄坂的方家就认为是我们家的坟地好，于是某年其祖母去世时，便趁着父亲和大哥都不在家，家里仅有祖母和母亲时，强行地将棺椁葬到了我家的坟地上边。大哥回来后要去找方家理论，父亲劝住了："不要去理会他们，若祖宗真是有灵，我相信我们家那一群先祖在地底下也不会放过他的。若不是这个原因，吵了也就没有意思了。"对于纠纷，父亲从来都是让步。

另一处坟地是陈庄陈原里的外公。父亲与母亲两家仅一条塘埂之隔，打小父亲就常到母亲家里玩。只有两个女儿，没有儿子的外公十分喜欢父亲，常戏谑地要父亲做他的干儿子，不成想后来母亲与父亲自由恋爱，父亲真的成了他老人家的半边之子。外公生前不仅好酒，而且喜烟，因此，每每在外公的坟前，父亲都关照我们点上一支好烟。还有一处就是王山了。王山上埋着无数泊塘的老人。这其中就有外婆，小外公(外公的弟弟，一生无女，仅三个儿子，二子曾降伏给外公，因此母亲视小外公如亲生父亲)、小外婆和我的祖母。年年清明冬至，一路祭过来，祖母那里是最后一站，最响的鞭炮，最多的纸钱，都全部烧在了祖母的坟前。一时间，轻烟散淡，火石电光，祖母的音容笑貌，依稀眼前。

今年清明，宋庄的老姑和老姑爷也来了。往年必来的姐姐与姐夫因为到合肥去了反而没有来。实际上，年年的清明冬至，对于我们一家来说，不仅仅是祭祀先祖，而更多的则意味着一家人的团聚。

吃过午饭，一家人就坐在门前的空场子上闲聊。阳光和煦，春风徐来，鸟鸣啾啾。老姑竟然从几声我根本没有注意到的声音里判断出门前的竹园里有野鸡。我觉得不可思议。于是，就与二哥、老姑去找。果然，一只遍身麻灰色短尾巴的鸟被我们惊动，朝着杉元的大冲里振翅飞去。老姑又说，这是只母野鸡。若是公的，则有着一身金光赤绕的美丽羽毛和一条长长的尾巴。老姑并没有上过一天学，更没有动物学及植物学的知识。可就是眼前的老姑，凭着她数十年的生活经验，听音，辨形，给我们上了生动的一课。

临走，老姑爷指着门前一望无际的竹园和荒弃了的斑茅园，他说若能将这些场地平整了，栽上樟树、广玉兰、落叶松、桂花等名贵树木，若干年后，就是一大笔财富。当初我们以跳出农门为荣，这些年，为了能在城里找到一块安身之地而日夜奔忙着，不成想被我丢弃的故园，却有成片的土地在荒芜着。

“故园肠断处，日夜柳条新。”我知道，这些年，我已经失去了很多。

最忆儿时五月端

江习明

今天是端午节。

早晨飘起绵绵细雨。鹁鸪声声，雨雾蒙蒙。这是一个平淡的日子，与往日并无两样。

妻冒雨去了菜市场，只是比往日出门略早。恰逢高考，小城陡增几万人。市场行情深似水，水涨船高，菜价贵得离奇，不赶早不行。

上街回来，妻顺手将一把艾草和菖蒲，摆放在门口。有没有辟邪的意思，我不清楚。但过节，总要增添一点传统的气氛。

女儿昨晚熬夜了，估计不到中午不会起床。端午节在她心中，分量应该不重。但绝对是一个轻松的日子，可以睡懒觉，或者上网，或者看电视。

这与我儿时的感觉完全是两回事。小时候，家里困难，能吃饱的日子不多。只有来客人或过节时，才能吃上好一点的饭菜。几个小弟兄，除了希望家里来亲戚外，就眼巴巴盼着过节。可一年只有三节，太少。

记忆中的端午节，包粽子、炒蚕豆、分绿豆糕，过节氛围浓厚，空气中都弥漫着快乐的味道。那几天，有趣的事儿挺多。对我而言，感觉最有味的是过节时那些愉快的劳动。尽管年纪小，端午节的有些劳作我却是亲身参与的。即便现在想起，还是觉得非常美好！

印象最深的，有两件事。

一件事是打粽叶。过端午，当然免不了吃粽子。但对于小孩子，乐趣或许并不在吃粽子本身。我们那时的快乐，就在打粽叶的过程之中。

老家水塘边，很少有宽叶芦苇。想打几片好叶，须到外庄去。那几天，要叶子的人多，外人不会让你轻易得手。于是，节前好多天，弟兄们就蠢蠢欲动，伺机而行。等靠近人家池塘，一个放哨，其余的摘叶，很快就有收获。记忆中，总会被人发现，于是作鸟兽散。人家也不真追，追几步，就站那里，骂两声，喊两句狠话，做做样子，吓唬一下。

但这毕竟摊了个偷字，不好听。真正的打粽叶，兄弟们去得最多的，还是大姐家的庄子。那里靠近白荡湖，池塘连着河沟，河沟通向湖面，芦苇多而密，且不用偷偷摸摸的。大姐领着我们，沿河十八打，不消半晌，就能摘几腰箩肥大的芦叶。而且，非常过瘾，还能疯玩一阵，或在大姐家歇上一晚，顺便吃一碗在家里很稀罕的糖打蛋。

粽叶拎回家，就放在大盆里，用清水养着。至于怎么包粽子，那是大人的事，印象不深了。

还有一件事，也比较有趣，那就是砍山楂。这或许并非真正意义上的山楂，但我已无法描述这种植物的形状，姑且就叫山楂吧。

农村土灶锅台上，除煮饭烧菜的锅外，还有几个用于烧水的井罐。炎炎夏日，酷暑难耐，放几枝山楂到井罐中，加热后代替茶水，止渴效果极佳。

老家屋后有座山，名叫巢山。山中某个山谷，生长着少量的山楂。老家人将山楂砍下来，挂在屋檐下晒干，待到夏天时，随时取用。

记忆里，一年只砍一次山楂。而这一次的时间，就在端午节早上。

其他时节，从未见人砍过山楂。

砍山楂是要呵大班的，没人敢于独行。天蒙蒙亮，就有大一点的孩子挨家叫喊，小伙伴们难有不起床的，立马带上镰刀，拎上篮子，结伴上山。

山路崎岖，约莫半小时，才能到达那个山谷。这时，天已大亮。大家先是分头寻找，谁要是第一个发现山楂，一定惊呼："来呀，这里有山楂啊!"于是伙伴们纷纷围拢过来，三下五除二，顷刻之间，一扫而空。

转悠个把小时，有人已气喘吁吁。有打退堂鼓的，但望着山下的袅袅炊烟，看看还未装满的篮子，多数人都还要坚持一下。想撤的人显得无奈，只好跟后面拖着。大家就嘲笑他，坚持吧，家里还有新鲜炒蚕豆在等着呢！山谷里顿时笑声一片。

等到下面开早饭了，大一点的伙伴一声招呼，大家便集中，一路欢歌，满载而归。

现在回想起来，砍山楂虽然辛苦，却非常快乐。小时候，我好像有个错觉，总觉得砍山楂就是端午节的代称，吃粽子都不重要，端午节就是砍山楂。这说明砍山楂已深入我的骨髓，植入我心灵深处。

不过，有些事直到现在，我还是有点疑惑。那时的砍山楂，似乎从未有大人参与，也没遇见过别的庄子小孩。或许，这端午节的砍山楂，只是我们老家庄上所特有的习俗。一年只有一度，且大人不参与，没有掠夺式的砍伐。如此纯朴做法，值得回味！

年年端午，今又端阳。多年过去，粽子翻新，节味渐淡。但打粽叶、砍山楂的情景，仿佛仍在眼面，挥散不尽。

我心深处，最最美好节日，还是儿时五月端！

五月端阳

吴根福

农历四月下旬，街头摊儿上悄然出现一把把粽叶，似在提醒亲爱的你：端午节到了。粽叶多是女人们去水滨打的芦苇叶，回来后，水一煮，青绿的苇叶，泛出古铜黄色，再刷洗净，便可裹粽子了，也有少量宽大的箬竹叶，煮后颜色青翠依然，裹出粽子来，一准馋人。

裹粽子是宗巧活儿，得心灵手巧。裹出的粽子四角尖尖，大小匀净，呈棱锥状。用丝线系好，五个一串。再煮熟，粽香四溢；捞起来，谁见谁垂涎。

“滚（热）糍粑，冷粽子”，粽子冷着吃，一样糍糯香甜。剥开粽叶，露出黏黏的、清香的食材，不由喉头蠕动了。食材多用糯米，或中间塞一枚红枣，或四面镶几粒红豆绿豆，或内里拌一两块腊肉丁，风味不一，咸淡甜腻咸宜。节前节后，粽子成了主食，端午节堪称“粽子节”了。倘若是新亲，男方到女方家过节，几串粽子是必不可少的应节礼品。与三月三吃粑一样，邻里乡亲也互送粽子。人们边品尝边品评：谁家粽子看相好，谁家粽子口味佳。

端午节前，有一件事千万别忘了——是的，送兜包布。亲戚朋友乡亲邻里家有婴孩，过头一个端午节，是切记要送兜包布的，以免伤了和气、丢了情面。以前，经济穷困时，一般扯上二尺布，搁一盒绿豆糕即可。现如今，大都选一套童装，外包一个红包。嫡亲的，送一副银手镯，也不为过。礼尚往来，孩子的家长则还以酒肉等礼。

五月初三、四，铺街的是有浓浓药香味的艾蒿与长长的青绿的菖蒲，此二物价皆甚贱，家家买一两把回去，如清明插柳一般，端午一早，家家大门楣上挂上了镇邪除恶的“鞭”与“剑”，古老的村庄瞬间年轻、正义起来。

这一天最难忘的还得数吃。除了粽子，还有烧蒜子、炒蚕豆、咸鸭蛋，叫人每常忆及。

挂在檐下新收的一扎扎蒜子晒干了，母亲将整个蒜子在灶火的余烬中煨熟，让我们剥吃，说端午节吃蒜子，一年肚子不疼。大约蒜子有抑菌作用吧。还别说，一瓣一瓣剥开吃下去，味道真心不错。只可惜，这烧蒜子与童年的滋味，随着用上新式灶具后，便远离了我。如今唯有在回忆中去品尝了。

虽然街头那黄透了的杏、那青皮中泛出猩红的歪嘴桃，于我们只有眼馋的份，但晒干的蚕豆、豌豆，炒熟后成了我们很好的零嘴。大拇指甲般大小的蚕豆，鱼目样的豌豆，在铁砂锅里翻炒后，蚕豆皮的两面变成锈红，兼点点焦黑，甚是可爱。放嘴里，咬破皮，“嘎嘣”一声，极为脆响，“嘎嘣——嘎嘣——”，越嚼越香。直嚼得齿颊生津，直嚼得太阳穴生疼，还托着下巴颏嚼着。好像家家都炒了豆子，于是满村处处“嘎嘣”声。

吃炒豆得有一口好牙。上了年纪的人，多咬不动，看着咬得满口香的孩童，会慨叹曰“哎，老啰——人老不值钱啰——”，却看着孩子们慈祥地笑，似在告诉孩子们，岁月的河流悄然流淌，时光易逝。当年，他们也是这样“嘎嘣”“嘎嘣”地咬着炒豆，度过欢乐的童年的端午节的吧，今天这群咬得“嘎嘣”“嘎嘣”脆响的孩童，转眼间也会苍颜白发起来的呢！

而好吃又好玩的是咸鸭蛋了，至今尚念念不忘呢。

小时候，家中养了好几只梅子鸭。每天放学后，扔下书包，便和弟弟一起去田畈捉青蛙，下水塘摸螺蛳、河蚌，加上姐姐捞回的浮萍，来喂它们。鸭子吃活食，长得快，蛋也下得勤，且多双黄。母亲在清明前便捡大蛋腌了一罐，端午时正堪食用。

煮熟后，一个鸭蛋，用菜刀切成四片，放在瓷碟里，简直就是一帧名人画稿：青色的蛋壳托着白腻的肉（蛋白），一弯灿灿的黄嵌在白腻的肉中，红黄的油渗出来，洇过白腻的切面——光看着，便引动馋虫。父亲自是拎起酒壶，就一片咸蛋，咪上两口。

这一天，母亲会给我一个完整的煮好了的蛋。轻轻磕破蛋的圆端，剥开一点小口儿，用筷子轻轻戳进去——用力大了，会迸出红黄的油来——一点一点挖里面的蛋白、蛋黄吃。待享受完舌尖上的幸福之后，再将蛋壳里面掏得光光的，做蛋壳小灯笼玩：放进一根小棒，横挡着，在小棒上系上棉线，傍晚时，捉了萤火虫放在里面，天黑了，与小伙伴们提着它，在院子里游戏。耳畔飘来遥远的童谣：萤火虫，漫天飞……

一晃，曾经无忧无虑的童年，不知何时，已成抑郁的中年，在这一个粽香、艾香、豆香、咸蛋香依旧的端午，无尽地忆念起那亲切的往事来。

六月六，家家晒红绿

疏泽民

持续半个月的梅雨，在天地间挂起密集的雨帘，一只觅食的家燕，穿过雨帘，飞入农家屋檐。檐下有湿漉漉的雨披，湿漉漉的衣裳，还有湿漉漉的小矮凳……到处都是湿漉漉的，令人厌烦。

忽然一夜之间，雨歇云消，碧空万里。明亮的阳光，驱散了梅雨季的阴霾，将湿漉漉的大地照亮，将湿漉漉的村庄照亮。人们抑制不住心头的喜悦，脸色也如阳光般灿烂。娃娃们蹦蹦跳跳地从屋子里跑出来，边跑边喊：出太阳啰，出太阳啰！

这天是农历六月初六，是枞阳民间传统的洗晒节。恰巧这天久雨初晴，人们感谢老天爷的恩赐，看到久违的阳光，显得格外亲切。家里的被单、被套、枕巾、篾垫需要清洗，屋檐下潮湿未干的衣物需要晾晒，衣柜里的被絮、毛衣、棉布外套、保暖鞋泛着霉味，需要抱出来暴晒杀菌，就连手感潮湿的木凳、砧板、凉床，也需要晾晒去霉。一时间，池塘边、河溪边、水井边，围满了洗洗刷刷的女人，棒槌捣衣声、银铃般的嬉笑声不绝于耳。门前的树枝上、晾衣绳上、晒衣架上，挂满了五颜六色的衣物、床单，如万国旗般迎风招展。“六月六，家家晒红绿”。六月六前后正是沿江一带梅雨盛行之际，长时间潮湿的空气，让衣物、家具受潮霉变，一旦云散天晴，人们自然要抓住这难得的机会，抢洗抢晒。

在狮子凹，老人们常说，“六月六，鸡蛋晒得熟”。那时我还小，不相信鸡蛋能够晒得熟，觉得那是逗孩子玩的。后来才知道，这是个比喻。六月六，即将进入初伏，天气往往热得炸人。屋子里闷热难耐，加上有民俗“六月六，猫儿狗儿同洗浴”的庇护，小伙伴们可以破例抱着小猫小狗来到水塘边，这是个巨大的诱惑。说是给猫狗洗澡除虱，其实是自己享受嬉水的快乐。猫儿狗儿不敢下水，早跑到一边捉蝴蝶去了。我和小伙伴们便在水里扑腾，扎猛子，逮河蟹，直到正午，大人呼喊着回家吃饭，才恋恋不舍地钻出水面。

上了岸的小伙伴们穿着湿漉漉的短裤往回走，路过庄子里一位戴眼镜的老先生门前，见石板上摊晒着一排泛黄的厚书，有些好奇。刚拿起一本翻看，就被树荫下看书的老先生叫住。我们围过去，听老先生讲起六月六的来历，“六月六，天贶节，起源于宋代。贶者，赐赠也……”我们不懂之乎者也，对那些厚书也不感兴趣，加上肚子也有些饿了，就各自散开，朝自家温馨的小屋走去。

“正月正，闹新春；二月二，龙抬头；三月三，荠菜赛仙丹；四月四，插柳枝；五月五，过端午；六月六，家家晒红绿……”远处树荫下传来清亮的童谣，庄子里安宁祥和的气息，更浓了。

闲话七月半

谢志成

农历七月十五是属于节日的，家乡人称这一天叫“七月半”。实际上，它的正确称谓是“中元节”。如果你要在我们乡下的人群中问“中元节”是哪一天，我敢保证很多人答不上来的。如果你要问七月半这个节怎么过，我负责三岁小孩都晓得这一天该怎么过的。因为我们东乡对这个日子很重视，七月半请菩萨不知从哪一代就流传下来，从不间断，就像大年三十请菩萨一样，家家户户都得照办。

据迷信人说，这菩萨并不是指普度众生的菩萨，而是指阴间的那些孤魂野鬼。那些孤魂野鬼在阴间备受管束，只有在每年的七月十五和年三十晚上阴曹地府才给它们放风一次，来到人间接受活人的拜祭。世人恭敬拜祭，企求它们不要祸害活人。拜祭方法是用五碗菜、五碗饭、五杯酒、五双筷子。这菜得有公鸡、鱼、肉，这三样是必不可少的。其次是豆腐干和山粉圆子之类的都可以，但没有用青菜的。做法也有讲究，要求大而完整。鱼、鸡不能切碎，肉要大块的。拜请时要烧大裱纸，放鞭炮。我问过父亲，这日为什么要烧大裱纸？父亲说，死人在阴间只能用大裱纸，只有菩萨才可以用黄纸的。哦，这原来还是有等级之分的，不能乱烧。祭的时间在太阳落山时为佳。祭完后再弄一些饭菜撒向河塘，意思是说河塘里还有一些溺水身亡的孤魂呢。真是各路野鬼都请到了。

所谓的孤魂野鬼是指那些在人世间就孤苦伶仃，没有后代的人，死后化为野鬼来到阴间，每逢清明冬至时节没有下人去上坟拜祭它们，它们心存怨恨和嫉妒便想祸害世人。于是阴曹地府便对它们严加管束，只有每年七月十五和年三十晚给它们放放风。

而当今农村似乎不太讲究拜请的时间了。有些家当天没农活干，他们在下午太阳还很高时就匆匆拜祭。那样的急性子是为了草草收场，一家人共享这美味佳肴呢，哪有什么祭拜孤魂野鬼虔诚之心呢？完全是应付一下这节日的风俗而已。由此我想，我们国家现在正在建设社会主义新农村，我不主张立马破除这种迷信假慈悲之风，但我们要把慈善心肠用到实处，用在那些孤魂野鬼还生之为人时。他们活着时孤苦伶仃，我们得多多帮助他们，关心他们的疾苦。借句迷信语：真正得到了帮助的那些孤苦伶仃之人，他们死后才有可能保佑你，记住你的恩。

摸 秋

吴福成

在石婆老家，一旦进入秋天，色彩就变得丰富起来：红的、黄的、紫的，样样都是丰收的颜色，让人看着欢喜。这时各家各户自留地里种的那些形状各异、五颜六色的瓜瓜果果，也好似刚睡醒的孩子，揉揉眼睛，闪亮登场了。有粉扑扑的冬瓜、苗条秀气的菜瓜、憨态可掬的南瓜，还有那郁郁葱葱的甘蔗林，看着都让人口舌生津。

再好吃的东西，若是别人家的，当然“只可远观而不可亵玩焉”。不过也有例外，老家那句“八月半摸秋不算偷”的俗语让我们听起来很受用。因为只有在这天夜里，孩子们可以随便到哪家的地里采摘瓜果，大人们要是瞧见了，也是故作声势，胡乱干咳几声便作罢了。村子里上了年纪的老人还说，如果不摸秋，来年的庄稼会遭灾。

我第一次参与摸秋是七八岁的时候。那夜等父母睡去，月已上了三竿，各家各户的孩子们都蹑手蹑脚地出了门，集中在村头的打谷场上。年龄最大、个头最高的大孬子顺理成章地成了我们这支摸秋队伍的统帅。他将所有人集中起来，根据年龄大小平均搭配，分成两个小组：一组去西边邻庄的甘蔗林，那里成片的红皮甘蔗又脆又甜；另一组去东面小河边那一长溜的菜园里，那里的许多瓜果不是挂在枝头，就是躺在地里睡大觉。分配完毕，大孬子还不忘强调几点，比如不允许摸回没有成熟的瓜果，再比如大孩子一定要照顾好小孩子。

现在想来，大孬子一点都不孬，十五六岁的年纪就颇有领导才华，难怪现在他开的公司已有一百多号人，生意更是风生水起。虽然摸秋的夜晚不用担心被抓住，但对于幼年的我来说，兴奋的劲头一过，剩下的便只有紧张了，怀中如同揣着一只小兔，撞得厉害。大孬子确实很哥们，紧紧拉着我的手，悄悄地向目的地进发。

中秋夜的月亮又圆又大，将清冷的银光打在河面上。岸上一群人手牵手偷偷摸摸地往菜园里钻，全然不顾经常出现在河滩上的麻头蛇或癞蛤蟆，只管弓着身子朝白天已经打探好的藤蔓摸去。

约定的时间过了大半，每个人都有所收获，香瓜、南瓜、菜瓜尽收囊中，还有人幸运地摘到了几个快罢市的西瓜，只是形状不太周正。幼小的我因为紧张害怕，又缺乏实战经验，摸索了半天，才摸到了一条半生不熟的小菜瓜。

大孬子带着我们原路返回晒谷场，另一组队伍早已到达，都在谈笑间双手麻利地剥去甘蔗的长叶。我们将战利品集中起来，由大孬子统一分配。月光下的晒谷场上，每个人脸上洋溢着的兴奋、喜悦，又有谁在乎“摸”的多与少、好与坏呢！孩子们欢喜的是这样凯旋。

后来每年的八月十五夜，我依然和大家一起延续着“摸秋”的刺激和快乐，只是领队的统帅每年都更换。给我留下深刻印象的除了大孬子之外，便是大我十多岁的海子哥了。他在摸秋中不仅收获了果实，还收获了爱情。

之后才知道，那晚的摸秋活动结束以后，大家都各自散去，唯独海子哥没有回家，他去找他的相恋对象。只因为女方家人极力反对，他们只能偷偷约会。也不知是那晚的气氛比较浪漫，还是海子哥别有用心，反正在皎洁的月光下，他的手也如摸秋一般瞎摸一气，而这一幕恰好被路过的大人看了个真切。第二天就传开了，在相对保守的农村，发生了这种事，谁家的父母都不好再反对了。不久之后，他们就办了酒席，把婚事办了。很多年之后，村里人还经常把这事挂在嘴边，说那伢子好福气，人家摸秋摸点瓜果什么的，他倒好，连新娘子一起摸回家了。

我上初中之后，村里外出打工的人多起来，许多人都举家搬到了外地，摸秋一事因为少了大孩子们的参与而失去了主心骨，难以为继了。现在，每到八月十五中秋夜，当年那一群手牵手摸秋的身影，像一个尘封许久的记忆，又真切地浮现在眼前……

做　冬　至

李慧梅

虽说公公婆婆已不在老家居住，但每年的清明冬至他们还是要率领众儿女回家祭祖的。时光荏苒，今年的冬至又匆匆来到了，做冬至——回家祭祖的大事便被摆上了日程。本来两位老人把今年做冬至的时间定在本月的十一号（农历十一月初五，正好是星期六），可十号婆婆提前回老家做准备时，村里人说连日来晴天，山上草木干燥容易发生火灾，村里一家都还没开始做呢，等下场雨再做安全些。于是原计划取消，婆婆又回来了，做冬至改在冬至当天，那两个工作较繁忙不方便请假的弟兄就不必回老家了，由我先生陪同公公回家做冬至。

今天一大早，我准备好给老家亲戚的礼物让先生带着。于是，先生便陪公公一起回老家做冬至。下午三点多，先生回来了，那样子吓我一大跳：他的额头鼓起了一个带血的大包！我赶紧问他怎么回事：你和人打架了？（我心里在否定，因为先生是个极其斯文有涵养的人）摔倒了？车子出事了？……一连串的珠连炮被先生一一否定。原来他们在山上放十六响的时候，最后一响炸到树枝上，树枝一弹直冲着他父亲反射过来。先生情急之下一个箭步冲到前面挡住他父亲，结果那一响对准了他的额头炸了。幸好没炸到眼睛，又幸好眼镜保护了眼睛……听到这里，我吓得直拍胸脯，心中默念：哎呀，老天保佑，真是不幸中的万幸啊！

我正要帮他在血包上涂点药，可受了伤的老公居然好心情地给我讲起了笑话："家中老坟在草木丛生的大山上，没有立碑（据说立碑是有讲究的），我和老头子（即公公）爬了半天山来到老坟前。老头子摆好碗筷准备烧纸时，我觉得有点不对劲，告诉他可能搞错了，老头子不相信，结果仔细辨认发现果然错了。于是，我们只好又重新摆碗筷……"先生说到这里，我已笑得肚子疼，真是差点应了家乡那句古话——找不到坟包乱磕头啊。

更好笑的是先生后面说的话："老头子真糊涂了，把他老头老娘（指公公的父母）的坟墓都搞错了，难怪鞭炮要冲他炸呢，肯定是他老头老娘在下面发脾气了！要不是我上前挡住，后果真不堪设想！"这时，我真差点笑岔气了。

先生看我笑得捂住肚子直跺脚的样子，不紧不慢地说："你这个女的孬子了吧，老公伤成这样，你还笑！"我这才醒悟过来，赶紧帮他在血包上涂药，可涂药时我还是笑得手直打战——老公对不起啊，看到你的血包我还是很心疼的，只是控制不了要笑。

天堂里的祖先们，安息吧！

腊　八　粥

周著泽

每年的腊月初八，在我的家乡，大王庙必煮腊八粥广为布施，住持老尼弘田师太必遣人送一钵香喷喷的粥羹至我家。我因胃有痼疾，忌甜食而无消受之口福，但看到妻女吃得齿颊生香的样子，每每口内生津，羡慕不已。

子曰："食不厌精。"素食的极品腊八粥，就是一个极好的例证。

选当年上好的红豆、绿豆、红枣、桂圆、栗子、莲子、花生仁诸种干果，外加优质糯米或粳米，按一定的比例掺匀，清水淘尽后，放置一贮好清水的锅内，先用烈火猛攻，至水滚开后改用文火焖熬一两个时辰，到红绿豆爆开、莲子烂化，粥色碧中带褐，粥香四溢后再放入适量的白砂糖（在贫穷的年代曾经以糖精代替白砂糖）搅匀，方才大功告成。

腊八粥缘起于佛教，据传佛祖释迦牟尼这一天于菩提树下悟道而成正果，后诸寺庙煮食腊八粥以志庆贺，并从此相沿成习。在三大教中，佛教素以清规多、戒律严而位居三教之首，清修苦行的僧侣们也唯有在这盛大的节日方可享受腊八粥这一素食滋补佳肴，从人性的角度看，这也是众多普通僧尼一年饿其体肤箪食瓢饮的慰藉和希望之所在，佛教悲天悯人的精神由此可见一斑。

民间效法寺庙而做腊八粥，不仅取其味美，更体现出勤劳朴实的农人对于皇天后土赐人间五谷丰登的虔诚感恩。但腊八粥的做法实在过于烦琐且费工夫，简而化之的大众食谱上的红豆粥、绿豆粥即滥觞于此。

宫廷是饮食文化的极致之地，后来腊八粥又成为贡品，食谱传至宫廷禁苑。腊八粥中掺燕窝的高贵吃法，除钟鸣鼎食之家争相效仿外，寻常百姓家自是望尘莫及而不敢问津了，现在市场上出售的所谓宫廷八宝粥也不能与它同日而语的。

第二辑 婚嫁庆生

嫁　妆

黄琼会

早年读《京华烟云》，很喜欢木兰这个女子。林语堂说："若为女儿身，必做木兰也。"他笔下的姚家木兰，端庄大方、优雅动人，兼有黛钗合一的知性美，宛若春天里将满的那轮月。而她那冠盖京华的嫁妆，更令她生出一番风仪，好比从《诗经·桃夭》里走来。

嫁妆，堪称世间最华美的词。是一枝灼灼桃花，盛开在女子心头。旧时女儿出嫁，又叫"于归之喜"，做父母的总要为之筹备嫁妆。而在我们枞阳农村，这桩事也是相当隆重。过去，如果哪户人家土墙粉得雪白一片，木格南窗油过红漆，那么马上要办喜事了。那年月乡间，新房里有最美的风景：几件红漆木质家具，一对单人沙发，一张雕花床，堆叠着大红绸缎喜被，被面上的龙凤麒麟、梅花牡丹，有花团锦簇之美。最醒目的，还是一台14英寸黑白电视机。如果娘家舍得买17英寸的做陪嫁，那是再体面不过了，简直成了喜事那天满堂宾客的谈资。婆家人自是喜上眉梢，视若珍宝，并感激于亲家的厚道大方。特别是女眷，少不得要朝新娘多看几眼，再满新房打量一番，同时赞不绝口。是时，新娘虽微笑不语，但神态气韵里，却是生生的喜悦。

这便是八十年代乡间女儿的嫁妆。世上女子的小幸福，大抵是靠美满婚姻来成全的。也许，婚姻与家庭，本就是女子的人生正道。一旦推门进去，便意味着，将要从此做个“宜室宜家”之人。而嫁妆，多少可以带来一份幸福底气吧。只是，幸福的日月如飞梭，那时候的新娘，如今都已人到中年。她们的女儿，也大多到了出嫁的年纪。

我是2000年结婚的。千禧年，算得上一个崭新的年份。记得从初春开始，母亲便托人订做羽绒被。大至冰箱彩电，小到漱洗用具，头头尾尾，一应俱全地堆满了我的闺房。足足忙了一年的母亲，这时候依然问女儿，还需要什么——我深懂母亲的心思，眼睛无由地湿了。只是问母亲，你当年的嫁妆是些什么？母亲淡淡说道，我房间布置，还和当年一样，只是颜色旧了。你是从小看到大的——当年母亲在乡村小学教书，是用一份微薄薪水，为自己置办的嫁妆：上枞阳街头扯套的确良衣料，做了嫁衣，是那时最时髦的面料了。而绣有梅花的红绸被面，手感柔软有质地，母亲是执意要买的。那精美的花饰，鲜艳温暖的红，多年也不褪色。甚至，我童年时身上的灯芯绒褂子，冬天写作业，用来取暖的火桶，都是母亲嫁妆的一部分——而眼下女儿就要出嫁了，母亲心里，难免有种不舍。但表情却如平静的湖面，只一门心思筹备女儿的嫁妆，花去了一笔不小的积蓄。村里的长辈，皆啧啧称叹我是多么幸福。在我那百户人家的村庄，我的嫁妆，实在丰厚奢侈，几乎拔得当年头筹。母亲，分明将我当作了她心中的木兰呀！

先生的奶奶，是位八十多岁的老人。母亲常说：“老太太，笑起来很慈祥，像活菩萨。”记得当新房布置一新，先生和我正在调试电器，婆婆扶着老人来看。老人一遍遍抚摸冰箱、彩电，喜欢得连声说，真好、真好——老人一生极苦，打小便以童养媳的身份寄养过来。起早摸黑，洗衣做饭，却仍旧讨长辈的嫌，有时体罚起来，竟是要睡柴房的。

在旧社会，多少穷人家女儿，不过两担稻谷钱。嫁妆，不过镜花水月，是女子心头无望的哀愁。但只有嫁出去，自己和亲人，才不至于饿死呀。老太太苦熬一辈子，老了，才赶上了好时候，看到这些新鲜东西。

我婆婆，也是吃过苦的。七岁没了娘，随父亲漂泊到棉乡彭泽。那地方有一眼望不到边的棉田，婆婆一双手，都是被棉花壳弄粗糙的。婚期临近，用自己种的棉花做两床棉被，嫁回枞阳农村，一过便是三十多年。新房是两间草房，一九七六年先生出世时换了瓦房，十年后，盖了全村第一幢小楼。在一片土坯房的乡间，就数这幢小楼惹眼。那时我放学回家，走在路上便能看见——没想到这户人家，却是我人生的归宿。

记得，和先生结婚登记那天，很冷。拍过婚纱照，从影楼出来时，外面飘起了雪花。一路上我们没说什么，只是相互笑笑，看着车窗外熟悉的路。这是一条求学落榜、离家归家都要走的路。后来，我问，我们真的要结婚了吗？那个人却不说话，眼里仍是笑，像个没心没肺的孩子，只拥紧我伸手接一朵雪。那朵雪，慢慢卧进温暖的手心，带着我喜欢的沁凉，刹那间融化——现在想起，像某个电影里的情节。

如今，我在这户四世同堂的大家庭里，过着美好的生活。我想，无论时光的镜头如何转换，美满的婚姻，总是女子幸福一生的根本。嫁妆，永远是一种将古典传统与现代潮流兼收并蓄的事物。透过它，可以相望人生的景深。而世间，总窖藏着一坛女儿红，一代代酝酿、开启着女子不同的命运。但于女子本身，其本质却一样美好，是一袭质地华美的丝绸，深藏于内心，深藏于岁月深处——远看，恰似那支桃夭，其华灼灼，其叶蓁蓁，弥漫着千年的芳香；近看，有如一部老电影，记载着世间甘苦，并见证着时代变化，与一份永恒盛开的温暖。

上锁的花轿

左萃莲

耄耋之年的奶奶有繁星般的故事，她经常坐在竹椅上，栩栩如生地说出一段故事来，如今奶奶已经去世了，但是她的音容笑貌犹在，她讲的故事依然留在我们孙辈的脑海里……

奶奶说，现在的新娘都坐小车子，我们年轻那阵子，新人作兴坐花轿，轿子你们晓得吧，现在电视上经常有呢，那时有钱人家的小姐出嫁坐四人抬的大花轿，轿上雕刻着什么金龙彩凤、麒麟送子的，特别好看，没钱人家的女儿呢，就坐小轿，两个人抬的，很简单。不管是大轿还是小轿，都上锁，晓得为什么上锁吗？我们都摇头，奶奶清清嗓子，娓娓道来。

老祖辈讲呀，很久以前，有一个小姐长得体体面面的，皮肤白白嫩嫩，小脚只有三寸，媒婆都争着给小姐介绍婆家，后来找了个高门大户的公子，两家门当户对，双方都很满意，于是定下日子，来年二月二结婚。以前哪像现在，什么日子结婚都成。上前结婚只有两个日子，一个是腊八，就是腊月初八，还有就是二月二，每年的这两天新人都扎堆结婚，有的人家半夜就会派来迎亲的花轿。“半夜接新娘？”我们迷惑不解，奶奶说，可不是，赶时辰啦，谁赶的时间早，将来就会幸福美满。腊八和二月二，大家都赶场看新人，看新人要先看脚，脚越小引起的赞叹就越多，所以哇，上前我们都裹脚……我们知道奶奶接下来会说到裹脚，于是抢着让她言归正传，“奶奶，快说那小姐吧。”哦，那小姐呀，二月二结婚，啧啧，结婚那天，娘家婆家都挂灯披彩，唢呐吹得震天响，一村子人都来看热闹，小姐穿着一身红衣服，披着红盖头，罩花轿的帷子都是大红彩绸的，绣着什么丹凤朝阳，现在世道真不同了，还有人结婚穿什么白婚纱，要搁上前，人家骂死了，白的不吉利呀，那时做喜事都穿红的，就连挑东西的稻箩都要染得红通通的，家里所有东西都贴红“囍”字……“我们知道，现在人家结婚也把稻箩染红挑东西，那小姐后来怎么样?”哦，那小姐，伴娘牵她坐进了大花轿，唢呐吹起来了，轿夫晃荡着轿子，向新郎家走去，新郎家比较远，走到一个没人烟的地方，大事不好，“怎么啦?”我们紧张起来，奶奶不紧不慢地说着，一个妖怪看上了小姐，这妖怪一挥手，吹起了一阵鬼头风，趁轿夫和吹唢呐的人一愣神，这神通广大的妖怪就把小姐弄走了，鬼头风停了，轿夫抬着轿子继续走，唢呐又响起来了，几个轿夫谁也没有感觉到轿子变轻，都以为小姐还在轿子里呢，轿子到了新郎家，大家都出来迎接新人，打开轿子一看，咦，新娘怎么不见啦?“新娘到底哪去了?”后来大家回头找，在一蓬刺窠旁边见到了新娘的红盖头，大家都说因为轿子没上锁，新人才被妖怪摄去了。后来，新人坐的花轿，不管是两个人抬的小轿，还是四个人抬的大轿，都上锁了。

上锁的花轿，在远去的故事中若隐若现，那把锁住新娘的大锁已经锈蚀了吧，那顶坐过新娘的花轿已经朽烂了吧，一切都已成前浪，被时间的后浪推到遥远的彼岸。

枞阳民间婚嫁习俗趣谈

网 络

相 亲

男大当婚，女大当嫁。男女到 20 岁左右就应该谈婚论嫁了。农村里有专门的媒婆。也有委托他人的，我就做了几次媒公，哈哈！有资格了吧！看见哪家孩子大了，就开始给他找老婆。先物色好女孩子，媒婆双方通气。男女双方父母就开始暗地里了解。这叫察亲，女方父母一般不会进男方家门，只在周边了解。媒婆都会暗中通知对方，注意屋里屋外环境卫生，左右隔壁邻居不要说坏话等等！在过去一般这种事，人家都不会说坏话，古话说："宁拆十座庙，不坏一门亲。"这是最起码的道德。通过察亲，大家都没有意见了，就要选日子相亲了。一般都是农历中的双数日子，寓意好事成双。去的时候一定要上午，下午不吉利，是对女方不尊。过去听老人说，路远的，天不亮就走。哈哈！那一定是很想娶老婆了。那天由媒婆带着，男孩穿戴整齐，礼物一份：糕一条，红糖一斤，酒一瓶，猪肉二斤。父母出门再三叮嘱：紧紧嘴巴慢开口，不要乱说话。站有站相，坐有坐相。吃饭时要快，不要光吃菜，不能喝酒……生怕儿子娶不到亲。男孩到了女孩子家，看到女孩，如果满意就留下来吃饭，看不上，就提出理由回家，以表示不愿意，礼物就由媒婆带回家。女孩如果不满意，吃完饭后，女孩父母把礼物叫媒婆带回家，表示女孩不愿意。男的吃了饭，女的收了礼。就表示相亲成功了。回家后礼物除猪肉另加半斤外，同样送媒婆一份。媒婆就是为了这二斤半，哈哈！我也吃了不少。后面行不行再说！古话说："妥不妥，吃三伙。"媒婆就开始交换男女生辰八字。由男女父母请算命先生算八字合不合。合了，继续！相亲的故事有很搞笑的，这里就不一一细说了……

认　亲

在媒婆的撮合之下，双方都认可了。男方委托媒婆三请四接，女方父母才尊抬贵步来男方家中，共商婚姻大事。古话说："抬头嫁女儿，低头娶媳妇。"呵呵！该摆谱了，不然还不把你当人！当然是大鱼大肉，杀鸡宰羊，好酒好菜地款待。酒足饭饱之后，开始言归正传。一般男方父母不开尊口，都由媒婆代言。哈哈！媒婆有机会了：吃了原告吃被告。主要是女方的要求；（1）结婚之前要达到什么条件。戏言：三金一冒烟，楼房贴瓷砖，还要五万放半边……呵呵，要求高吧，买条项链做个留恋还是要的；（2）确定双方媒人、证人。男女双方各找媒人一个、证人三个。知道什么叫三媒六证了吧？其目的，婚姻非同儿戏，会出人命的，以免日后双方出尔反尔；（3）确定认亲的日子。当然还是双日子，也可以逢节，端午节，中秋节，春节；（4）指明女方多少亲戚需要送礼，多少小孩需要红包；（5）认亲那天所需礼物。根据女方亲戚多少，要请多少人吃饭，所需鱼、肉、香烟、酒、茶点……左邻右舍，女孩朋友，还要糖果数斤、手帕子、香脂等等，都由男方购买。东西多？哈哈，还早呢！这是认亲的初步，又名定亲或下定。戴上男孩子送的项链，就好比小狗系上红头绳——有主了！哈哈，玩笑！姑娘看了别生气！经过媒婆的讨价还价，双方确认无误。准备好一切，只等认亲的那一天了。这个很重要，不然那天就有麻烦，礼物一样也不能少！

认亲那天也要上午去，在媒婆和男方媒人、证人的带领下，小伙子和挑夫浩浩荡荡挑着礼篮去认亲。礼篮我们家都用稻萝，外面贴红纸，书写：“琴瑟之友，金玉良缘。苏才郭福，姬子彭年。”哈哈！不懂吧，一般人我不告诉他！很多人写：“福如东海，寿比南山。”那是祝寿用的，不恰当。礼篮里面装的是所需的一切，每一个礼篮上面还有一个红尖包，哈哈！好看吧？男女双方约定，如果男方出门放鞭炮，女方进门也要放。路上遇到小孩子拦路的，你可不要发火哦，给点糖果、香烟就好了。到了女方家门口，女方会派人接礼篮。如果女方人没有到，男方挑夫千万不能歇。歇！歇！歇！这门亲事就歇了！不吉利。出于礼节女方一定要派人接的。等等吧，再累也不在乎这一下子。女方开始用礼篮中的礼物做中饭。呵呵！说了半天，有饭吃了！小伙子，别以为你也可以上桌子吃饭，干事去！还想喝酒吃饭，搞得不好，就把亲给搞歇嗒子。哈哈！

干什么事？左右邻居派糖果，发手帕子、香脂。恭喜！恭喜！门口的亲戚由女方父母带着你一家一家地送礼，那些小孩子要发红包，听她妈妈的。别见小孩子就发，人家讲你是萝卜！哦，忘了！忘了！从进女孩子家门起，见到她父母就应该改口叫“爸爸、妈妈”了！记着！别瞎地叫。不然怎么叫认亲呢？她家亲戚，她妈妈会教你怎么叫。回家之前女方会在每一个礼篮里放一条糕，还有染红的鸡蛋。这叫高来高去、红红火火。图个吉利！女方家肯定有远房亲戚，第二天，哈哈！机会来了，一般都是由女孩子一个人陪你去送礼。小伙子看你本事了，呵呵！别大木骨桶子，坐三轮车还要小姑娘把钱。哈哈！送完所有的礼，女孩子会在她父母同意之下，由小伙子接她到未来的婆家看看。别想歪了，晚上一定要回家！进门后，男方父母、长辈都要发红包，这叫见面礼。女孩子也要改口叫："爸爸、妈妈"……哈哈！认亲基本结束了。吃完中饭，小伙子送她回家（出门分红包呢！二五添作一。拿着上网去！没有出息的东西，明天上山砍草去，认个亲你大大去掉了好几千块！哈哈！）哦，差一点点就忘了，媒婆还没有送礼！其他东西都一样，猪肉还要加半斤。小子，结婚还早。从现在开始要给老丈人家里做事了！

朝　节

男方父母再三委托媒婆，家里都准备得差不多了，房子也做了，家具也添了，小伙子也不小了，下半年两口猪也大了……（哈哈，媒婆想，又有的吃了！）媒婆和男方父母来到女方家里，哦！应该叫亲家了。礼物不可少，媒婆二斤半，基本和相亲一样。亲家准备饭菜，边吃边谈。媒婆："认亲也有一两年了，男大女大的了，亲家唉！是不是把他们结了吧！"这是朝节的前提，叫求结（顾名思义，求女方允许结婚）。好！好！老丈人还好，答应了！那就中秋节朝节，腊月初八结婚。老话："腊八日子好，大姑变大嫂。"哈哈！有些还要看皇历，宜不宜结婚。如：那年立春在头年底，当年立春又在来年头，那年就叫无春之年。不宜结婚！无春不养人啊！哈哈！信不信由你。当然最主要的还是姑娘，一定要错过那几天……不比现在很多都是奉旨（子）结婚，人家可还是大姑娘，小伙子。呵呵！定好日子中秋节就要朝节了。（端午节朝节，就在中秋节之前结婚，中秋节朝节，年底必须结婚）。

朝节！朝节！有点朝恭的意思。礼物当然还要，和认亲一样那么多家，而且分量还多。如：端午节要送绿豆糕、粽子，中秋节要送酒、糖、月饼、糍粑，还有几斤糖果，左邻右舍地发发。还是用礼篮，请挑夫，礼节不变。相亲放了鞭炮，朝节就必须放。三媒六证都到女方家里吃一餐，费用当然由男方出了。朝完节丈母娘管得就没有那么严了，哈哈！又把媒婆忘了，除了求节的，朝节还要送，还是多半斤。认亲后每一个节，指定的亲戚家家都看节。春节小孩子还要红包，你看看要多少钱！有人看了三四年节才结婚，呵呵！差一身子债，以后慢慢还吧！

别急，快了，马上就要熬出头了！小伙子，发狠赚钱，结婚花钱还早呢！

送山子

“山子”这个词是地方土话，也不知道是不是这两个字，姑且用之。如：腊月初八结婚，初六送山子，也有送山子、结婚一天进行的，主要是为了减少开支，省去麻烦。但女方考虑结婚那天办酒席来不及，多要求提前一两天送山子。多少山子？哈哈！山子！山子！山那么多！吓你！女方的亲戚朋友白吃白喝一两年了，这下也该出点血了吧！这叫礼尚往来。根据女方送贺礼的人数，确定结婚那天，女方家中要办多少桌酒席。酒席所需：烟、酒、鱼、肉、糕点、糖果、香脂、手帕等，都由男方提供。女方只需要添加点青菜、豆腐及其他小菜。男方头天准备好山子，次日一大早，烧锅做饭。媒婆、挑山子的，一顿好吃。酒足饭饱，开始出发！红尖包的礼篮里装的是老两口的血汗啊！小子，不要娶了媳妇，忘了娘！礼篮上写的内容要改了，结婚了嘛，应该写：“百年好合，花好月圆；执子之手，白头偕老”等。出门放鞭炮，多带点烟、糖果。路上有人要烟、糖果，就给点，多少钱都花了，还在乎这点？办喜事吗，人家凑热闹。女方接下山子，中午也要款待一餐，吃来吃去都是男方的，下午回家礼篮里依然是糕、红鸡蛋。

小伙子别急了，明晚上就有好日子过了！哈哈！说到这里，你们认为应该差不多了。错了！错了！结婚那天的风俗礼节，才是最复杂、最讲究的。男女双方家庭，为了这一天所做的准备，可以说是五花八门，一言难尽。在这里，我只能做最常规、最普遍的浅谈了。

小伙子别急，搞懂了，结婚不迟，日头总是要下山的！看你那急吼吼的样子。哈哈！

女方所做的准备：

（一）当然是嫁妆了。女儿这么多年了，现在嫁人了，不能两手空空地走吧？这个要根据家庭条件了，适当地陪点就行！听老人说，过去汤沟有一地主的女儿嫁给大山村一家，是全副罗嫁，什么叫全副罗嫁？首先是两副棺材在最前面，寓意升官发财，田地几十亩、耕牛两头、犁耙水车、六畜俱全……除了房子和一张床没有外，其他的，只要想到的，将来要用的通通都有。送亲的队伍长啊，前面棺材到了大山大桥了，后面还在七井。你想想什么没有？现在很多都是男方买了家用电器先放在女方家里，结婚那天贴上喜字拉回家。哈哈！撑面子！那些就不说了。但必不可少、一定要有的是：罗帐（现在用蚊帐）一床，棉被至少两床，枕头一对，箱子一担，大盆小盆脸盆各一块。最后一个绝对要有，马桶一个（现在用痰盂）。哈哈！知道为什么吗？罗帐：过去都是由锦绸制成，绣吉祥如意图案。厚！在外面是看不到里面的。鱼水之欢，总不能通通亮吧？表示姑娘家，重礼仪，知廉耻，忠贞不二。结婚那天罗帐是嫁妆中第一个上车的。棉被、枕头：女方父母当然希望夫妻一条心，“一床被不盖两样的人”就出自这里。还有夫妻吵嘴，晚上妇女也要被子盖啊！哈哈！箱子：装姑娘平时在娘家的一些心爱之物，还有衣服。最主要的是今天要装一双送给丈夫的鞋，过去一般都是姑娘亲手做的。闹洞房的时候，这个可以拿哦，不拿你就不走。哈哈！马桶里面有枣子、花生、桂圆、红鸡蛋。寓意早生贵子。

呵呵，小伙子快了，老婆开始准备来了。

（二）请人。这里所说的人，还不是请送礼吃酒的客人，是给姑娘梳洗，订（缝）被子，送亲的（现在叫伴娘）人。有个说法：结婚那天，新郎新娘谁先洗澡，将来就能管得住对方。在过去，结婚头天晚上，一过半夜子时，就开始抓紧洗澡。哈哈！有点愚昧吧？换上新郎早就买好的新衣服。从里到外都是新的，不然怎么就叫作新娘呢。要梳头了啊！这次不能自己梳了，要请一个能说会道的给新娘梳头。一般是姑娘的婶娘，但必须是有福之人：有儿有女，丈夫健在。一梳恩恩爱爱，二梳白头偕老，三梳子孙满堂……顺便偷偷地传授男女之间的知识。哈哈哈！现在有专门的婚纱摄影店了，做发型、穿婚纱、拍照片……这一套已经被淡忘了！嫁妆中的被子几天前就要订好，当然还是请有福之人订了。一定要用红线，女方早就准备好了。伴娘嘛，可以是新娘的妹妹或好朋友，但一定是没有结婚的。当然送礼的客人也要请，而且要请夫妻两人。送一百块礼钱，两个人还把吃回去了！哈哈！小气了吧！结婚嘛！好事成双。女方的酒席叫接轿饭，又名出阁酒。都是在中午办，所以要提前跟客人打招呼。梳头，订被的不管送没送礼，吃酒都要接，而且做事那天还要给红包，不管多少意思一下，这叫喜钱，不然人家背后会骂，这一家人好不晓得世相！

有人要问了，山子里面那么多香脂、手帕子、糖果、麻饼子、糕，干什么啊？哈哈！当然不会瞎地要。

（三）承情。姑娘要出嫁了，左邻右舍的这么多年，平时关系都不错。小姑娘也庭当，经常帮他们做事，很得人缘，现在要走了，将来见面就少了，大家意思意思吧！结婚头几天，左邻右舍就开始送茶饭了。妇女在家里烧好五个鸡蛋一碗面，端到她家里："二丫搭精啦，眨个眼睛就大子，门子就要把人家了。你走子表娘赊子手啊！喃！表娘烧得不好吃，也算是我的一点点心。婆家，娘家，都一号的，经常家来呢！"（所以在做姑娘的时候，一定不能多事，庭当一点，勤快一点，不然将来没有人送茶饭给你。哈哈！吃无所谓，面子啊！）茶饭吃完了，碗要还人家，总不能还个空碗吧？（因为是提前送的山子，东西来了，不然就要等结婚那天了）表娘家还有女儿，香脂、手帕子给点。糖果、麻饼子、糕，都给点。"表娘那么客气，承情了！承情了！喃！吃完子还个空碗给你。""直吖那么客气哉，还港（讲）空碗。"明天新娘出门的时候那个表娘一定会去送的！一家一家地承情，左邻右舍都这样，结婚那天才热闹啊。不庭当的小姑娘，放再多鞭炮都没有人去看。哈哈！"出阁的女子，卖过的庄田"，父母二十多年的养育之恩，如今就要成为人家的媳妇了，有几分喜悦，应该也有几分不舍吧？

（四）新娘应知礼节。梳洗完以后，伴娘陪在身边。新娘就在闺房绣床上用被子捂着了，再次体会娘家的温暖。不能带着一身寒气到婆家去吧！有点不舍就哭吧！娘也陪着哭。这叫哭发，越哭越发，不哭就表示对娘家不满。大嫂可不高兴哦："小二丫头，不晓得六开得记子她，连走眼水都没一滴。"大嫂在床前放个晒稻用的朗子，里面放着出嫁穿的新鞋，新娘现在可不能穿着乱跑哦！大嫂在看着呢！新娘脚底不能沾灰，灰是土，土为财。不能把娘家的财气带走。哈哈！迷信！发轿之前，新娘父母会送一碗糖水蛋进来，作为送别。新娘要穿上新鞋，必须站朗子里向父母行大礼跪拜。这下不管如何都要哭几滴眼泪，以表示感谢二十多年的养育之恩。糖水蛋让新娘再次感受以往生活的甜蜜，吃完以后，碗放在朗子里，站起来，筷子向背后用力扔去，千万不要回头看，以表决心，不再吃回头饭了。

一切基本就绪，就等新郎来接人了。别急！别急！新郎比你还急！

去看看新郎家准备得如何。

（一）布置洞房。不管家庭条件如何，大小都要一个房间，怎不能在锅门口结婚吧！必不可少的还是一张床。全副罗嫁也不陪床，老古话："床都没有一张，还结个什么婚！"窗户、墙都贴上大红双喜字，被子是有福的大嫂订的，"大红被面绣鸳鸯，龙凤呈祥喜洋洋。今日新人配一对，日后子孙福满堂。男才女貌真叫好，恩恩爱爱地久长。红线联成新人被，快拿红包和喜糖……"哈哈！多谢了！订好被子又铺床，大嫂又是一番忙。快叫侄儿撒泡尿，来年养个一样长……好会讲的大嫂，都是好话！还要请老先生写婚联：金玉良缘喜成一对，伉俪恩爱好合百年。横批：花好月圆。哈哈！老一套好啊！堂屋里挂满了客人送的红批。到处喜气洋洋！

（二）两头大肥猪也杀了，请了厨师，准备办酒啦！新郎开始一家一家地请客人吧！"大爷啊！门子晚上到我嘎坐一哈子，喝杯喜酒哦！""好哦！好哦！还嗷大爷，要嗷大爹爹了！"母舅，舅母，必须老头子亲自去请。你没有看到母舅的红批挂在堂屋的最大边。儿子结婚，除了媒人，母舅最大。"外甥是母舅的根嘛！"客人请一次是不会来的，明天就由亲戚朋友催了，必须三请四接才来。过去生活水平差，吃餐酒席不容易。生怕去早了等饭吃，人家会说他馋巴巴地！哈哈！现在生活好了，只是把它当成玩笑，来晚的会说：看你们馋巴巴的相，中午都没吃就跑来子吧？哈哈！

（三）做好明天迎亲的准备。过去请轿夫，现在请轿车，都要拿喜钱，香烟两包、糕两条。别忘了，还要请一辆车，娘家还有嫁妆。多派几个人去搬嫁妆。放心！每人香烟两包。有些人家要求：搬嫁妆一人只准搬一次，不准回头再搬，说不吉利。哎！一般女方会叫亲戚帮忙的。还是多叫几个人放心点。哈哈！三媒六证的都到齐了。现在都被开除了，一般只请两个媒人了，男女双方各一个。最后提醒：明天“拦路打劫”的多，多带点香烟、糖果。

迎亲。人生三大喜，洞房花烛夜也是其一。总算等到这一天了，小伙子的笑容是从心底里笑出来的，既紧张，又兴奋。一大早，三媒六证的都来了，轿夫一切准备停当，小车、大车都贴上了大红喜字，一派喜气洋洋。早饭已经做好了，大家吃个便饭就去接新娘。新郎发香烟了，三媒六证、轿夫、搬嫁妆的每人两包。锣鼓喧天，鞭炮齐鸣，出发！迎亲的队伍浩浩荡荡。

条条大路通罗马，条条大路也通新娘家啊！走哪条路？这个比较讲究。娶个媳妇，可要为男方传宗接代啊！所以要择路而行。路要迎水而上，起码新郎出村，进新娘村口，去新娘家，这三段路一定要迎水而上。水为势，迎水为龙势，龙为子，寓意多子多孙，好兆头！这个女方媒人做主，他熟悉环境。

新郎家里安排好迎新娘的人。一般为新郎的大哥，下午新娘来了，由大哥背进洞房，表示男方一家对新娘的尊敬。将来小两口闹矛盾，男的要是不尊敬女的，女人一定要说了：“不晓得丑，当初我又不是跑到你家里来的，不也是大爷背我进你家门的，现在不得了了！”（注：地方称呼，爷就是叔叔，爹爹就是爷爷。）

一路还算顺利，花了几包香烟就来到新娘家了。鞭炮一响，迎亲的队伍欢天喜地地进门就座了，怎么坐？新郎急啊！这里就不啰唆了，回家再说。新郎别站在那里不动了，发香烟，撒糖果、花生啊！（花生是男方提前准备好的，用红染料染过，生的！好意图啊！）看热烈的那么多人，见人就发，每人两支香烟，好事成双嘛！糖果往小孩子多的地方撒，让他们去抢，热闹啊！多撒点，不然没抢到的会骂的！哈哈！现在小孩子不稀罕你的糖果了。女方的酒席已经准备好了，那就开始吧！酒过三巡，菜过五味。做媒人的可不能贪杯啊，还有重要任务呢！

催轿。媒婆看酒席吃得差不多了，就开始找女方父母一番客套："你家真厚道，这门亲，顺汤顺水的，真的没有任何麻烦，这个媒我好做哦！我晓得养个女儿这么大，现在把人家了，你们不舍得哦！想想也是迟早的事，应该高兴才是！表娘啊！还有什么交代的，快跟新娘子说。男方家里还有许多路，那边急哦！"经过媒婆再三地催促，开始搬嫁妆了。让新娘的侄子第一个扛罗帐先上车，其他东西就随便搬吧，注意不要回头搬二次了，女方有人帮忙。大家轻拿轻放啊！千万不要把嫁妆摔坏了，那可不吉利啊！一切都要新的嘛，不新表示什么？大家懂了吧！女同志就不要动手了，这事吃力不讨好，也触霉头！嫁妆已经装好了，就等新娘上轿了。

发轿。媒婆再催催吧！新娘已经泪流满面了，糖水蛋也吃了，大礼也下了，媒婆开始支招："新娘子啊！我做你红媒添十岁，出门望天不望地，不论老鬼高声喊，永不回头嫁吉第！"新娘子注意了，不论发生什么，谁叫你，出门以后千万都不要回头。这个可是大霉头啊！新娘子大哥来了，新娘子啊！下个礼，鞭炮一响，喜乐和鸣，发轿！送郎舅背起朗子里的新娘出嫁了。外面送新娘的人真多，看来新娘子的确很庭当。吃酒的啊！没有吃饱也要放下筷子了，发轿了！没吃饱回家再吃吧！哈哈！所以老人常说："吃饭不吃出阁饭，哭哭啼啼吃一半。"送郎舅把新娘背上轿车，带着儿子一同前往，还有伴娘。新娘子不要再哭了，再哭就不吉利了，起轿！

一路上"拦路打劫"的太多了，香烟去了好几条，糖果去了十几斤，总算买通了道路，到了村口。村口黑压压的一帮小孩子，他们早就准备好了伺候新娘子的“礼物”，烂泥巴、灰土……

“打新人”。打新人是周潭特色风俗，听老辈说，过去有一时期，周潭出了许多泼辣的媳妇，老是欺负丈夫。为了新郎将来不再惧内，遂想出了这么个办法。发动小孩子在新娘还没有进门前，给她个下马威，打！好让她知道姓周的凶悍，以后不敢胡作非为欺负老公了，而且还要求新娘打不还手，骂不还口。不然一辈子都要遭族人耻笑，说你没有家教。哈哈！姑娘们不要怕，现在已经没有这个习惯了，放心地嫁给周潭的小伙子吧！

媒人有经验，赶快去撒糖果、花生，多撒点！趁小孩子抢糖果时，媒婆带着新娘赶快跑！不然新娘子就变成了“泥巴鬼”了。总算躲过去了，新娘要进门了，放鞭炮！大哥哥马上要成大爷了，赶快背新娘进洞房。婆婆准备好了一碗糖水蛋加桂圆，吃吧！不要以为婆婆客气，鸡蛋为子，知道什么意思吗？吃子生子。同是女人，这可是婆婆的期盼啊！老二房就靠你传宗接代了，看看一碗五个鸡蛋，五子登科，好！全部吃了，准备做超生游击队吧！

哎！新人进了房，媒人撂过墙。我的工作基本结束，剩下的就等着吃了……看看这家可厚道，假装回家有事，也让他跑几趟，摆摆架子，哼！我不去，谅他也不敢开席！哈哈！就不要找人家麻烦了，人家忙！

吃喜酒。这下可有讲究了。中午没有来得及说，现在没事了，耍耍嘴皮子吧。地方习惯三圆以上才称为酒席，以下只能算便饭。一般四圆席比较普遍，经济条件好的办五圆席。何为圆？圆即丸，有大肉丸子、小肉丸子、鱼丸子、珍珠丸子、山粉丸子，共五种丸子，全部都有叫五圆席。一盘一盘地吃，上四盘菜后上丸子，故四圆席共二十盘菜。够吃了吧？提醒一下，有两盘菜不能吃！不是有毒，而是有说法：第一盘菜，碗头鱼，寓意年年有余，总不能把人家老本都吃光了吧？中间一盘菜，小肉丸子。大肉丸子，寓意大团圆，大家团圆，可以吃。小肉丸子，寓意小团圆，家庭团圆。吃？你还想拆散他人家庭不成？哈哈！这些都是一种说法，主要原因，我想还是过去生活苦啊！吃酒的哪个不带个小孩，多少都能吃得完，吃不了还可以兜着走，哈哈！这样一说起码自己家里人，以及帮忙干事的，还有两盘菜可以下饭。

座位。这点过去人非常在意，虽然没有梁山英雄排座次那样慎重，但也绝对不能马虎，搞不好，轻者拒绝出席，重者还要大骂你家里人不会做事。进门靠右手最上面一桌为首席，上行右手为首座，媒人最大，媒人坐，左边大家知道是谁了吧？新郎的母舅，其次是送郎舅、伴娘、轿夫。剩下的按辈分长幼，年龄大小依次就座。

酒桌上摆好了茶点。香烟、糖果每人一包。放鞭炮！喜筵开席，欢天喜地，热烈非凡，尽情地吃吧，尽情地喝吧，小孩子没有吃过酒的，看长辈，他们动筷子吃，你就吃，保准不会错！已经上两盘圆子了，媒人要去牵新娘了。

新人斟酒。在一片欢呼声中，新娘闪亮登场，新郎站在旁边，媒婆说话了："安静！新郎新娘拜堂前，男才女貌今生缘。今夜夫妻成一对，恩恩爱爱到百年。"好！同喝新人一杯酒，财顺利宽寿永延。良辰美景春宵短，早让花好月更圆。哦！不行！不行！一个一个地斟！哎！呼声太强烈，那就一个一个地斟吧！从首席开始，新娘斟酒，新郎发烟，新娘新郎都要站在下行，不要乱动，够不着，够不着也要斟。还要叫人，说好话，不然人家会说新娘是不是哑巴啊！今天宾客都"官生一级"，哥叫大爷，大爷叫大爹，不要怕羞，反正都是迟早的事："大爹爹啊！没菜哦，喝杯寡酒，祝你身体健康！""好哦！你这小吖，还没菜，客气了，我也祝你明年养个小子的哦！"一句话把新娘羞得满脸通红……彼此送上良好的祝福是应该的，至于那些整人的花招，我就不再“指点”你们了。鞭炮再次燃鸣，山粉圆子上来了，圆席！总算把酒也斟完了。闹到这里，新郎的父母呢？老头子、老奶奶为了儿子娶这门亲，任劳任怨。你看看，老头子到现在还在后门口劈柴，老奶奶还在洗碗。将来儿子、媳妇要是不孝，眼水想子往肚子里淌啊！新娘还算庭当，找两个酒杯，也斟杯酒：“大大、姆姆，您二老辛苦了，喝杯酒吧，祝你们身体健康，长命百岁！”老奶奶感动得热泪盈眶：“好哦！吖啊！有你这片孝心，我和老头子就是吃再多苦，都心甘情愿！”好感动！

闹洞房。趁新娘斟酒，几个老表早就溜进新房，占领有利位置。正所谓，老表娶亲来热哄，新人房里无大小。闹吧！二老表首先出马：“新娘啊！你家里陪许多新被子，里面包着什么东西？掀开来看看，哇！许多花生、枣子、桂圆。这是什么意思哉？教教我！怎么不作声咯？”明显明知故问，新娘能说早生贵子吗？大老表有经验，早就靠在箱子边了：“老表啊！这今天为了你结婚，鞋底都跑通子，听讲表嫂手艺不错，看看！打开箱子就穿，哈哈！刚刚一脚，谢谢表嫂了。”小老表年纪小，死皮赖脸地：“新娘啦！你结婚，老端盘子，到现在还没吃，听人家说你胸口还有一条糕，什么焐心糕，正好拿出来把我吃了吧！”舅母来了：“孬鬼，那些人怎么拿哉！明天把你！”小老表耍赖皮了：“舅母啊！你别逗我，我不管，我又不看她拿，她要是不拿，我今晚就不走了，我在沙发上困！你看看这个皮搭子……”最后还是媒婆解围：“春宵一夜值千金，快拿几包好烟走吧！再闹，公鸡都要叫了！”呵呵！一语双关。总算打发走了，夜渐渐深了……

听墙根。左右隔壁，几个吃饱了睡不着的家伙要出坏主意了，叫老大家的小孬子来。小孬子屁颠屁颠地跑过来：“又有什么事拿我开心哉！”三爷一本正经的：“小孬子啊！今晚你去二爷家贴喜字的那个窗户下躲着，听他们说什么，明天向我汇报，一句话五个小糖。”小孬子不孬：“你先给我五个小糖，说话算数，我就干……”

第二天一早，送郎舅、大侄儿、伴娘，吃过早饭，打道回府。大侄儿、伴娘还要包个红包哦！多少钱都花搭在，还在乎这个。农闲嘛！没事，大家都来新郎家门口晒太阳，新娘子出来了，三爷大声叫来小孬子：“小孬子啊！昨晚你听到什么了？”小孬子迷迷糊糊地说：“昨晚就听到二爷……哎哟！背心皮都抓掉子！”哈哈哈哈！这句经典的“名言”一定会让全村人戏笑几年……到这里媒人算是功德圆满了。

母亲爱做媒

吴福成

一进入腊月，母亲便格外忙碌起来。除了传统的要腌制鱼肉，扫房除尘，准备年货之外，她还有一项重要的活计——牵线搭桥做媒婆。

记得钱锺书在《围城》里说："做媒和做母亲是女人的两个基本欲望。"此话说得未必全面，但用在天生就有一副古道热肠的母亲身上倒也恰到好处了。印象中，母亲大概从十多年前开始热心于此事，每年基本上都能做成一两对。如果真能应了农村那句"做个红媒添十岁"的话，那母亲一定成了不老神仙。不过年近六十的她，从不吃药打针，家里家外的活基本上都是她一个人在操持。我常笑着对她说，这都是您老做红媒积的福气啊！

记忆里，人缘极好的母亲开始并没有当过媒婆。有一年也是寒冬腊月，一远方亲戚家的表姐因为太过挑剔，直至三十出头还待字闺中，这可急坏了她父母，四处托人说媒都没有下文。亲戚知道母亲做事认真、能说会道，便托母亲帮忙，热心肠的母亲一口应允下来，便开始物色人选了。最后母亲想到了隔壁邻庄的一个年轻小伙子，因为兄弟多，家境不好而错过了最佳的婚娶年龄，但这个小伙子为人诚实，不抽烟不喝酒，在外做了几年木工收入也还可观。在母亲的撮合下，两人见了面，居然还真投缘，没费多少精力，母亲就吃到了“二斤半”，在他们结婚那天还坐上了上上席。

第一次牵线搭桥的成功，让母亲得到了一个“媒婆”的称谓。虽然自古以来这一形象欠佳，母亲倒也不生气，乐呵呵地接受了。这样一来，前来让她帮忙说媒的人就多起来。特别是进入腊月，常年在外打工的大姑娘小伙子们都齐刷刷地回家过春节。俗话说“男大当婚女大当嫁”，无论是男方还是女方，总希望未来的媳妇或者女婿是附近十里八乡的，这样知根知底，让父母放心。媒婆玩的就是嘴皮子功夫，怎样拿捏好分寸，说得恰到好处，说得家长心花怒放，愿意让自家的姑娘和隔壁邻村的小伙子见个面，这些对于天生就有一副好口才的母亲来说可是小菜一碟。在村西头老赵家，总会尽量说老王家的大闺女长得如何秀气，脾气好，人也勤快之类的优点和长处，直说得人家眉开眼笑，连连点头；而在老桥东头老钱家，把邻村吴大妈家的小儿子夸得挑不出任何缺点，说得钱家大小姐的脸上泛起一阵阵红晕。不过，在确定意向对象之前，母亲讲究的原则是门当户对。比如说男方家境殷实一点的话，那女方经济条件可以不考虑，但人一定要出众一些，反之亦然。尽量做到大差不差，这样成功率就会高得多。

当然，也不是每次说媒都能成功，有时母亲认为有十足把握的事，却因为大姑娘小伙子坚持自己的立场而导致失败。一般在那几天里，母亲总有些闷闷不乐，但她并没有因为一次的失败而一蹶不振，隔不上几天，又物色了另一个，脚不着地地忙碌起来。

后来，父亲在村办小学边上开了一家百货店，我们举家搬了过去。这一下子找她做媒的人更多了，父亲的小店俨然成了她的婚姻介绍所，后来我和姐姐多次调侃说要在店门前挂个婚姻介绍所的牌子，把母亲这个媒婆的电话公布在上面，让人家直接打电话过来。

在小店里的母亲比以前更忙了，每天除了操持家务外，还要帮忙打理一些生意，即便如此，母亲依然会乐此不疲地为东家牵线，为西家搭桥。经常会把物色好的男孩女孩见面地点选择在小店里，这样既能照顾父亲的生意，又能让整个相亲过程显得轻松活泼一些，不至于太过严肃。这时候，双方的父母是必不可少的，他们可是今天最重要的面试官。平时即使母亲把哪个夸得再好都不行，今天是骡子是马都要拉出来遛遛。所以在这一天，无论是男孩还是女孩，都要在打扮上花费一些心思，不能太花哨，也不能太老土，要大方得体，在言语表达上要尽量谦虚有礼，客气待人。而母亲此刻除了和双方的父母唠唠嗑，缓解一下气氛之外，便是泡茶倒水跑跑腿了。男女主角见面如果觉得不错，有话可聊的话，不一会工夫两人便悄悄走到屋后的校园里继续了解，此刻小店里的气氛一下子活跃起来，两边父母也都喜笑颜开，有着说不完的话。凡出现这样的局面就是成功在望了，忙碌几天的母亲也会露出欣慰的笑容。

工作以后，我就常想把这个能充分体现地域民俗文化的农村相亲场景拍摄成电视纪录片，但一直未能如愿。母亲前两天打电话乐呵呵地告诉我，今年腊月又有四户人家找她做媒，我笑着说，您的业务现在越做越大了。

前些年，看到每年腊月母亲把自己忙得像陀螺一样，也曾劝她该歇歇了。现在想来，这十多年来的坚持，让母亲逐渐习惯了这样的奔波忙碌，当看到那些成功牵手的新人，看到他们可爱的孩子，相信母亲是幸福的。也许在这个腊月，我最应该做的就是将一直未能拍成的相亲纪录片拍出来，送给母亲，也送给自己。

哭嫁

胡冰

正月初六那天，随朋友参加了一次乡村婚礼，又一次看到了传统的“哭嫁”风俗。我们去的正好是女方家。哭嫁的时间是在姑娘出嫁临上车的时候。在房间里，有两位中年妇人帮新娘梳头换衣。这个时候，新娘子的母亲在外面的客厅里放声大哭，在母亲的哭声里，新娘子由哥哥背起，在众亲眷的簇拥下钻进迎亲的车子，开始了成熟成家的生命旅程。

哭嫁的风俗，据说起源于战国时期，赵国的公主嫁到燕国去做王后，她的母亲赵太后在临别时“持其踵，为之泣，祝曰，必勿使返”。这大概就是后来长盛不衰的哭嫁风俗了。

哭嫁是种吉祥如意的象征，不哭不体面、不热闹，本地乡间还有“越哭越发”一说。每个出嫁的姑娘在离开娘家时要大哭一场，哭得越响，时间越长，意味着娘家感情越深，以后事业会兴旺发达。

小时最不能理解，结婚明明是大喜事，过门时，新娘子与娘家人却为何要哭得跟生离死别似的。若哪个新娘子哭得不够惊天动地又或干脆掉不下眼泪，总要被围观的三姑六婆们所诟病，这女子心肠硬，甚至动辄就上升到不孝。

第一次看到哭嫁，是小时候在老家，跟着父母去吃一个远房姑姑的喜酒。进门时，新娘子与母亲正在哭嫁。母亲在厨房里边忙碌边哭，新娘坐在自己睡房的床沿上拿着手绢低着头在哭。母女俩都哭啼啼的，都是边哭边数。新娘子边抽泣边数着父母的恩情，数对兄弟的不舍，数对往后日子的担忧。母亲边哭边数着从今往后，女儿端的别家碗，不知别家父母啥心肝。数着数着，母女都哭作一团，做父亲的就默然转身去了外面招呼客人。一干姨娘婶子也红了眼，泪水涟涟地赞新娘子晓得好歹，没白养一场。也劝新娘子母亲，说女儿嫁得近，可以随时就回来的。

开始哭，可能是因为程序的必须。但哭着哭着就触动了情怀，一发不可收拾了。娘哭，是辛苦一场，终成泼出去的水。女哭，是一段人生永不可复返的结束，将铺展而来的生活却充满未知，有惧有忧有眷恋有不舍。借了这个由头，开了闸，也算将无限的依依滂沱而出。毕竟女儿又有多少机会在出嫁后仍能赖在母亲怀里大哭一场呢？

只是那哭声惹不下我的眼泪，那时毕竟年纪小，哪能体味如此复杂的心事。但现在回过头来看，哭嫁作为一种风俗，是有着其独特内涵的。现今随着外来文化的加入，越来越多的传统文化变得弥足珍贵起来，如果你还想要再目睹到这些，也只能在一些特别的日子特别的地方才能看得到。

乡土韵味的婚俗

左萃莲

那年那月那日，新娘子没有洁白飘逸的婚纱，迎亲没有靓丽豪华的婚车，婚礼上没有口若悬河的司仪……那时候，从察亲走到结婚，每一步都是那么严谨。

我曾经喜欢听奶奶讲故事，奶奶她们那一代的婚姻都是“父母之命，媒妁之言”的，男女直到进洞房彼此才见第一面。结婚前互换庚帖，应该相当于今天的结婚证。新娘都是坐轿子的，大家闺秀坐八抬大轿或者四抬大轿，小家碧玉坐两人抬的小轿。奶奶是童养媳，一生没尝过坐轿子的滋味，每次和我谈起来，总是充满遗憾。

到了我妈这一代，媒婆牵线，男女双方父母就开始背地里观察了解，察亲满意后，媒人带小伙子去女孩家相亲。妈妈说，我爸第一次去她家的时候，她根本不敢正眼打量，只是匆匆一瞥就脸红心跳。在我们这一带农村，八十年代才开始有自由恋爱的。这时候，相亲的男女一般会坐在一起聊聊天，双方都中意的话，男方到女方家认亲，认亲之后就定亲，也叫下定、订婚。不知从什么时候开始，认亲就和下定融合为一体了。

昔日，下定讲究很多，择一个天气晴好的双日子，在两个媒人带领下，小伙子和家里亲戚声势浩大地挑着礼品到女孩家，女方指定办几桌饭，男方要备好吃饭所需的鱼、肉、酒、香烟，几个红红的尖包鲜艳夺目，里面有船豆、饼干之类的茶点。礼品里必须还有糖果、糕、麻饼子、手帕、香脂，后来几乎用“大宝 SOD 蜜”来替换香脂，女方把这些东西送给亲朋好友和左邻右舍。这些礼品都用稻箩挑着，稻箩周围贴着红纸写的“金玉良缘”“花好月圆”“天长地久”什么的，我爸写得一手遒劲有力的好字，许多人家做喜事都会来找我爸写字。

认亲时，男方要给女孩亲戚和“家里”的一家家送礼，二斤猪肉、一瓶酒、一条糕、一斤红糖，有的还有两包烟，要给小孩子发红包。之后，小伙子一年三节都要看节，看节时当然不能忘了两个媒人，礼品是一样的，不过猪肉要二斤半。男方认亲回家时，女方“回篮”在稻箩里放上糕、染红的鸡蛋和一些糖果。还要有两双鞋子，以前的女孩都是自己动手，一针一线做两双布鞋送给未婚夫，九十年代后，女孩都是给男友买皮鞋了。过去下定后，女孩也会去男方家认认亲，男方父母和其他长辈都要给女孩见面礼，钱的多少随男方的家境，殷实的人家出手是很大气的。

七十年代，一块手表是多少女孩梦寐以求的定情信物呀，可是拥有的人凤毛麟角。有的人家会送女孩一对银手镯、一枚银戒指，一般家贫的只有几套订婚衣料，从两套到八套的不等。到了九十年代，订婚流行“三金”，现在的女孩喜欢“钻石恒久远，一颗永流传”。

走过春夏秋冬，结婚自然提上日程。男方通过媒人向女方家求结，求结一定要朝节的，朝节时双方定下结婚的日子，端午节朝节，除了传统的礼品，还要有粽子和绿豆糕，中秋节朝节有糍粑和月饼，糖果和糕是要的，有人家在村里挨家挨户地发。旧时农村，中秋节朝节的多，年底农闲，正是筹办婚礼的好时光，那时农家婚嫁喜欢农历逢双的日子，尤其是逢六和八的。有了结婚的准日子，双方就积极地筹备婚礼，亲戚朋友都要“送情”了。

结婚前送三子，第三天正式举行婚礼。男方要给女孩家送去办酒的礼品，送去糕饼、糖果、香脂和手帕，挑东西的稻箩上写着“白头偕老”“永结同心”“鸾凤和鸣”之类的祝福语。礼品里要有一对红鲤鱼，讲究的还有一对鲢鱼和鳜鱼，再搭配其他的鱼，猪肉要有头有尾，公鸡母鸡各一只，还有一升三合米，所有东西都会贴着红艳艳的“囍”字，四个或者六个包着茶点的红尖包。现在没有尖包了，但是许多农家依然会准备传统的“艾、锡、扁柏、栗炭”什么的，用红纸包好放在稻箩里，这大概是男方向女孩传达爱惜之意，表明“除了栗炭无好火，除了郎舅无好亲”。其后，母鸡男方要带回去，回篮里还有糕、红鸡蛋和糖果。彼时，曾经吃过喜糖喜糕的邻里乡亲都会送茶饭给女孩吃，一大碗鸡蛋挂面或者汆肉挂面的。现在，大都直接拎着两斤猪肉或者二三十个鸡蛋、两把面送茶饭了。

送三子时，女方会把嫁妆提前送到婆家，陪嫁的东西都贴着红彤彤的“囍”字，女方琳琅满目的陪嫁品里，一定是有马桶的，美其名曰“子孙桶”，里面放着枣子、花生、桂圆和染红的鸡蛋，意思一目了然——早生贵子，后来有人家用痰盂代替马桶，如今大都准备红塑料桶。传统的婚礼习俗总以大红色来烘托热烈喜庆的气氛，往日婚礼上避讳出现白色的东西，谁能想到，今天的新娘子都穿着雪白的婚纱。那时，陪嫁的被子都选择红被面，订被子用红线，四个被拐都放着枣子、花生、桂圆，今天有人家在被拐放上硬币。嫁妆里有两双鞋，男方家的老表会有人起哄拿鞋，所有东西都是一次上车，忌讳跑两趟的。六十年代一担箱子一担柜子就很体面了，到了七八十年代，有了五斗橱和三面橱什么的，如果有“三转一响”——自行车、手表、缝纫机加上收音机，那就格外抢眼了。八十年代后期到九十年代，有了电冰箱、电视机、洗衣机三大件，而后结婚要求越来越高，直到现在的房子、车子、票子。现在都是新娘子和嫁妆一道进婆家门，没有什么送三子了。

过去，结婚头天晚上，女孩洗好澡就要“哭嫁”，妈妈也陪着哭，会哭的还有一套完整的哭词，哭得山河水断流，旁边看热闹的人都忍不住抹泪。女孩出嫁当天，要找儿女双全、生活美满的女子分别给女孩梳头、洗脸，边梳边说“一梳金，二梳银，三梳人上人”之类的吉祥话。梳头和洗脸的人都要给喜钱的，如今新娘子都是在婚纱店盘好头，化好妆，仍然有人家会找人象征性地梳头擦脸。

我小时候钻在人群里看到有出嫁的女子，出门前站在朗子里，被哥哥或弟弟背着出门时，还把筷子往后一甩，就好奇地问奶奶原因，奶奶说，站在朗子里是为了不带走娘家的财气，把筷子甩了表示从此有自己的日子，不能再吃娘家饭了。渐渐的，这些习俗都在改变，现在几乎不沿袭这种旧俗了。小时候，有些男孩喜欢“打新人”，那时新娘子多在伴娘和媒婆陪同下步行，调皮的男孩一见新娘子进了村，有砸泥巴的，有抓灰土的，媒婆见机从口袋里抓一把糖果一撒，趁孩子们争先恐后地抢糖果时，拉着新人就跑。

结婚当天，男方家热闹非凡，宾客满屋，家里所有门上都贴着通红的婚联，窗户和家具上贴着火红的“囍”字，喜气洋溢在每一张笑脸上，快乐流淌在每一个角落。晚上吃酒更是把喜悦演绎到极致，那时乡间活动少，每一场喜宴都是全村人的集体狂欢。当时人们都特别关注座次，不能随便坐的，喜宴上，新娘敬酒也会有人刁难。曾经见到一位大叔，把两根筷子担在碗上，一边放一个酒杯，让新娘子斟酒，斟好一边，另一边翘起来，酒杯就掉下来了，如果一边斟一点，稍微不注意，酒也就洒了，还有人故意把香烟沾了酒，让新娘子给点着，往往折腾很久，新娘子哭笑不得、面红耳赤，后来还是媒婆出面解围。而今在饭店里也鲜有人在意座位的尊卑了，新郎新娘敬酒也不会有人刻意为难了。当前有的乡村人家依然会请厨师在家里办喜宴，菜肴丰盛，过去的“膀”和“甜生腐”什么的都没有了，多了黄鳝、鳖、虾子和精致的小炒。

婚后回门也是重头戏，往昔，要满一个月女儿女婿才能回门，后来三朝就可以了。婚后第三天，女方妈妈牵着一个小男孩，带着笸箩、剪刀、针线什么的到女婿家，接女儿女婿回娘家，现今针线笸箩都用不上了，有的就会送上脸盆和红鸡蛋，女儿女婿回门时要准备回门礼，不外乎猪肉、烟酒、糕糖和保健品。

随着时代的变迁，许多东西都在悄然发生变化。当年我和老公相恋后，从认亲到结婚，少了很多烦琐的细节，爸爸妈妈都不再拘泥于旧俗了。曾经那有着浓郁乡土韵味的婚俗，逐渐成了遥远的记忆……

结婚写对联挂红披的风俗

张振中

枞阳乡村结婚写对联挂红披的风俗历史悠久。子女的婚期一定便下请柬邀请亲朋好友光临喝喜酒，亲朋好友如期送来绸缎被面、床单、红绿布料，作为贺礼。在新婚前一天必须请识文断字的私塾先生按乡村一定的礼节程序将这些贺礼挂在堂心的墙壁上，以示恭贺新婚大喜。这满墙上挂着花花绿绿的红披宛如一道靓丽的风景线。那满堂红的红披，流光溢彩，蓬荜生辉，一派欢天喜地的景象。

二十世纪六十年代到八十年代，枞阳乡村为儿子操办结婚喜事特别隆重热闹。为了彰显喜庆的氛围，在男方向女方送彩礼前两天，请当地有书法功底的老人或教师书写结婚对联和挂红披。

枞阳有句口头禅“初八日子好，姑娘改大嫂。”七十年代初，我初为人师走上三尺讲台，每逢农历腊月或正月的初八、十八、二十八就有农户请我为他家儿子结婚书写对联和挂红披。接到东家的邀请，我备好文房四宝前往，在东家的堂心摆好几张大桌拉开阵势，裁红纸，叠折格子，选择对联的内容，大笔一挥一副副对联摆满堂心，忙得不亦乐乎！送彩礼的箩篮贴上“福如东海，寿比南山；苏才郭福，姬子彭年；百年好合，五世其昌”四字鲜红对联。大门贴上“喜有亲朋满堂座；愧无美酒宴嘉宾”的对联。洞房门贴上“一朝喜结千年侣；百岁不移半寸心”的对联。农村办喜酒挂红披非常讲究礼仪，必须懂得当地的风俗人情，理清人际关系的辈分，还要严格区别长幼之分。在红披下方贴上标签注明送礼人的姓名和称谓。挂红披不仅要懂得风俗人情，还要安排好挂红披的位置。

首先，在堂心墙壁的四周上方钉好铁钉，用红尼龙绳四周环绕固定好，然后将一匹匹红披挂在尼龙绳的上面。在堂心的正面墙上一般挂舅爹家送的红披，南边墙上一般挂长辈亲戚的红披，北边墙上一般挂平辈的红披，晚辈的红披一律挂在平辈的下方。在红披上用大头针别好“珠联璧合、龙凤呈祥、金玉良缘、凤翥龙翔、并蒂红花”端端正正的四字联，再贴上送红披人家的姓名。如果红披多场地小，同辈的依次按年龄大小排列。红披挂好后，一目了然，一看便知红披是谁家送的贺礼，一看便知送礼的人辈分大小，一看便知亲戚朋友是什么关系。在洞房门贴上对联，在婚床上方贴上大红的“囍”字，在窗户上贴上“寿”字和漂亮的窗花。

俗话说，洞房花烛夜不分老少，门庭若市大闹三天。百世修来同船渡，千世修来共枕眠。结婚办喜事那天，东家的院落里里外外打扫得干干净净，一尘不染，窗明几亮，堂心屋梁上悬挂一盏大汽灯，桌椅板凳依次摆放。黄昏时分亲朋好友拥妻携子不约而同前来喝喜酒，东家堂心屋的汽灯发出耀眼的光芒，如同白昼。大门上“喜有亲朋满堂座；愧无美酒宴嘉宾”红彤彤的对联，光彩夺目，十分耀眼。婚房门上“一朝喜结千年侣；百岁不移半寸心”的鲜红对联，喜气顿生。客人走进堂心环顾墙壁四周，红披上“珠联璧合、龙凤呈祥、金玉良缘、凤翥龙翔、并蒂红花”的四字联首先映入眼帘。红彤彤的对联，潇洒秀丽的书法艺术，红绿相间的红披耀眼夺目，在明亮的灯光照射下，熠熠生辉，美不胜收，令人眼花缭乱，目不暇接。置身在满堂喜庆的氛围之中，高兴的心情写满亲朋好友的脸上，让人好不惬意呀！亲朋好友像走进艺术展览馆观赏一件件展品，发出一阵阵啧啧的赞叹声。东家的舅爹喜开颜笑指着墙上的红披说："这红披上对联书法遒劲有力，刚柔相济，好文好字呀！"亲朋好友一踏进堂心，就开始寻找自己送的红披挂在什么位置上，如果红披位置挂得不对，客人愤怒地扯下红披，指责东家"你家八百代都没有做过喜事？不知道上下的东西，红披位子都挂错了……"喜酒都不喝立马走人。东家又是赔礼道歉又是敬烟递茶都解决不了问题，曾经有几家办结婚喜事酒就为挂红披位置扯皮大动干戈，撕破脸皮，打翻桌子拂袖而去，从此断绝往来。因此，农村办喜事挂红披来不得半点疏忽，否则会令人难堪尴尬。有时亲朋好友对挂红披的位置提出自己的质疑和见解，我在第一时间站出来动之以情晓之以理地说服客人，使他们心悦诚服。乡下规矩，红披一般要挂三日三夜，新娘回门那天方可收下来。本庄和周边的老年妇女、大姑娘、小媳妇络绎不绝前来参观。她们一边看红披，一边评论哪匹红披质量好，哪匹红披质量差，看到质量上乘花头好的红披顿生爱慕之心，看了又看，摸了又摸，爱不释手呀！

时代的列车驶进了九十年代，乡村婚庆喜事发生了翻天覆地的变化，人们不再送传统的红披了，取而代之是送彩电、冰箱、洗衣机、座钟、VCD 等高档礼品。那么，乡村结婚写对联也随之发生了质的变化，不再写那老一套的对联了，而是以时代变化为创作题材，以家庭环境为背景，以新郎新娘的文化素质为基础，出现了移风易俗的时髦对联。于是，我根据新郎新娘的社会地位和人文素质编写一副时效对联，也可以用新郎新娘的名字作一副别有风趣的藏字联。小青年们看到我自编的结婚对联高兴地说："你看社会发生了深刻的变化，张老师写结婚的对联也跟上时代前进的步伐啦！”

曾记否，那些年我给人家写结婚对联和挂红披不计其数，尤其农历腊月初八，一天要辗转好几户，日夜兼程地挥毫泼墨，忙得不可开交呀！有一位读过几年私塾的耄耋老人，看到我每逢农历腊月忙碌的身影就随口作出打油诗一首：“张秀才一支笔，腊月一到不停息；跑东家往西家，大笔一挥写对联；巧手剪双囍，妙手叠窗花；写对联挂红披，周边村庄都请他；春夏秋冬办喜事，一年四季写对联。”

七十年代，乡村小青年跳不出“父母之命，媒妁之言”婚姻的紧箍咒。我给人家写结婚对联既要突出红色时政，又要新老相结合，大门对联是：“革命夫妻志同道合；幸福家庭携手共建。”洞房门的对联是：“互敬互爱白头偕老；同心同德恩爱夫妻。”送彩礼的礼篮上是传统老对联“百年好合、五世其昌；花好月圆、白头偕老。”

八十年代，人们走进了改革开放的社会，男女小青年以自由恋爱为婚姻的基础。我给人家写结婚对联既要突出一对夫妻只生一个孩子的国家计划生育政策，又要彰显乡村新事新办，大门对联是：“优生优育利国惠民；移风易俗幸福一生。”洞房门的对联是：“执行国家计生政策；改变传统生育观念。”送彩礼的礼篮上对联是：“自由恋爱，相敬如宾；同心永结，美满婚姻。”

九十年代，岁月迈进文明和谐的社会，男女小青年走进自主婚姻的殿堂。我给人家写结婚对联既要突出勤劳致富奔小康的内容，又要透视小青年的人生观，大门对联是：“志同道合艰苦创业；脚踏实地开辟未来。”洞房对联：“双手开辟致富路；一心建设小康家。”送彩礼的礼篮上对联是：“和谐家庭，携手共建；开辟未来，锦绣前程。”

现在，农村虽然结婚不写对联不挂红披了，但是每逢国家重大节日，请我写婚庆请柬和祝酒词的人家还是接二连三。尽管现在退休了住在安庆城里，小区居民和光彩大市场的老板还是登门请我替他们写结婚送日帖子、请柬、祝酒词，我仍然无一拒绝，初衷难改，欣然挥毫一蹴而就。

我经历了乡村结婚庆典的巨大变化，从过去父母包办的婚姻，到走进男女自由恋爱的婚姻殿堂；从过去结婚选择农历逢八的日子，到现在结婚选择公历国家重大节日；从过去结婚写对联挂红披，到现在结婚收礼金相聚在豪华大酒店举行隆重的婚礼。足可以折射社会在前进，文化在发展，经济在腾飞，老百姓的思想意识和观点发生了深刻的变化。

21世纪的到来，乡村办喜事进入了大酒店，传统的结婚挂红披风俗似乎走进了历史博物馆。虽然我们在大酒店参加婚礼，鞭炮齐鸣，惊天动地，《结婚进行曲》的旋律震耳欲聋，亲朋相聚，推杯换盏，热闹非凡……但是，乡村结婚贴对联挂红披的风俗在我们那一代人的记忆中仍然历历在目，是美好而珍贵的记忆呀！

吾母八旬话做寿

钱新华

农历乙未年七月十四，是母亲“八十寿”。依照枞阳“男做九，女做十”地方习俗，我们老兄弟姊妹在新年正月初二相聚时，临时决定给老人家做寿。说是给母亲祝寿，其实更是一家子相聚团圆庆贺。大侄女婿一听到话风，立马邀侄儿赴县城预订酒店和订制生日蛋糕。

一抹淡淡的斜阳铺撒在雪后的枞川大地上，远山近岭显得分外妖娆。四辆分别挂着上海、合肥、芜湖、安庆牌照的车辆披着夕阳的余晖，带着满满的幸福与喜悦，载着一家四代二十几号老小，向县城酒店方向奔驰。约莫一支烟的工夫，一座建筑豪华气派的酒店便呈现在我们面前。晚辈们纷纷争着将老寿星扶下车子。老人家抬眼一看这光景，嘴里就絮絮叨叨开来：“啊呀呀，来到这里多费银钱啊！我再三叫不要搞，可你们一个个偏不听……”孙辈们簇拥着老太太，像哄孩子似的，一边小心翼翼地扶着老人家上楼，一边在她耳边亲热地说道：“您看看，许多人在一起，多热闹！再说不来这里，家里能坐得下吗?”

我们来到预订的餐厅，两张老大的圆桌上早已摆好瓜子茶水。大家边嗑瓜子边谈笑着，温馨充溢着整个厅堂。几个侄儿、侄女、甥婿聚一起，凑到我跟前以好奇口吻说："现在离开席还有一段时间，大伯伯（大舅）能不能给我们说说枞阳做寿习俗？"

我说："可以呀。不过等会你们每人也得向老奶奶致祝寿词哟。"

"啊！还有祝寿词？"晚辈们一脸疑惑地问。

"这个是必……必须的！"我也半真半假地调侃着他们。

"那我就先说个祝寿词（联）的故事给你们听听吧。"他们点头，笑着应着。

相传清乾隆年间，有位王翰林为八十老母做寿，请纪晓岚即席做个祝寿词助兴。老纪也不推辞，当着满堂宾客脱口而出："八旬老太不是人，"老夫人一听脸色大变，王翰林兄弟几个也十分尴尬，老纪不慌不忙念出了第二句，"南海观音下凡尘。"顿时全场活跃，交口称赞，老夫人也转怒为喜。老纪接着高声朗读第三句："几个儿子都做贼，"满场宾客变成哑巴，欢悦变成难堪，老纪喊出第四句，"天宫偷桃献母亲。"大家立刻欢呼起来。

"好故事！"

"有趣！"

晚辈们个个一脸兴奋地点赞着。

"这'做寿'的习俗在我们家乡可有哪些讲究呢？有没有典故啊？"他们似乎要打破砂锅问到底。

任何习俗都蕴涵着当地人文风情，自然也就少不了典故与讲究。做寿，亦称祝寿、庆生辰。在咱们枞阳一些地方也叫做生日。人诞生的那一天为"生日"，即寿诞、诞辰。"生日"是人生旅途的起点，是人生一个很重要的日子，因此，人们习惯于生日这一天举行庆贺活动。这一习俗古已有之，《诗经》中就记载了当时的祝寿盛况："跻彼公堂，称彼兕觥，万寿无疆"，"虎拜稽首，天子万年……作召公考，天子万寿"，"如南山之寿，不骞不崩”。民间受皇家影响，纷纷效仿，特别是家道殷实的大户人家办得非常隆重，名堂也随之越来越多。成年前期，生日往往不受重视，民间有“三十四十无人知”的说法。到了成年的后期，即五十岁、六十岁诞辰，才为习俗所崇尚，因民谚有“五十六十打锣通知”之说。五十岁以下或有父母健在者均不能称寿，只以过生日相称。”

“那在我们枞阳乡下不少地方，又为何作兴庆贺三十六岁生日呢?”大侄女儿打断我的话题不解地问道。

“哦，你说的正是。这恐怕算是一种特别的‘庆生礼’吧。当一个人走到了三十六岁节点，亲戚朋友（特别是健在岳父母）都要送‘生日茶’的。生日茶礼物，除了二斤半挂面（因手工挂面外形绵长，代表着长寿之意）、一双新鞋袜外，还得送上一套白色衬衣、一只白母鸡，寓意长命百岁，逢凶化吉。或许这三十六岁关口，可能面临着上有老、下有小沉重的生活压力，生命也就显得有些脆弱，亲戚朋友便采用这种精神上的安慰方式，以祈顺利渡过人生中这个难关。”

“我也快奔三十六边的人了，怪不得压力大。”甥哥狡黠地接茬道。

“另一种做寿习俗也很有代表性，顺便也跟你们讲一讲。就是老早以前，枞阳民间素以进入六十岁为寿年，其中六十六、七十三、八十四岁生日为大庆之年，祝寿最为隆重，即使贫困人家，也要庆贺一番。为何六十六、七十三、八十四这三个年龄段的生日特别重视呢？民间有俗谚：人到六十六，不死掉块肉（枞阳方言读音 yu）。意思形容人年纪大了，身体开始衰弱，要注意保养。

“七十三、八十四，阎王不请也自去。”这一民谚，晚年时的毛泽东曾多次自我调侃过。至于来头，是因为，孔子活了七十二岁，孟子活了八十三岁，都没跃过这两道关。两个圣人都过不去，所以，民间也就认定这两个岁数是“劫坑”。于是就采用“做寿”的方式来折灾祈福。

至于祝寿礼，无一定的仪式，古代通常晚辈要给长辈行跪拜礼，平辈宾客只需作揖即可，并献上寿联。

说到祝寿联，除了前面介绍的趣闻外，还有乾隆皇帝偕纪晓岚下江南时书赠一位141岁老人的寿联，也饶有趣味。联曰：

花甲重逢增加三七岁月；

古稀双庆又多一个春秋。

这副寿联是一道数学题目，其中隐含这位老人的年龄（141岁）。

俗话说，十里不同风，百里不同俗。古时，枞阳还有的地方在寿辰前夕，就开始宴请至亲好友，称为暖寿；中午为面席，取其长寿口彩；晚间为大宴。次日，尚有宴席，以谢执事。当然如此规格庆贺，也只有大户人家方能做到，还有一些地方讲究做寿不能中断，必须年年祝贺，否则称断生，为寿者大忌。寿辰之日，寿者穿戴整齐，端坐正堂，接受儿女甥婿的祝福，一家人高高兴兴相聚共餐。如因有事或外出当日未到者，可于事后送礼来“补生”，此事不可忘记。

做寿习俗与故事刚话到此，眼前忽现一帮身着亮丽服饰的靓女帅男。哦，该开席了。一道道五香六色的菜肴及小巧精致的杯盘碗筷瞬间便呈放到你的面前。赏心悦目的造型，钻心入肺的香味，一下子就成了孩子们挡不住的诱惑。几口火锅沸沸扬扬，蒸腾着欢乐的喜气，那“突、突……”的冒泡声似乎成了庆寿宴上的伴奏曲。一只只晶莹剔透的杯中盛满着浓浓的亲情，飘荡着醉人的醇香；一声声祝福，传递着一颗颗感恩的心。千言万语，在这一刻汇成了全家人共同的心愿——愿老人家健康快乐，长命百岁！

宴席最后一道主食是两锅绵长柔软的面条。大家手中筷头纷纷落到锅里，捞起一束束长寿面，似乎都想沾沾老寿星的福气。

刚刚酒足面饱，服务生们又呈上两盘八只皮薄色艳的“寿桃”。老太太的几个曾孙们兴冲冲地围上来。刚要动手去抓，一个个都被他们父母拦住了。老太太见了，急切地吩咐，先给每个宝宝弄一个。我忙插话说："大家听好啦，这寿桃是象征着仙桃，在天宫八百年才结果一次，应该老太太先尝是不是啊？"

大家齐声应着："对，老太太先来。"

当嘴里的寿桃余味还未散去，一大盒精美诱人的生日蛋糕被抬上桌子。几个手脚麻利的年轻晚辈们，好像事先就有了分工，各自履行着自己的职责。插好了八支蜡烛——每支代表十岁，并一一点亮。这时早有专人熄了灯，老太太面对烛光点点的蛋糕，默默地许下了心愿。接着几个侄儿侄女领唱起生日歌。歌罢，一股股来自几十张嘴中的气流刹那吹灭了所有跳跃的烛光。面对腹中早已饱和的空间，大家也只能象征性地挑点糕饼品尝，剩下的奶油全成了娱乐的用品。几个久经生日场子的侄儿侄女们早已躲得远远的，只有三个曾孙辈宝宝还在余兴未尽地玩着色彩斑斓的小蜡烛。其中一个大一点宝宝被他娘短暂地面授机宜后，立即抓取一块奶油分别擦到左右两个弟弟的小脸上。那两个小家伙也不甘示弱，立即各自抓取一把同时回敬到哥哥的嘴上、鼻上。顿时三人乱作一团，谁也分不清敌我，见人就抹。一个个都成了油头滑面的"宝哥哥"。三个宝儿娘也不是"弱角子"，哪里还能坐得住？于是，由一场宝宝间的"战争"升级成了宝爸宝妈们之间的"战争"。一个个攻防退守，各显奇招，笑声喊声欢呼声声声悦耳，直至奶油耗尽方罢。几个姑奶奶和奶奶们笑得前仰后合，我们老兄弟几个强忍着笑，举起相机、手机，记下这温馨而快乐的画面……

看着母亲眼角的皱纹长满了喜悦，望着席间晚辈们最温暖的亲情不断地演绎，不禁又让我想起了《孝亲赋》上面的一段话："身体发肤，受之父母。父母与我，实为一体。我爱自身，应孝父母。能不辱身，便是荣亲。”从这几句厚重的文字中，我想：上了年纪的老人，未必在乎那一场隆重的生日宴，而自己的晚辈能够经常回家陪陪他们，分享那种骨肉至亲、天伦之乐永远是他们最大的心愿。或许一个电话，几句温馨的唠嗑，就能够传去浓浓的亲情，就能够温暖他们的内心，就能够让空巢中的父母少些苦闷与孤独。人类最不能动摇的情感，也许就是生你养你的那个家。无论你走得多远，人们心底最深的牵挂，真真就是那生你养你的家中父母。

送祝娩

胡章华

一个星期天的上午，天气晴朗，室内显得格外宁静。我坐在窗前翻阅着《枞阳杂志》。和煦的阳光仿佛有意为我驱散冬天的寒气，毫无顾忌地拥进窗来，把我淹没在暖阳里。突然门铃声响起，我忙放下手中的杂志去开门，只见姨侄女婿一脸的喜气走了进来，手里提着大包小包的礼品。首先映入我眼帘的就是摆在礼品上方的十来个染红鸡蛋，我猜想一定是姨侄女分娩了，特来向姨妈报喜的。一问果然如此，是前几天分娩的，还生了个大胖小子。这让我们喜出望外，连声向他道喜。吃过午饭送走客人后，老婆就与我商量给姨侄女"送祝娩"的事。

送祝娩是千百年来流行于家乡的风俗，起源于何时无从查考。不过，乡风民俗这东西，包容面广，可指古往今来人类所有的生活文化，涵盖无数的行为习惯。所以，我想把送祝娩这一良好的乡俗予以描述，与大家一起分享这一传统文化的趣闻。我知道，自己对于文字从来都没有那种天然的灵感，只能把耳所听、眼所见、心所感的过程，写成零散的文字。

简单地说，就是农村姑娘出嫁后，在生孩子的月子里，姑娘的娘家父母、叔伯、姨舅和其他亲戚朋友及婆家的兄弟姐妹、亲戚朋友，为姑娘的分娩和新生婴儿送去祝福及营养品的风俗，叫送祝娩。

说起送祝娩的风俗，还得有它一定的传承做法。首先是生孩子家的人向亲戚朋友们报喜，即孩子生下后，无论是男孩或女孩，女方婆家的人得备礼选农历双日，向女方娘家及亲戚朋友报告这一喜讯，然后再陆续向其他亲戚、朋友报喜。报喜的礼品也是有讲究的，染红鸡蛋是必备的，每份约十个左右。染红，是喜庆吉祥的象征。鸡蛋，送祝娩时称为“鸡子”，有继承子嗣之意。糕点、酒肉是少不了的，一般是两条糕、两瓶酒、两斤肉。两，是双数，寓意好事成双。其他的礼品就随意了。

凡收到报喜礼品的亲戚朋友，就得准备送祝娩的礼品，一定在月子里送到。礼品，主要是给坐月子的女人营养品，老母鸡是不能少的，其他如桂圆、红枣、红糖、米面等。另有两条糕，意为糕（高）来糕（高）去。还得给婴儿做一套衣裳，有讲究的还用小块花布缝成“百色衫”，寓意长命百岁。送祝娩还有一个重要的仪式就是给新生婴儿见面钱。客人到房间看孩子时，用事先准备好的红纸包好礼钱，放在婴儿的襁褓里，由孩子母亲代孩子按辈分称呼说些致谢的话。如我与老婆到姨侄女家看孩子，放好礼钱后，姨侄女就对孩子说：“宝宝，姨外公、姨外婆来看你了，谢谢呵。”原来姨侄女喊我们姨父、姨妈，现在是代孩子喊，就长辈分了。接着是请客人吃糖水蛋，就是开水溜荷包蛋加糖，叫喜蛋，这是一定要吃的，一碗三到五个荷包蛋不等，且糖放得加倍多，意为甜甜美美。这就是我所了解的“送祝娩”的乡风民俗。

乡风民俗文化，即农村习俗这一文化类型，可以抽象成文化。许多乡风民俗都是在农民的传承中保存下来的，久而久之被叫作乡风民俗传统文化。的确，良好的乡风民俗，作为一种非物质文化对促进人与人之间的相知、相识、相亲、相融和促进社会的文明与和谐，有一定的积极作用。同时，也反映出农村人民的生活习惯、道德规范和精神风貌，是农村文化的重要组成部分，更是新时期都市文化和传统民俗文化相融的鲜明标志。我相信，良好的乡风民俗文化必然会引起社会的普遍关注和传承。

闲话抓周礼

钱新华

读过《红楼梦》的人，可否记得书中第二回有段贾宝玉抓周的场景描述："……那年周岁时，政老爷（贾政）便要试他将来的志向，便将那世上所有之物摆了无数，为他抓取。谁知他一概不取，伸手只把些脂粉钗环抓来玩弄，政老爷便大怒了，说：'将来酒色之徒耳'。"可见这种周岁礼仪由来已久。抓周，又称拈周、试儿、试晬。南北朝时，谓"抓周试晬"。晬（音 zhù）即婴儿周岁。《颜氏家训》载："江南风俗，儿生一期，为制新衣，盥浴装饰，男则用弓矢纸笔，女则刀尺针缕，并加饮食之物，及珍宝服玩，观其发意所取，以验贪廉愚智，名之为试儿"。至明代，又称"期周"，直到清代，才称"抓周"，并沿袭至今。上文提到《红楼梦》中描写的那段贾宝玉抓周的故事，应该与今人抓周基本相似。

抓周，既是民间传统生活习俗，又似乎是一个长辈们制造的令人兴致盎然的娱乐游戏。抓周起源于何时呢？民间传说源自三国时期。当时，东吴帝王孙权的太子去世，各子争权，孙权担心一世功业付诸东流，心中颇为苦恼。有个叫景养的近臣为他出了个主意，让众皇孙去抓周。结果，孙和的儿子孙皓一手抓绶带、一手抓简册，这分明寓意孙皓是当皇帝的人选。按礼制，孙皓是没有希望继承皇位了，可是阴错阳差，皇位最终还是落到了孙皓身上。抓周预测人生竟然这么灵验，老百姓闻风而动，纷纷效仿，于是这风俗很快就在民间流传开来了。

据《清史稿》记载，清初以前，安徽、江苏（包括现在上海市）是一个省——江南省。到了康熙六年（1667年），清政府为了减轻“吏事繁冗”，把江南省一分为二，设安徽、江苏两省。《颜氏家训》中所说的行周岁礼的江南地区，毫无疑问应该包括咱们皖江流域的枞阳区域内。多少年来，在咱们枞阳民间流传着一句“周岁看小，七岁看老”的俗语。究竟怎样从小便可预测将来，其中，在小孩满周岁时，替其举行的抓周礼仪就是一种常用的验证。

抓周，其实是人的第一次生日纪念的庆祝方式，也是小孩周岁生日举行的一种预测前途与命运的礼仪，与埋胞衣、产儿报喜、洗三朝、满月礼、百日礼等一样，是流行于民间的一种传统的诞生礼仪。其宗旨是对生命延续、顺利、兴旺的祝福，还体现了父母及长辈们对下代的一种深情，颇有人伦、人情、娱乐等诸多意味。

在我们枞阳地方，小孩的抓周礼仪通常在中午生日宴后进行，礼仪完毕后再吃“长寿粑”，寓意宝宝“粑头粑脑”，经摔经打。抓周前父母长辈们要给孩子穿新衣，戴新帽，着新鞋，套长命锁。这些小孩的新衣服饰全是亲戚朋友送来的生日贺礼，称之“百家衣”。有民谣这样描述：“姑姑的鞋，姨姨的袜，家（外）婆的兜肚，舅母的褂。”至于小孩戴的银或铜材质的“长命锁”则由外公外婆来置办，其他亲戚不可代劳，因为外孙是外公外婆身上的根。周岁生日小孩穿上百家衣，戴上长命锁则寓意将来能托百家洪福，易长易大。

长辈们还会专为小孩准备一把新买的长木梳，俗称“平安梳”。其母或祖母，或辈分更高的女性长辈边给宝宝梳头边吟唱周岁梳头谣。记得我的孩子当年周岁生日礼梳头时，是由我年近八旬的老祖母披挂上阵来完成的。当时，老太太一脸高兴地拿起木梳，一只饱经岁月的佛手在她的第一个曾孙头顶上来回地滑动。边梳边低吟浅唱道：“一梳智慧开，我伢聪明乖；二梳财富来，我伢发大财；三梳手儿巧，我伢做事好；四梳人缘好，贵人多得不得了；五梳身子好，无病无灾立业早；六梳点状元，富贵万万年；七梳八梳梳成一百二十岁（读音为 xì，枞阳方言），我伢胡子拖到地。”梳毕，大家一个个地跷起大拇指直夸老太太口才好，学问深。老人家谦虚道：“还有好多词儿呢，记不住了……”

完成穿戴梳洗，父亲照例要抱着小孩跪拜神龛上悬挂的天地君亲师神像，禀告宝宝满一周岁的讯息，祈祷神灵及祖宗的庇佑。

接下来抓周的仪式正式开始。此时，家人和亲戚们早已在供桌上摆好圆盘或竹筛，内放文房四宝、钱币、印章、糖果、玩具、土块等，呈半弧形，让小孩端坐跟前，不给任何引诱，任其自主挑选，如果是女孩的周岁生日则会添加胭脂水粉、针头线脑等物品。

如果小孩抓到了铜钱，在场人就恭维说，小孩将来有花不完的钱财，享不尽的荣华富贵；如果抓了印章，则会祝贺小孩将来飞黄腾达、前途无量；如果抓了笔墨，则会贺喜小孩将来会金榜题名、光宗耀祖等。

枞阳还有民谣云：“七坐八爬，九月长门牙；三翻（身）六上，十月能站；十一月学讲话，十二月叫大大（爸爸）。”过了周岁生日的小孩喜欢模仿大人，会有自己的喜好，他们对眼前五彩斑斓的玩具和食品更有兴趣，抓起的也是些包装精美的糖果、亮丽的玩具，也有男孩对那些花里胡哨的胭脂水粉感兴趣。这时，大人们看见小孩抓到这些东西，一个个地都会笑骂小孩是个吃货、耍公子、将来有口福、艳福不浅，等等，纯属讨个口彩，大家都不当回事，一笑置之。

在我的记忆中，抓周礼仪印证小孩子未来真正灵验的很少。仅有一例，就是多年前的一位年长的许姓同事，他老婆养了对双胞胎男孩，抓周时，老大抓了本书，于是起名许双文。长大后考上师范大学，毕业成了一名中学教师，老小抓了把玩具枪，便名许双武，长大成了一位少校军官，情形颇有些像钱锺书先生。据说锺书先生周岁抓周时，抓了一本书，其父就给他起名“锺书”，后来真的成了一代著名学者和作家。

在科学高度发达的今天，人们仍然会给自己的孩子操办抓周礼仪，其安排都显得十分的周详和庄重，但已不是那么看重抓周的结果了。一个周身散发着乳香的婴儿是纯洁无瑕的，纯真的明眸里闪烁着人性通往神性的短暂一瞥，有谁还会在乎当初孩子抓周时手里的那点东西？

三十六岁生日礼（外一则）

张正顺

这种习俗一直在枞阳广为流传，具体起始年代无可考证。根据“五行学说”来推理：大概人的命运十年一段，由干支计数，每段大运干支各作用五年。故三十六岁那年，正是干支运过渡，就像火车转轨，易震荡而造成波折。俗话说，人到了三十六，才算正寿，三十六是个坎，这一年，有灾有病，所以不论男女，亲戚六眷都要给其送礼，以消灾除祸，顺顺当当平平安安地度过三十六岁。于是人们为祈祷平安，十分重视三十六岁生日礼。

男女均在三十五岁下半年的某吉日的上午（多为双日，按农历），由亲戚朋友送白鸡一只（男送母鸡，女送公鸡，寓阴阳平衡），白衣一套，白袜、白鞋各一双，面条几斤（喻为福寿绵长）或白线织成的裤带一根。共计六样，取“六六大顺”之意。礼品都是白色的，喻义是白过，即三十六这个坎很容易就跨过去。白鸡在生日这天吃，吃时要回避别人，争取一餐吃完，吃不完的，可第二餐连吃。鸡毛要在宰杀的第二天一大早，撒在大路的岔口上，让人践踏，意为让路上行人踏去灾祸。有些地方，还特意请岳父岳母家腊月三十送鸡（要求鸡不吃两家食），留到新年初一早上吃，并穿上白衣。有诗佐证：“三十六，好就好到杪，孬就孬断根。三十六，是难关，吃白鸡，穿白衫。两两相对保平安。”

三月三，吃菜粑

每年农历三月的第一个巳日，叫“上巳节”，又称“元巳节”，因三月初三与之接近，后来就被固定在这一天。据说它源于上古时期对主管爱情、婚姻和生育的女神的祭祀活动，也说是王母娘娘的生日，也称“鬼节”。

“三月不吃粑，蛇咬归人家。”枞阳有三月三吃粑的习俗。“粑”与“巴”谐音，鬼节吃粑是为了“巴”住人的灵魂，不让鬼勾走了。所以这一晚家家户户都要吃粑，而且还要等天完全黑透了才能点灯，大概是想人在暗处躲着，不让鬼看见。

三月三的粑是很有讲究的，粑心是鲜嫩的野菜，田间地头到处都是，唾手可得，如马兰、米曲、野蒜、蒿子。将野菜洗净后，放在开水锅里焯掉涩水与苦汁，再切碎捣烂拌进麦面粉或细米粉，然后反复搓揉，使之互相融为一体，便将其做成一个个扁圆形的饼粑。这是早年生活艰难时的米粑。随着生活水平的提高，如今的米粑更讲究。那就是将野菜洗净、晾干，与五花肉、豆腐干等一起切碎，放在锅里一起炒熟，再加上一些佐料，以备做馅用。粑皮是上等的米粉，因是生粉，得在锅里将粉炒熟，炒出香味来。接下来就得揉粉，将米粉加热水一起搓揉，揉至绵软如泥，将其捏成粑皮，旋成窝状，放入菜馅，然后将其托在左手心，右手从窝状的沿开始向中间收拢赶捏，让其缝合见不到馅为止。再用两手掌轻轻地压扁，做出来的形状四周圆滑，中间有馅的地方高高凸起。制作米粑的最后一道工序是将这些做好的粑放进蒸笼里蒸熟，或是放在油锅里煎烤，待到那些饼粑又香又软时，或是香酥油黄之后，便可以食用了。煎粑看似简单，得掌握一下火候，在洗净的铁锅里浇上香油，上下四周都要浇到，然后将粑一个挨一个地放在锅里煎。待放满了粑，再向四周撒一些水，使少量的水积蓄在锅底，再盖上锅盖，待水烧干了粑也差不多熟了，再稍闷一分钟之后，打开锅盖，锅里的粑香扑面而来，让人胃口大开。

据说，著名美学家朱光潜小时候在麒麟老家时，就爱吃菜心粑。他常与见到的乡亲们念叨：“我多么想尝尝家乡的菜心粑啊，家乡的菜心粑真有味道。”

送平安

李慧梅

上午，一边洗衣一边看《最小说》。电话响了，是母亲打来的，我以为问我过节的事。没回去陪老人过节，心里本来就怀有歉意，正准备道歉呢，可电话里母亲的第一句话是问："你买枕头了吗？"我一愣，张嘴就回了一句："什么枕头啊？"母亲着急地说："你忘了？上个星期你回家我不是叫你给 xian 买一副枕头吗？"这样啊，经母亲的提醒，我立刻想起这件事来。

上个星期回家陪了母亲几天。闲聊中，母亲突然想起什么似的，起身去房间里。过了一会儿，母亲手里拿了一个红包递给我："你回家给 xian 买一副枕头。"

我一头雾水："买枕头干吗？家里有许多枕头啊！"

母亲耐心解释："今年年头不好，大家都在传，外婆要给外孙买枕头，压灾的！"

我笑着摇头："那是做生意的人造的谣！他家东西卖不掉就故意瞎编的！"

母亲赶紧制止我："快别瞎说！我不管许多，你去买一副枕头，只好不坏！”母亲的声音不高，但语气却很坚定。

“那我回家自己买就是啦，你把钱收起来吧！”我边说边扶母亲回房间。

“那怎么行？你买的没用！你要是不买，我让你嫂嫂上街买一副枕头你明天带回去。”

我吓一跳。母亲会说到做到，难不成我明天扛一副枕头往家跑？于是我赶紧答应：“好好好，我买就是啦。”随手就把那红包放进包里。

一个星期的忙忙碌碌，我早把这事忘到九霄云外，要不是母亲今天电话提醒谁还想得起这档子事？

“我就晓得你没买！你今天一定得买，可晓得哦？”母亲显然有些不高兴，我赶紧答应，保证立刻下楼去买，不耽误她外孙端午节能枕上新枕头。

印象中好像一到闰年就会有一些谣传，外婆得给外孙买什么，姑娘得给舅舅买什么，以此祈求亲人平安。对于这些谣传的动机我无可非议，当然，我也不信这些，可母亲却对此深信不疑。什么送十三个粑啊，送若干个苹果啊，送红兜兜啊这些自不必说了，我家里的水瓶、雨伞都是母亲在某个闰年买来送给我家 xian 的，怎么劝都不行，她照做不误。最搞笑的是有一年谣传丈母娘要送八只眼睛给女婿吃。我大惊，心想：这眼睛也能送给人吃？而且还八只！到哪弄去？买卖器官可是犯法的，再说，吃眼睛，多残忍多恶心啊！如果母亲知道了，爱屋及乌的她准会凑足钱去犯罪的。

我的担心是多余的。那年的某一天，我家侄女奉命送来了鸽子、鱼、鸡、鸭，八只眼睛一只不少！我对这些造谣者的高智商真是佩服得五体投地！我也对自己思维的僵化定式感到羞愧不已！难怪我们的教育教学提倡更新理念、大胆创新、求异思维了！同时，我也暗自感激他们，幸好他们没谣传送女儿钻戒，否则，我的老母亲从哪凑钱给她的宝贝女儿买平安啊！

这个端午节，我带着母亲的祝福，为我的先生买了一份平安！在此，也祈祷我所有的亲朋好友，平平安安一辈子！

第三辑 衣食住行

东乡米粑别样香

王照祥

说起东乡，实际上是个很大的地域，清朝、民国的桐城县治下的白荡湖以东的很大一块地方。老桐城素有“文不过西乡，打不过东乡”的说法。而周潭人却始终不渝地认为周潭才是真正的东乡。说的也是，历史上及现在的周潭人，通常在年前年后，农闲之余，舞刀抡棒，踢拳蹦腿，村村设教场，夜夜教艺声。东乡的武术，讲究的是实战，手中的农具、身上的汗巾、屁股下的长板凳，舞起来都是一整套花样，到时就是武器。这武艺向来传媳不传姑，外族人不容易学去。这武艺，不光有强身健体的功效，更重要的是还能保境安民，匡扶正义。当然，宗族外、邻里间的恃强争斗之事层出不穷。这就有了说不完道不尽的东乡。

其实，东乡的有名，不光是武艺高强，饮食文化也毫不逊色。众多的东乡小吃，说起来就让人口舌生津。米粑就很能代表东乡人的厨艺。

大米粑怎样去做呢?！看起来是个简单的粑粑，但要做好做精做薄做入味，可就是一个不轻巧的事了。心灵手巧的东乡妇女，逢年过节前，总会用籼米磨成粉，经过几个大日头的暴晒，然后又放到铁锅里炒熟，柴火可是有讲究的，只能用稻草火。米粉既不能炒焦，也不能炒嫩。炒焦，粑就有烟味；炒嫩，粑吃起来就会粘牙。

做完了第一道工序，就是做粑心了。炒熟的白菜叶、萝卜丝、豆角、腌菜等都可以做粑心，这是简单的粑心。讲究的呢，那可是十几道菜肴充作粑心——先用肥肉丁炼出一点油来，再用剁碎的生腐，切成小块的豆腐干、木耳、香菇、虾仁，切碎的蔬菜等一起炒熟、冷却，这就是一份上好的粑心了。

接下来，就是和粉做粑了。和粉要用刚烧开的水，不然，和出来的米粉就会不粘连。揪下一小团粉面，两只灵巧的手急速向四周捏起来，捏成碗状就可以装入粑心了，封头，再用双手压得扁扁的、圆溜溜的，一个粑就做成了。做粑，这时候是最见手艺和功夫的了。粑儿做得薄，粑心又到边，没有实在的功夫和手艺是决不能做出大米粑来的。手不巧的人，常常是将粑皮弄破，或者是粑心到不了边，抑或就是把粑儿做得大小不一、肥厚不均。

做出来的粑儿放在筛子上，稍微晾一晾，然后就是下锅去“焊”了。烧红了大铁锅，先用香油围着铁锅一淋，等到香油出香味的时候，一个个粑儿就放到锅里，粑儿有点壳儿的时候，就沿着锅儿漩水，然后盖上锅盖。底下的火，锅中的气，全凭主妇来掌握了。熟练的妇女估计时候到了，就掀起锅盖，那迷人的芳香就飘荡在屋内外了。

粑的色香味也全凭各人的手艺高低。色的方面，是靠锅的一面黄酥酥的最好。味道就靠妇女们来掌握了，家人喜欢辣的，就在那粑心中放入一点辣椒糊。有寻来地沟里的野蒜、野葱充作粑心，也有人寻来河滩小溪旁边的荠菜添加进去，那味道立马就不一样起来。

做粑，也是东乡妇女比试手艺的一个重要方面。从大小一样到皮薄粑薄，到粑心的到边到角，再到粑心的多种多样，妇女们都会暗中较劲。单说那做粑心吧，在二十世纪六七十年代，就有人较劲要用十样菜做粑心。家道殷实点的人家真的就会寻来十样菜肴充做粑心，让自家的孩子捏着大粑在村中游走，大声喧哗，我家的粑是十样粑心。而贫穷的家庭的妇女，寻不来更多的菜肴，她又不服输，为不让自家的孩子失面子，她就会用韭菜再加三道小菜，九加三，做十二道菜的粑心，穷人家的孩子也自豪地说，我家的粑可是有十二样粑心呢！

其实，东乡的人可善良了，别看他们暗地里比试着做粑的手艺，但在生活中却如胶似漆地相知着、相敬着。往往是大米粑做好了，会拈个最大最好的米粑送给隔壁品尝。有一首歌谣就唱道“做大粑，做小粑，大粑送隔壁，小粑自己吃”。

如今呢，生活富裕了，做粑心的东西可是信手拈来，你喜欢什么味儿，就可以买来什么菜肴做粑心。

糯米粉也是可以用来做粑的。做糯米粑，可是一桩细料活。粑心是红糖芝麻粉。做得小而薄的糯米粑，放到香油炼得滚滚的铁锅里，要不停地正反面翻动粑，火候到了，红糖化了，粑也好了，吃起来甜极了、香透了。假若火候不到或者红糖芝麻粉拿捏不一，粑虽然熟了，可吃出来的粑心成不了流质，味道就大打折扣。

在东乡，吃粑可是有时辰的。农历三月三、七月半，家家户户都在做粑。“三月三，九月九，无事不在河边走。”东乡是个湖泊纵横的地方，为不让人们的魂魄轻易被鬼牵走，东乡人的方法就是吃粑，为的就是把魂巴住。七月半，正是农村早稻收割吃新米的时候，善良的东乡人就用这新米来做新米粑，先敬鬼神，祈求当年的晚稻和来年的庄稼大丰收。而九月九，做出来的粑就是实心的小粑。河岸上的众多百姓把小粑放在河灯上，许下心愿，屏气凝神，看着河灯随着河水星星点点地消失在远方的夜空里。

香香的米粑，既饱了东乡人的口腹，又精心做来敬祀鬼神。天地之间有敬畏，谁说这不是一道美丽的愿景呢？就像东乡的武术，成就了东乡的内涵，这几千年来的风俗不也是民族凝聚的精神支柱吗？

东乡，我的东乡，尽管我离开了东乡，但我仍惦记着那香喷喷的大米粑，不时美美吃上一回！

粑　　魂

章乐飞

粑魂，指古历三月初三，吃了小蒜掺和米粉做的米粉粑，就能巴住魂魄，让人魂魄不离肢体。这一年身体少病少灾、通通泰泰。这是乡下老人曾经的愿景，现在很难听取，也更难吃到那样的小蒜米粉粑了。

三月初三，是我们乡下孩子过完春节后第一个最开心、最快乐的日子，是敞开肚皮吃小蒜揣粑的传统节日。这粑味虽不十分抢口，但在这节日后的一连几天，母亲都会准备几块粑当作零食吃，在物质极度匮乏的年代，已经十分满足了。我们一群小伙伴每人衣袋里都会揣着小蒜米粉粑，嘴里嚼着小蒜米粉粑，手上舞着小蒜米粉粑，蹦蹦跳跳地去上学。鸡、狗昂着头，眼巴巴地尾随其后，虽不易吃到撒落到地的粉粒，但它们像送别亲人似的在你身边翘望，相送好长好长一段路才恋恋不舍地离去。这粑是母亲在烧饭时用锅洞里的柴火烤熟的，掌心大的圆形，周围稍薄，中间稍厚，焦黄黄，香喷喷，外脆里软，葱香浓郁。有时舍不得吃，把玩在手，相互炫耀，谁的粑清香，谁的粑可口，谁的粑光洁漂亮；有时又相互给要好的伙伴尝一尝，显摆各自粑的味道、母亲的心灵手巧。女同学小心翼翼地用手帕一层层地包裹着，揣在衣袋里用手捂着，感受着粑的温暖，似乎时间越长吃起来越香。她们是在捂着母亲的爱心暖意、祝福期望啊！

小蒜米粉粑，即是糯米或籼米的碎米筛下磨成粉，在河滩地头挖来野蒜放在米粉里搅拌，加入适量的食盐，添入适量的水，取一撮在手里揉成面团，然后用双手拍打，就做成了一个手掌心般大小的米粉粑。灶大锅大的人家，在煮饭时，等饭锅烧开后，将做好的米粉粑贴在饭上面的锅沿旁，捂上锅盖，再烧两三个草把子，焖半个时辰，如若火候拿捏不到堂，在吃饭前再烧个草把子，饭熟了，粑也就香了。这样的粑，在家境比较好点、春节后尚有零食的人家，其孩子也不是很喜欢吃的，若多吃几块，总有股刺鼻的辛辣味。但父母亲总会耐心地哄着孩子说："粑魂、粑魂，吃了小蒜揣粑就胆子壮、火气足，一定能长得巴头巴脑的。"一些贤惠停当的妇女，为了让孩子喜欢吃粑，不怕麻烦，会提前做好小蒜米粉粑，在烧火把柴的同时，将粑放在锅洞灰烬焐片刻，然后用火钳夹着粑在火苗上烧烤，只要细心、把握好火候，烧烤的米粉粑更浓香扑鼻、脆生可口，并能随身携带，在饥饿时吃起来更是满嘴生香。

小蒜揣粑，顾名思义，小蒜是必不可少的，且数量要足、质量要好，小蒜起半壁江山的作用。小蒜，我们老家叫它野蒜，与家庭种植的葱、蒜相似又有区别，这种小蒜的茎秆与葱一模一样，圆茎中空，绿得透明鲜亮，以长到不超过拃长的高度为好。只是比种植的葱杆略细些，其根在地表两三寸处，洁白鲜嫩，有一个黄豆粒大浑圆的球状蒜瓣，其下长须状的根。每年三月，在杂草丛生的堤脚、荒地里，一丛丛一簇簇浓绿的野蒜在逼仄的草丛中亭亭玉立，细如花针的茎尖上顶着晶莹透亮的露珠似充满智慧的小脑袋，一眨眼又顺茎秆滑入土里，一忽儿又爬上尖顶上。晨曦微露之时，是采撷野蒜的最佳时辰。寻得一丛野蒜，只要用小铁铲在根旁插入地下三四寸即将它的根须全部撬起，然后把须状的根剪掉洗净即可食用。

据《本草纲目》介绍，春夏之交食用野蒜可强智益胆气，清除积食让人食欲增加，并有杀虫抑菌等多方面的作用。在那缺医少药的年代，春夏之交，也是瘟疫病菌恣意横行的季节，生命的脆弱显而易见，多吃这样的小蒜揣粑是对身体的保护，对疾病的预防。这就是老人所谓的“粑魂”吧！野蒜，真是大自然给我们人类的馈赠啊！

又是三月初三，很难寻见衣袋里捂着小蒜揣粑的孩子，只见鱼贯而入校门的学生肆无忌惮地咬着辣条、吞着果冻，和教室里伤风感冒而引起的喷嚏声、咳嗽声。我们年轻的母亲，可否做些小蒜揣粑这原汁原味的绿色食品换换孩子的口味？让传统的绿色美食占领孩子们的心灵。

麦香难忘

吴根福

小满芒种之间，趁晴好天气，揉好油菜籽，晒干，父兄便挑去陶家油坊，换回一年吃的香油，母亲用油瓮子封好。成熟的麦穗，在母亲连枷的声声吟唱中，脱了粒，晒好，袋装起来。

由于小麦不是主粮，父母将来年种子留下，余下的便供食用了。

小麦的吃法多样，无论哪种吃法，都是一种享受。今日回味起来，尚觉麦香满齿颊呢。

最简单的吃法，便是煮麦饭了。童年时，家中米饭都极少吃，麦饭更是难得吃上一两回。但新打下麦子，或是麦子收成好，便成了我们能放开量饱餐一顿的理由。记忆中，当得知中餐煮麦饭后，我们开心得不亚于过年。不待揭锅，在袅袅升腾的炊烟中，只觉浓浓的麦香已绕满老屋，弥漫开来，笼罩了整个村子呢。让馋嘴的邻居去猜，谁家煮麦饭了？满心快活的我们，捧着碗，用筷子敲着碗，眼睛盯着锅里，急切地等着从灶下熄了火，站起来，抖抖围裙的母亲发号施令：“吃——麦——饭——咯——！”紧接着，那颗颗如珍珠似的煮熟了的麦粒便盛满了各个伸出的小碗。麦饭的那个软、那个香，填满着、滋润着我饥饿的、贫瘠的童年。

已经好多年没吃过麦饭了，甚至忘记了还有麦饭这一吃法。真想让已上八旬的老母亲亲手再做一回，让我尝尝童年的美好时光。

其次是换咸挂面。小时候，见过邻村一家做咸挂面，在一人多高的木架上，并排插着一排细竹竿，竹竿两边悬着长长的面条，在太阳下晒，那便是扯出的咸挂面。不知道几斤麦子换一斤咸挂面了。只记得，好像只在冬季和过年前后吃。用汆好的山芋下，吃起来特别有味。大哥喜欢捞厚墩墩的一大碗，舀上一大勺子辣椒糊，拌着吃，吃得辣呵呵的，脑门上热汗汇成小溪流直滚。往往一大锅汆芋面，一大家子三下五去二，便被吮吸精光。至于那疙瘩咸挂面头子与碎面，用来与剩饭一起煮，放上几瓣青扑扑的小白菜，也成了全家爱吃的美食。

现如今，还爱吃咸挂面，用老母鸡汤或骨汤下，口感虽有，浓浓的麦香味却难得一闻了。

用一部分麦子碾粉，精吃，也是有的，吃的花样也多。

最难忘的一次，是父亲破天荒地从街头早点摊那儿借回了几把捞瓢，用新鲜的香油炸了一大瓷脸盆油糍，我们个个吃得肚饱腰圆。以后多长时间，再不眼馋街上早点摊头那二分钱一个的油炸点心了。父亲这异想天开的吃法，可谓大手笔，在他短暂的一生中是唯一的一次，对于我来说，却是一辈子也忘不了。

第三是拓粑。将新鲜的嫩韭菜切碎，拌入粉中，加水搅成糊状，烧红锅，膏上香油，倒入粉糊，用铲子拓开，翻过来，再膏油，拓，粉由白变黄，灿如黄金，一锅小麦粑出锅。粉糊或稠或稀，拓出的粑便或硬或软，依个人口味，加盐或放糖。那个年代，在一碗照得见人影的稀饭里，有这么一块“硬货”垫底子，要经饿得多。拓粑并不复杂，我一边在灶下添火，一边从母亲那里得了真传，现在也能露一手呢。

第四是擀面汤。这就属于加餐了。来了贵客或逢年过节，方能得以大快朵颐一番。父亲塑好粉，母亲和两个姐姐用借来的擀面杖或洗净的酒瓶，在大桌上擀，父亲再将擀出的薄片切成均匀的细长条，倒入烧沸的开水锅里，锅里多半已加入汆好的瓠子，再加油盐，烧开，撒上葱花，即刻，浓香氤氲满屋。全家都爱这难得一遇的美食，往往吃得抵喉咙管了，添上一瓢半碗的，舔舔又舔光了。

第五是挑疙瘩汤。这吃法简单，和好粉后，烧开水，用勺子一勺一勺挖出放入，稍作搅动，浮起即熟。倘若拌入面面的南瓜块，那味道便变得香甜。只有大哥最喜欢吃疙瘩汤。那时，黝黑粗壮的大哥已是家中主要劳力，家务活重，饭量大。母亲说他一顿砍三大鼓肚碗疙瘩汤，还不嫌饱。我却不甚爱吃，但觉那糊糊的汤水好喝。

麦香留得最久远的是用来做酱。依稀记得母亲将麦子煮熟摊在篾箕里，依稀记得母亲将长了霉菌的麦粒团放入一个大钵子里，加水搅拌，依稀记得父亲上梯子把酱钵托到屋顶上日晒夜盖……再之后，似乎就有了稠稠的香气浓郁、令人口齿生津的家酿酱。嘴馋时，用手指偷偷蘸着吃一两口，忒有味！晒一钵子酱可管一两年家用呢。不知为何，后来却没有再做过酱。

哦，麦香浓浓，叫我永生难忘！

枞阳煨罐

齐永平

那不是繁华街头的瓦罐煨汤，没有精美的透着美食文化的招牌，没有夸张得吓人的文着图案的大瓦缸，没有沾染工业文明气息的黑煤球，没有一堆堆精致玲珑的小罐，也没有穿着制服，优雅地拿着长柄铲的服务人员。正宗的瓦罐煨汤，没有包装，土里土气，没有花样，原色原味。记忆里，一个粗糙的瓦罐，烟熏火绕，黑不溜秋。三代同堂的人用了十来年，把儿锃亮，盖早就摔没了，聪明的农家人，拿一个小搪瓷缸盖顶着，恰好。这不起眼的黑瓦罐，家家户户都有那么一两个，平日角落里待着，用的时候拿出来擦洗一下，擦得小瓷缸盖黑一道白一道，也没谁瞧着觉得不卫生。

记忆里，大铁锅烧得香油吱吱叫，那是榨坊里壮汉抬着巨木榨出的菜籽油，除了汗水，没有任何添加剂。主妇拿着菜刀，在水缸上荡两荡，刀口更锋利，然后将洗净的鸡呀鸭呀“砰砰”地劈开，推进油锅，铲上几铲，加水加盐煮开，留下一点鸡杂给孩子们解馋，剩下的装进黑瓦罐，放到灶洞里焖。

记忆里，瓦罐煨汤，多半是晚餐的美食，那是乡间苦劳一日的闲余时间，不焦不躁。瓦罐半下午就焖在灶洞里，晚间再经柴火一烧，三四年的老母鸡都能炖烂炖香。烧的是稻草，火钳在锅洞里捣来捣去，盖免不了被碰开一点缝隙，汤中少不了有几小根黑色的稻草灰，油浸汤染，黑亮黑亮的。没有人觉得脏，也懒得捡出，吸溜溜地喝下肚。干净的稻草，烧成灰都有股乡野的清鲜味。

不过，黑瓦罐有用武之时不多，甚至极少。没有大事，没来贵客，谁舍得杀鸡杀鸭？就算要杀，那只可怜的鸡，多半也是精挑细选的，可能是长时间不下蛋了，可能是不爱吃要遭瘟了，可能是撒野不回家了，那能吃能喝能恋家又勤下蛋的老母鸡，就是一个流动银行，没人舍得吃的。

瓦罐煨汤是一道殷勤的礼节。“三个鸡蛋一碗面”是乡下的待客之道，但来了珍贵的客人，能表达主家心意的莫过于瓦罐煨老母鸡了。客人来了，主家端茶倒水，请客吃茶，少不了刚从鸡窝里拿出的鸡蛋。这样还不够客气，主家张罗着杀鸡，也不管那鸡蛋是不是那只鸡生的。那只可怜的鸡，被主妇一把稻谷哄进门，瞅空逮下。客人免不了要拦，说正下蛋的鸡杀不得。主妇立即抱怨，那只鸡要么光吃不下蛋，要么老跑到地里打野，早晚被黄鼠狼叼走。可能觉得鸡被冤枉了，杀鸡时，主妇一边拿着菜刀，一边念叨：“小鸡小鸡你别怪，你是人间一碗菜。”这一碗菜，进了黑瓦罐，煨得喷香烂熟，主客皆大欢喜。

瓦罐煨汤是犒劳。一年忙四季的农活，就数种植与收获时最忙，尤其是双抢。不过，农家人虽然忙得够呛，心情却不赖。种植时有的是希望，收获时有的是幸福，杀只鸡呀鸭呀的慰劳一下全家，这个念头是应该的。荷月而归后，一家人围在一起，喝着瓦罐汤，全身的疲惫都没了，第二天精神更抖擞，下地干活更有奔头。

瓦罐煨汤又是浓浓的亲情。家里不幸有了病人，看过赤脚医生，捡了几服药，起色不大。再去，医生认真检查，先谈一番“病来如山倒，病去如抽丝”，又指名点姓地说某某同样的病，差不多一个月才好。家里人一颗心定了下来，问忌不忌口，医生答不忌口，身体虚了，该杀只老母鸡补补，不要一次吃，要分几次煨，不要舍不得。病人家属忙点头：“舍得舍得。”果然瓦罐汤一上阵，病人渐有起色，不到半个月就好了。其实，黑瓦罐不仅能煨汤，煨粥煨黄豆也行。对小娃来说，黑瓦罐是神奇的。早晨煮粥时，主妇舀点头开的粥，放进黑瓦罐。半上午时，小娃掏出来，吃得有滋有味。

青团

杨丽萍

“清明要晴不得晴，谷雨要阴不得阴”，烟雨霏霏中迎来了又一个清明。清明大都逢雨，天空中淅沥的雨丝犹如漫天飞舞的泪花，寄托着对逝者的追思，对生者的祝福。清明节流行祭祖扫墓，可谓是“清明大似年”。清明节前一天称为寒食节，是一个传统而隆重的节日，相传始于晋文公悼念介子推，诏令全国上下在这一天不得生火做饭，只吃前一天准备好的各色冷食。一代又一代的传承，一辈又一辈的延续，寒食成了清明的别称，也变成了清明时节的特有习俗。刚好姐姐从苏州回家做清明，顺便带回两盒青团给我们尝鲜，她告诉我，清明来临之际，苏州的大街小巷到处都是商家为迎合节令而兜售的各种口味的青团，供不应求，甚至到了家家脱销的程度。比乒乓球大不了多少的一个小小的团子，竟然要价五元，让我都不忍下口！突然萌生了今年清明一定要亲手做青团的强烈愿望。青团本是江南的节令食品，据说清明当天吃青色的食品，会使眼睛清澈发亮。今天甭管它发源何方，图的就是寓意不凡，也该大力推崇。

放学的铃声一响，我们同事三人迫不及待地驱车赶往江边，采野菜的工具早已准备就绪。到达目的地，简直出乎我们的意料，不亚于哥伦布发现了新大陆。放眼望去，葳蕤一片，真是个天然的大菜园，在这里，只有你想不到的，没有你采不到的。一蓬一蓬的艾草遍地而生，殷红的马兰和青翠的野芹爱坏了人。温润的江水养育了一方富泽之地！我们也顾不上聊天了，一头扎了进去，不知不觉间，暮色四合，掂量掂量手中的战利品，腰也不觉得酸了，腿也不那么软了，这才恋恋不舍地离开了这片沃土！

回家后，匆匆扒了几口饭，就兴致勃勃地动手制作青团了，刚采摘的艾草新鲜多汁，因为是野菜，需要反复清洗，然后放入烧沸的开水锅里，焯水后，便可捞出，再放入冷水中漂洗，沥干水分切碎，用绞肉机搅碎后，挤出汁水待用，便可加入适量的糯米粉，反复揉搓成团，捏成乒乓球大小的胚子，中间的馅可根据个人喜好随意而为，封口揉圆后就大功告成了，再滚上一层麻油，上蒸锅蒸上十分钟左右，空气中就会弥漫出艾草和麻油的扑鼻香气了。我相信当时你要在场，忍不住也会咽口水的。刚出锅的青团翡翠如玉，玲珑剔透，咬上一口，软糯甜蜜，芬芳的草香从此成了清明的味道，穿透肺腑，跃上心间！看着眼前一个个青色的团子，如获珍宝，满心欢喜，柴米油盐的日子多是寡淡的，只要你愿意也能变得活色生香，变得回味绵长！

因为传统的节日，才造就出如此诱人的美食，也拉近了人与人之间的情感交流。千百年来，食物凝聚着家庭，慰藉着孤寂的心灵，人生也正如此，离不开美食的相依相随。清明时节雨纷纷，不能外出的三天小长假本是郁闷的，但有了青团的相伴，无论是辛苦的采摘、制作，还是甜蜜的品尝、分享，享受的是其中付诸心血的过程。最喜欢不用上班的午后，窗外的雨还在旁若无人地下个不停，泡上一杯浓酽的绿茶，放上一段钟爱的乐曲，慢品细咂中灵魂得到了最温暖最妥帖的安放！

糍 粑

胡 冰

常与几个朋友去一家很不起眼的小饭店吃饭，倒不是那饭店里有什么很特色的菜，而是爱上那里的一道点心——糍粑。那用糯米舂成的糍粑，用油锅一煎，香脆又酥软，味道美极了。其实每次也吃不了几个，只是这糍粑，是小时候一个最为香甜也最为疼痛的一个梦，因此面对这小小的糍粑，心里总多了几分念想与恬淡的情愫。

记忆中第一次吃糍粑是上初中回到父母身边，那年的中秋节，姑姑送来了一篮子糍粑，我才知道，老家还有中秋吃糍粑的习俗。糍粑是用糯米做成的，每只三四寸长，厚三分至八分不等，两面均薄薄地撒了层黑芝麻粉。糍粑可以油煎或者隔水蒸着来吃。喜欢吃油煎的人多些。香油烧热，糍粑下锅，煎至两面焦黄，加盐或加糖均可。我喜欢吃蒸出来的糍粑，黑乎乎的，一片片融成一体却又固执地表示出自己的模样，挑一块来，拿糖蘸了吃，细糯绵软，滑腻润爽，味道实在美得不行。现在饭店里吃到的糍粑都是用油煎出来的，现代人都怕吃糖，糍粑都是淡味，但依然香。

有年因病休学，在家待着闷，父母便把我送到姑姑家住几天，正好赶上中秋节，整个村庄，家家户户都在做糍粑。秋日的炊烟弥散在天空，饱含着中国旧式农村繁复的人间烟火与亲情味道，那是一种不事雕琢的娴静舒适、安宁祥和。那个秋天，我生平第一次也是唯一一次看到制作糍粑的全过程。

糍粑的用米有讲究，须选用精致的糯米。姑姑头天把糯米用清水泡在桶里，等第二天完全泡涨了，就装到特制蒸米饭的木桶里去。木桶是用厚厚的木片做成，上面放一层纱布，将泡好的白糯米铺在纱布上，擀平，再用长长的秤杆捅几个眼，好受热均匀，又方便蒸汽进入。蒸的同时，看到姑姑不时从灶间起身看锅里木桶下面的水有没有烧干，烧干了要立刻加水。这个时候，整个厨房笼罩在一片浓郁的水蒸气之中，如同人间仙境。通红的灶火在水蒸气中更显得生龙活虎，跳动的火焰忽闪着姑姑慈祥的脸，朴实而安详。

等到厨房里米香越来越浓，糯米就差不多完全蒸熟蒸软了。姑夫和姑姑协力抬起木桶来，把蒸好的糯米倒到洗干净的铁桶里，姑姑提着铁桶到离家还有一点路的一个本家婶婶那里。我跟在后面，一路米香。婶婶家门前有只石舂，我们去时，一家刚用完。石舂是一个一立方左右的石头打磨成的，中间被凿了一个大大的凹坑，如同半个放大的掏空了的恐龙蛋壳。姑姑把糯米倒进石舂，与婶婶轮换着用丁字形的大木槌先轻后重一下一下地舂。糯米黏性很强，一会儿工夫，姑姑与婶婶就开始流汗了。等捣得表面连成白花花一片，再翻个面捣反面，直到整个糍粑里面没有米粒，整个糍粑都融合成一摊糯米泥，糍粑差不多就好了。

姑姑把捣成泥的糯米提回家，取出放在桌子上，与姑夫一人手里拿着一根打糍粑的棍子一起用力捶打，等成了饼状，再在上面撒上早已炒熟辗碎的黑芝麻粉，然后再用木板加上重物压住，等糯米凉了就成形了。姑姑边打边还趁热揪下一块，蘸上红糖，递到我手上，浓郁的糯米香带着木桶的木香一齐充满我的鼻子和舌头，甜到今天。

记忆中的中秋节，除了会吃到姑姑做的糍粑外，还会吃到父亲从江南老家送来的糍粑。每年这个时间，家里总会来一位客人，是位看上去与父亲差不多大年纪的中年男子，提着一篮子糍粑。他带来的糍粑雪白雪白，与姑姑做的不同，糍粑上面撒的是一粒粒没有辗碎的白芝麻，而且比姑姑做的糍粑要硬。江南的老家对于我一直是个梦，那个叫茅坦的地方，父亲从没带我们回去过。父亲自己一年会在清明冬至这两个时节回去，他对所有的人说，是去买茶叶与木炭，至于老家到底是什么样，还有什么人，他从没对我们说过。这个中年人每年来吃过午饭，当日就回，我对他的印象除了一篮糍粑外，别的什么也没有。父亲过世后，这个人再也没出现过，我们也再没吃过江南的糍粑。不仅如此，连姑姑后来也不做糍粑了。

人的记忆真的很奇特。年岁越长，儿时所经历的生活越是清晰。每每看到糍粑，我就会想起姑姑打糍粑的场景，想起那个提着一篮子白芝麻糍粑的男人，那糍粑散发出的气息，连同着那些生活的细节便一起漫溢开来，像浓浓的糯香，抓之不着，却经久不散。

糍粑飘香

汤玉红

临近中秋，早市上经常看见大爷大妈提着塑料桶在叫卖糍粑。中秋节吃糍粑、月饼，是家乡不变的习俗。

我爱吃糍粑，小时缺衣少食，最盼望的就是过年过节的日子。因为中秋节有糍粑吃，所以从家中插糯稻秧开始，心情就是愉快的。盼望着秧苗发棵，抽穗，稻谷黄后快点收割回家。当母亲将晒干的糯稻碾成米后，中秋节就快临近了。小村里，有谁家的姑娘年底要出嫁的，男方就会在中秋节前到女方及女方的亲戚家求结（俗称朝结）。朝结的典型标志就是在送给女方亲戚家中的礼物里，一定要带上糍粑。我家有时也会在中秋前夕收到亲戚家女儿朝结的礼物。那礼物里，比月饼更诱人的，是喷香的糍粑。因为要用的糍粑量多，所以男方家大多用木甑蒸糯米饭，那蒸出来的糯米饭再打成糍粑，用香油煎着吃别提多么香，多么有嚼劲。

我家人口不算多，中秋打糍粑，母亲是不舍得用木甑蒸饭的，那样既费米又费柴，节俭持家是母亲一贯的生活作风。母亲会在中秋这天，用升子量上几升米，淘洗干净，放进家中的大铁锅里煮。铁锅煮出的糯米饭虽没有木甑蒸的饭香，但母亲在用脸盆盛起饭后，用小火焖出黄酥酥的糯米锅巴，也是我们难得的美食。还没来得及去吃那喷香的糯米锅巴，我们就屁颠屁颠地跟在母亲身后，去村里汪支书家门前的地臼里去打糍粑了。支书家门前的地臼，早已被乡邻们洗干净，大家依次等候着。轮到我家时，母亲将冒着热气的糯米饭倒进那草帽形的地臼里，抡起大木槌，就开始打糍粑。打糍粑是个体力活，但母亲不嫌累，她常常一边干活一边和大伙儿快乐地聊天。在我家里，父亲爱吃糯米食，我们孩子也爱吃。为家人做爱吃的食品，母亲的心情是愉悦的。当饭粒全部打烂，看不到一粒米时，母亲就小心地将糯米团装进脸盆里，回家后倒在砧板上，压成方形，切块后两面蘸上熟芝麻粉，再放进簸箕里摊放着。候在一旁的我们，时常会迫不及待地伸出小手，抓一块放进嘴里，满口生香！

家有勤劳的母亲，所以在我家，不止中秋时节才能吃到糍粑。很小的时候，父亲还是民师，家里生活很是清苦，但母亲毫无怨言，极力支持着父亲。1980 年，父亲报名参加了县里第一批民师转正考试。父亲十分珍惜这次改变命运的机会，常常读书到深夜。记忆中最早的糍粑飘香，是在父亲苦读的那些夜晚。怕父亲饿了，半夜里，母亲会找出珍藏已久的糯米，给父亲做糯米饭吃。没吃完的饭，母亲找来纱布包上，用洗衣的棒槌轻轻拍打，揉捏，洒上芝麻粉，做成糍粑，第二天夜里用油煎着给父亲吃。因为饿，年幼的我常常被半夜里浓郁的糍粑香惊醒。听见父亲一边吃一边小声唠叨：“不知小伢们有没有醒，叫他们也吃点?”“都睡熟了，你吃吧，不用担心他们!”因为糍粑分量少，母亲极力安慰着父亲。每次听到这样的对话，我会赶紧将头缩进被窝，屏住呼吸。我深知，读书的父亲需要更多的营养。那年，父亲不负众望，顺利地通过了民师转正考试。

在父亲的带领下，我们兄妹几人读书也都非常用功，渐次跳过了龙门。母亲在九十年代中期，随着父亲职称评定，有机会办理了农转非。我的一家人都告别了农田，告别了生我养我的小村庄。但母亲并没有闲着，她跟随父亲，在学校食堂里做炊事员，一做就是十几年。母亲在忙碌的同时，心里却时时装着我们，逢上我们的假期，母亲就会早早在家里准备好吃的，等着我们回去。只要我们提出想吃糍粑，母亲就会随时为我们做。告别了村庄，没有了大铁锅，没有了打糍粑的地臼，但母爱无边，母亲总能想出各种妙招，给我们做出美味的糍粑。母亲会在电饭锅里煮出喷香的糯米饭，将饭装进事先准备好的干净布袋里，再将装好饭的布袋放在砧板上，用棒槌反复槌打，饭粒全部打烂后，揉捏，切块，蘸上熟芝麻粉……母亲做这些时从不嫌累，还满心欢喜，因为她的儿孙们，最爱吃她做的糍粑。

去年中秋，母亲来我家过节，我们带她去医院检查身体。这一查，就查出了祸端，母亲猝不及防地离开了我们。如今，世上再也寻觅不到那美味的糍粑了。母亲的糍粑，只能在我们的记忆里飘香……

莲　藕

方小霞

莲藕是那碧绿碧绿荷叶下的灵根，“出淤泥而不染，濯清涟而不妖。中通外直，不蔓不枝”，是一种比较常见的水生植物，南方各地湖泊水塘最易生长。家乡的藕塘在我儿时的记忆里就比较多而且有名。

中秋前夕，荷塘的主人开始动工挖藕，从藕塘淤泥里挖出的莲藕形状很独特，像婴儿那胖乎乎的胳膊。满身淤泥的藕用清水洗净后，就可以上市了。莲藕一般外皮呈浅褐色，褐色越浅的莲藕越嫩，褐色深一点的藕要老些。但是里面的果肉，总是洁白无瑕。莲藕的品种有两种，即七孔藕与九孔藕，我们选藕的时候，如果想做凉拌藕或者小炒藕丝时最好选买品种质地优良、肉质细嫩、鲜脆甘甜、洁白无瑕的藕，如果想做五香通菜蒸肉或者炸藕盒子最好选中间粗一点老一点的藕。

用莲藕做成的美食可谓是花样百出。藕也俗称“通菜”，寓意事事通顺。五香粉与肉、藕相拌后，藕垫底，五香肉一层层覆盖在上面，然后放入锅中蒸熟后，一道香味扑鼻的五香通菜蒸肉就能隆重上桌了。在我的记忆里每到逢年过节的时候，我妈妈都会做这道美食，让我们大饱口福。藕可以做冷盘名菜，挑选鲜嫩洁白的藕，切成藕片，撒上白糖腌制一会儿，一道清凉甜脆的凉拌菜就这样简单做成了，是我们家乡红白喜事首先上桌的一道菜，你吃腻了大鱼大肉，再吃上几口凉拌藕，不仅会觉清凉爽口，还特别能解腻。小炒藕丝，也是人们餐桌上比较常见的一道小菜，这就需要你把握火候，炒的时间不能长，否则就不脆不好吃了，吃的时候，最好倒上一小勺镇江米醋味道就更好了。

油炸藕盒子，目前也成了我比较拿手的好菜，我的这个厨艺也是由我老妈传授的。早在我还是个天真小姑娘的时候，就吃过妈妈做的油炸藕盒子。这道菜在当时也只有在中秋、春节的时候才能吃上，那时我觉得油炸藕盒子就是美味佳肴中的绝品，香脆好吃，总回味无穷。油炸藕盒子也是家乡一道比较有独特风味的美食。我跟妈妈学会了做这道美食，现在就经常做给我的女儿吃。每当我准备油炸藕盒子的时候，就会常常想起妈妈在炸藕盒子时那种满眼喜悦慈爱的样子。我记得那时妈妈先将藕洗净，切成非常均匀的薄片，然后将瘦猪肉、姜、葱放在一起剁碎，鸡蛋打碎放入肉馅里，肉馅里放点酱油、盐、鸡精搅拌均匀，肉馅做好后，我见妈妈取两薄片，将肉馅放中间一夹，再裹上一层鸡蛋面粉液，放入油锅中炸至金黄色捞出。那时的我，就像一只小馋猫似的，老早就直溜溜地望着那沸腾油锅里的藕盒子，那时我老妈叫藕盒子为“活藕”，当活藕变成金黄色的时候，妈妈马上用漏油勺子将活藕一一捞起，我的小手就情不自禁地伸过去拿，“小心烫，用筷子夹。”妈妈温柔地提醒道。我“嘿嘿”地对妈妈笑了笑，然后用筷子夹了一块金黄色的活藕，闻起来就特别香，有食欲，藕香肉香相辅相成，外酥里嫩，咬上一口，唇齿生香，直接冲击着我的味蕾，真是美味无穷啊！

莲藕还可以和猪肉、葱姜一起绞碎，然后搓成圆球状，放在油锅里炸成藕圆子，藕香味特浓。

家乡的人们也特别喜欢将老一点的藕加工成藕粉，到了炎热的夏天冲上一碗晶莹剔透的藕粉汤，等凉了喝上几口，感觉很清凉冰爽，是人们夏季最佳的饮品。

莲藕浑身上下都是宝。莲实又称石莲子，据《本草纲目》载：常食莲实可补种养神、轻身耐老，厚肠胃，固精气，强筋骨，利耳目。捣碎和米煮粥饭食，味清香健体。藕主热渴，散瘀血。久食令人心欢，止怒止泄，消食解酒毒。倒汁服，解胸闷心烦，开胃。藕节是一味使用频率很高的草药，可止咯血、吐血。

我去菜市场常常喜欢买藕，因为藕不仅可以做各种美食，而且更重要的是，藕会使我想起妈妈的味道、家乡的味道。

菜熟末子

左　中

春天，回了趟老家。晚饭是在镇上一家土菜馆吃的，上主食时，服务员端上一盆令外乡人不辨面目的吃食，追问之下，服务员用横埠土话答曰："菜熟末子。"

略显久远的记忆已模糊了它当初的名字，儿时，我们是这么叫的吗？在似曾相识的疑问中，我也只能根据菜熟末子的音译意会出这四个字——菜薹熟了，切成末子，放在稀饭里煮吧煮吧。只是，儿时的菜熟末子里是没有火腿的。

春天，油菜花一开，就意味着农忙的开始。母亲一个人带着我们兄妹四个，既要做裁缝，又不能让自留地抛荒，哪里忙得过来，春天的主食，终于因为长势旺盛的菜薹的襄助而令母亲松了口气。她早早地起来熬稀饭，而当我在被窝里听到从厨房传来"哒哒哒"的菜刀砧板碰撞声时，便无可奈何地叹息："又是菜熟末子！"菜熟末子和菜泡饭还是有所区别的——菜泡饭用的是隔夜剩饭，而菜熟末子则是先用新鲜的米熬出很匀的粥，再加上菜薹、盐、味精和猪油，一直熬成菜饭浑然一体的糊状。虽说味精和猪油今天已不招人待见，但当年，母亲可不是轻易就舍得给我们吃的。母亲舍不得，我只好偷偷地用筷子在油罐里不动声色地挑一点，埋在菜熟末子下面，好在春天的猪油已化开了，只要不贪心，还是不易被发觉的！当然，这只是孩子的一点小心思罢了，母亲又何尝不是睁一眼闭一眼呢！

一年春天，我碰巧在这个青黄不接的季节里发了一场高烧。母亲心疼地问我想吃什么？我说："想喝红糖水。"母亲终于奢侈了一把，用剪刀将山粉圆子剪成一个个三角，煮沸了再放进红糖。尽管第三天烧就退了，但我还是就势装了两天病——至少可以躲过两天快要吃绿了脸的菜熟末子吧。如今，生活好了，菜熟末子改良版的菜泡饭好似赵本山的小品也能走出国门，堂而皇之地出现在各大小饭店的餐桌上。

一天，我拿出从一位大厨那里讨教来的手艺，做了一款菜泡饭，兴冲冲地邀儿子品尝。不料，他却说："这菜不像菜，饭不像饭的，看着就没食欲！"果然是时代不同了，连不喜欢的理由都这么高冷，这又叫我情何以堪！

会宫山萝卜

高 斌

一方水土养一方人。一方水土的高度，在生活之上，在文化之上，甚至在民族之上。她养育了我们的躯壳，更养育了我们的风情。

记忆里，老人们一直讲述着这样的一个故事。

元末，天下大乱，军阀混战，民不聊生。朱元璋水破陈友谅据守的浮山，不料陈友谅千军藏于洞中，杀下山来。朱元璋措手不及，撤至会宫分水岭至城山，弹尽粮绝后，草木食尽。放眼望去，一片萧瑟。军旗在风中残破，历史在岁月里摇曳。战马，在回望的瞬间，晶莹滴落泥土，尘埃飞扬。朱元璋挥剑仰天："老天爷，会宫胜地，莫非我洪武墓地?"那一刻，倾盆大雨。被困多日，王胜将军神情凝重，俯身安慰手下伤兵，又起身背手远望北方。不远处，便是他的老家，想起在家老母亲，不知是否饱餐？想起当日揭竿而起的豪迈，不免伤感，心疼这落魄伤残的兄弟们。忽看见之前奄奄一息的战马精神大好，三五成群，时而奔跑、时而埋头在土地里拱着。王胜好奇地前去探了究竟，果然发现众马在拱开的土凼里咀嚼，仔细一看：原来土里埋藏了红红的果实。王胜大喜，依稀记得小时候饿得发慌了，娘亲就带着自己上山寻野果，此外形极为类似，忙命士兵挖出，喂食伤马。数日后战马无恙且好转。而后，王胜报朱元璋全军加餐，士气立马大增。朱元璋大悦，问这芋头般的果子是何物？王胜告之，还真不知其名，但他们老家一带偶有称之“山萝卜”。朱顺手提起一只，大手抹去泥土，揩净就往嘴里送去说：“山萝卜、芋头、山芋，好！天助我也啊！王胜，我军胜利定指日可待了！”不日，王胜凭借家乡熟悉的地形，终率军突破陈军的包围圈，南下白荡湖，杀出重围。

历史，总是在绝地逢生之后成为传奇。朱元璋得会宫山芋之力君临天下，而后号令全国推广种植山芋，一为纪念绝地一战，二为山芋易活保收，可挖窖洞藏。我的家乡就在会宫，这座文化底蕴深厚的古镇。某一刻我忽然顿悟，山芋情结，不仅是我年少贫瘠的食粮，更是这块大地赋予的精神情结。

小时候的记忆，总是在烀山芋的浓浓香味里醒来。香气，溢满了我整个童年岁月，余味至今，甚至一生。特别钟爱那贴在灶锅边上切开的截面，焦焦甜甜的味道，是我心中最美的味觉。然后盛上半碗淡淡的稀饭，简单、朴实的生活重复了一天又一天的幸福。

年少的背影，在屋后的山坡上重重叠叠，童年的游戏，每个人的家乡都那么类似。一群放牛娃重复着曾经的故事，打架、摔跤，然后偷地里的山芋，找尖尖的石头挖洞，把偷来的山芋埋进去，引火，然后就着半生不熟的烧山芋吃得津津有味。这些不地道的行为随着年龄的增长而渐渐远去，但美好的记忆却是心中最难忘的风景。那些贫瘠的、值得回味的往事烙在心房，成了我今生再也品尝不了的美味——因为怀念，所以美好！不仅仅是味道，更是内心深处的乡愁。

时光荏苒，当那些过往渐渐被生活沉淀，我们习惯了今天的山珍海味时，粗粮不知何时又走上了我们的餐桌，比如山粉圆烧肉、饭头蒸山芋，等等。说起山粉圆烧肉，还真是每次外地人来家乡做客或同学回家我必点的特色菜，味道好，他们吃得干干净净，就是最有力的证明。但做山芋粉的工序还真是复杂，让我印象最深刻的画面忽然就在眼前了，下霜以后的山芋是最甜的，母亲就带着我们上山地里拔藤，挖出一颗颗红红的果实。我也试过，但每次都把山芋挖得伤痕累累，甚至几截。然后一筐一筐挑回家，筛选、清洗、修剪，等绞碎机的师傅来绞碎。因为是跟业务繁忙的绞碎机师傅约好时间的，所以那几天的河边格外热闹，大人、小孩、男人、女人。笑声、机器声、小孩嬉戏声和哭闹声交织成乡村进行曲，一不小心就刻在我的记忆里，刻在村庄最真实的写照里。很长一段时间，父亲是在外地上班的，母亲就一个人张罗前期准备的工作，排在乡亲们的队伍后面，等到绞山芋的时候，总有淳朴的乡邻们帮母亲一把，一筐筐切削清洗干净的山芋倒进机器里，一桶桶绞碎的山芋粉半成品就从出口处接出来。母亲就在河边放一口大缸，在用锄具支起的支架下挂起网兜。生活就在网兜里晃悠，或沉淀，或摒弃。然后盖上缸盖，等上几日，滗出沉淀后的水，雪白的山芋粉就凝固在缸底。而后，母亲用锅铲小心翼翼地从大缸里挖出山芋粉，在垫好干净被单的大簸箕里铺开，在太阳下晾晒。山芋粉在母亲的手里散开，划出一圈圈波浪，一圈圈零碎的日子。母亲的笑意和阳光一样，在我眼里是那么耀眼。那儿时的记忆，老家的白荡湖边，我的乡亲们正绘制一幅绝美的乡村画卷。

或许现在人真的忘记了曾经山芋是可以做成那么多的美食，或许人们真的习惯了那些添加了色素香精的食品。那么你还记得我们吃过的山芋角、山芋干，那山芋熬成糖稀做成的米糖吗？柴火灶洞里那谁放的一颗已烧焦的山芋，你是否偷偷吃掉了？那一锅粉丝加青菜的汆山芋，是否又是你最美的晚餐？

碗头鱼

吴永生

碗头鱼，顾名思义，自然是碗碟里盛的具有一定纪念意义的鱼，已煮熟，味鲜且美。但这碗鱼的选料、制法和意义各乡都不尽相同，吃法也大有讲究。从儿时记忆算起，结合家乡的现行风俗，发现几十年来也没有太多的变化。首先是选料：过年用的碗头鱼大多用白鲢，取“百年长寿，年年有余”的谐音；红白喜事的酒宴用鲤鱼，取“鲤鱼跳龙门”和“金鲤传书”的典故，无鲤鱼也可用鲫鱼代替，取吉利之意。这两类碗头鱼都有各自的奥妙，千万不能乱吃的。

先说过年用的碗头鱼吧。这碗鱼一般在腊月二十四接祖宗时做好，也有在三十晚上做的，吃年饭时也摆到桌面——注意，不论是穷家富户，这碗鱼都只是摆摆样子，不能吃的，哪怕动了一小块，都要受到家长的责骂，被视为大逆不道，败了彩头。因此，这碗鱼上桌时，主妇都要打个招呼，以免馋嘴鬼败兴。正常说，稍微富一点的人家，三十晚上都有两三碗鱼，不愁无鱼可食。但贫苦人家——特别是在那个天灾人祸的大荒年，三十晚上充其量也只有这么一碗碗头鱼，而且这鱼还要留着请“年酒”时待客，因为乡下有俗语：无鱼不成席。既然是请客吃酒，而且是吃“年酒”，无鱼还了得？但这唯一的一碗鱼又不能让客食，食之则下顿就没有碗头鱼了，因此大多数主人只是象征性地用筷头敲敲碗边，说声“吃鱼吃鱼”。通常这时候，客人都很知趣，根本不动筷，于是精明的主妇就将这碗鱼端到锅后（厨房），说是鱼冷了，饭锅里上（蒸）个汽儿，就不再端出了，这年鱼也就算吃了。现在想想，那情景足够尴尬的。然在那个年代，这样做也是一种必然，客人也谅解，就算司空见惯了。这碗鱼端端收收，周而复始，每天都要放在饭锅上（蒸）个汽，以防变质，只到“九九八十一，泥巴家伙都请出”做田的那一天，主客才欣然命筷，嚼而食之，那鱼味之香，鱼骨之酥，是食客们永远都难以忘怀的。尽管现时家乡过春节还有留碗头鱼的习俗，但至多也只留到元宵节，想留到做田时吃，既无可能也无必要了。

其次是红白喜事鱼。这红喜，自然是指结婚或老人做寿或子女“高中”或添房购车什么的，但主要还是指结婚。白喜即指老人去世，是丧事，避讳罢了。凡这些喜宴，碗头鱼都是不能少的。有些人家怕客人不懂事，索性在碗头鱼上贴片红纸，警惕警惕。成年客人都知道这个奥妙，即使带着小孩来吃酒，也只是要个小碗拣菜吃，不准小孩上桌的。但智者千虑，必有一失，也有客人一时疏忽大意，让小孩上桌拨了碗头鱼，那就闯了大祸了，少不得要带小孩向主人家负荆请罪。记得儿时，我也曾随祖父赴过这样的喜宴，但祖父硬是不准我上桌儿，偶然上桌，祖父也是谆谆告诫，生怕我不懂事吃了碗头鱼。那时，我根本不敢违背祖父的指示，把这碗鱼看得比神灵还神圣，根本不敢动碗头鱼丁点！

唉，真想再尝尝做田时的碗头鱼的味道。

枞阳喜事酒

陈 靖

谈到枞阳饮食，要举出几样地方特色菜，殊非易事。平时在饭店吃饭，都是以味精、调料为主，没什么特点。常在饭店里吃，再好的菜也品不出味来。偶有远方来客，要吃本地菜，颇不易觅。地方菜有特色且能上档次的，就我所知，有白荡湖的大闸蟹，陈瑶湖及沿江一带的媒鸭、鸩鸡、鲚刀鱼等，这些菜价格偏高，还要赶季节，若客人来得不是时候，就无法尝到。四季常备而又兼具地方特色者，如山粉圆子烧肉、黄羹大萝卜、老洲山药、项铺生腐、汤沟茶干等，尚可一品。有地方特色而他处所无者，如粉蒸肉、锤肉、氽肉、麦鱼蒸蛋（麦鱼生长在白荡湖一带支流，长约1厘米）、黄鳝煨绿豆、大肠米饭、鸡肫米汤、烂糊萝卜、甜生腐红烧排骨、牌形米面等，点心则有油糍（像水瓶塞）、米粉粑、小糍糕等，都很不错，似可一膏馋吻。黄镇将军当年回乡，点过三道家乡菜：烧山粉圆、炒豆腐渣、红烧萝卜，大抵是寒酸、不入流、上不了台面的小菜。在现代饮食中，枞阳菜顶多只能调调口味，不成系统。若要做一桌全席的枞阳菜式，殊非易事。

枞阳地处长江，水产品极为丰富。因地制宜，枞阳菜以蔬菜、鱼类为主，其中最有代表性的菜式首推枞阳喜事酒。

喜事酒纯出民间，不见志书记载，各乡镇做法也互有差异。做喜事酒的厨师都在民间，其厨艺和饭店的厨师颇有不同。吃喜事酒又叫吃酒席，书面的说法叫喜筵。喜事酒有红、白之分。所谓红、白喜事，其实只是说法不同，菜式其实区别不大。现在要吃地道的喜事酒，只有到偏远的农村，城里的已经走样了。城里喜事酒大多在饭店举行，饭店以营利为目的，所做菜式土洋结合，除保留一些传统的菜式，如炖膀、圆子等，口味已大相径庭，无法和传统的酒席相比。客人赴宴，大多只是敷衍一下场面，宴后回家，说不定还要重新生火做饭，以充腹饥。

我小时候家在农村，吃过很多酒席。吃酒席是有很多讲究的，如座位有尊卑之分，不能随便乱坐，即是一例。进门堂屋正中的桌子为主席；主席上手为贵宾，一般是媒人、新人舅或年高辈长者的座位；右手稍次，左手再次；下面的位子俗称“脚脖肚子朝大门”，是最次的席位。新女婿在岳父母家一般都坐此位，以示谦虚、懂礼貌。吃酒席前，主人要提前上门迎请客人，客人并不马上赴宴，主人就要不厌其烦地三催四接，以示尊重。开席要等到每桌客人全部坐满后，方可举行。酒席一般每桌坐 8 人，如果主人“算小”（枞阳话抠门的意思），也可坐 10 人。妇女赴宴，一般都带上小孩。孩子很少坐席，在厨房里取上碗筷，站在桌旁夹菜吃。过去妇女孩子多，一般都会带上几个孩子。孩子们闹闹嚷嚷，争抢食物，所以往往女客的桌上最耗菜。俗话说“妇女客，不能接；接五十，到一百”，说的就是这个场面。

吃酒席的场面都很热闹。桌上的菜肴吃完后，空碗碟不能马上撤除，以免主人有菜不够丰富的尴尬；后上的菜没地方码放，就层层叠压在空碗碟上，以增喜气（白喜事则没有这些讲究）。吃后的骨头、残余等物都扔在地上，地上往往一片狼藉，酒气冲天。男人喧嚣劝酒，女人也不甘示弱。主人对此毫不为怪，大家图的就是这种喜庆的气氛。

喜事酒基本框架是二十八道菜，有鱼、肉、圆、枣、蔬等。从前农村较穷，市面菜品稀少（如牛肉、羊肉等，就难以买到），因难见巧，菜式一般以鸡、猪、河鱼、豆制品、时令蔬菜为主，烹饪方法大多是炒、炖、煨等，蒸则比较少见。现在条件优越了，不少菜式也在改变。

喜事酒的一般菜式不外乎以下诸种：

冷盘。一般是花生米、卤菜、皮蛋之类的拼盘。现在条件好了，也有加上水果的。

白切。用肥猪肉切成片状汆汤。因为太油腻，现在已很少上这道菜了。

开席鱼。一般用鲢、鳊、鲤红烧。开席鱼不能用鲫鱼。因为过去有“鲫鱼不上席”的说法，谐音的说法是以免生出的小孩“急不佬”（口吃的毛病）。开席鱼又叫碗面鱼，只看不吃，取年年有余的意思。有些乡镇是最后一道圆席鱼不吃，开席鱼是可以吃的。枞阳东、南乡风俗不同，所谓“出门三五里，各处一乡风”。

炖鸡。整鸡清炖，汤味最为醇美。

小炒四至六道。视季节不同，以肉片、胡萝卜、豆腐干、时令菜蔬、千张片为主。

炖膀。大白肉清炖，为喜事酒之重要菜式。尽管肥腻，但风味绝佳。

银耳汤。银耳炖汤，也有加红枣、白糖以改变口味、增添喜气的。

肉圆。肉末加淀粉搓成圆形，以菜油炸成。

鲊肉，即粉蒸肉。现在市场有现成的鲊肉粉，加佐料与肉一同蒸熟。讲究的在肉下垫上藕、山芋、南瓜等，蒸熟后肉汁渗下，藕、山芋、南瓜等更为香美可口。

汆肉汤。将瘦肉剁碎，加淀粉搅拌，入水煮熟。此菜为他处所无者。

红烧排骨。取猪排骨红烧。各地做法不同，有做成糖醋排骨的，色、香、味更佳；亦有以腌雪里蕻烧排骨，味亦独特。

鱼片。鱼片加淀粉，入水煮熟，做法与汆肉同。

甜生腐红烧肉。生腐与肉加糖红烧。

漂圆。取鱼肉剁成末状加蛋清，色纯白。用清水煮熟，白色的圆子浮于汤面，故名漂圆，味清爽甘美，可去油腻。

四季圆。猪肉加米饭搅拌后，搓捏如鸡蛋大小，蒸制而成。

桂圆莲子汤。桂圆、莲子清炖后加糖，清淡可口。

山芋粉圆子。一种大的山芋粉圆子，有些地方作圆席用。小山粉圆子一般闹洞房时用。

蹄膀。俗名炖蹄泡，用猪腿肉做成。做法有清炖、红烧，各地风俗不同。这道菜太油腻，现在已很少用了。

蒸糯米圆子。小圆子，有的地方俗称汤果子子（第一个“子”字读音长，和前面的“汤果”两字连在一起读，第二个“子”字读音轻短），现在也已少用。

锤肉汤。锤肉与肉饼不同。先用瘦肉切成薄片，再放在山芋粉上用钉锤锤薄，剪成小块状，烧成锤肉汤。味道比汆肉汤、肉圆汤好。此菜为枞阳本地特有，别处尚未见过。

谢席鱼。大多地方用鱼圆子圆席。

青菜豆腐汤。这是最后一道菜。上完这道菜，意味着酒席结束。客人如需上饭，吃后即可告辞。

荠 菜 粥

钱新华

惊蛰一过，和煦的春风轻柔地抚摩着大地，温暖的阳光，把沉睡在漫漫长冬中的花花草草一一唤醒，漫山遍野仿佛一夜间换上了春装，万绿丛中的各种时令鲜蔬也像赶集似的，走上了人们的餐桌。品着舌尖上的美味，不知不觉，又到了一年一度的二月二。

记得小时候，每年二月二这天，尽管有龙抬头的说法，只是见到婴幼儿这天会去理发，但留给我的印象只有似节非节的感觉。倒是祖母这天用那些新鲜的荠菜，煮上一大锅荠菜粥的习俗让我难忘。因为祖母每熬一次荠菜粥，都会说："吃了荠菜粥，化灾又祛疾。"

当我念小学中高年级时，每年农历二月二这个日子，祖母都会吩咐我带着弟妹们一起去挖荠菜。我领着他们，挎着小竹篮，拿着小铁铲、旧剪子、破菜刀，有说有笑地跑到村外的塘埂旁、麦田里、小溪涧。薄薄的雾霭缭绕着广袤的田野，似蝉衣轻缦素裹，影影绰绰，那些一大块一大块水灵嫩绿的荠菜，如温润的碧玉在眼前闪烁着、跳跃着。乍一看上去，又宛如在探头探脑地向我们憨笑。不大一会儿工夫，我们便背着暖洋洋的夕阳，提着沉甸甸的小菜篮，哼着欢乐的歌儿，满载而归。

铲回的荠菜，经祖母一番仔细清理与清洗后，不用切碎，直接入锅，与米同煮，称之熬菜粥。那时候，日子不好过，缺粮是常有的事，但在二月二这天，祖母会“大舍”一次的。她会拿起方升（以前，枞阳农家一种小木质量米用具）毫不吝惜地舀出半升（约500克）米，洗净倒在锅中，“咣当”一声，盖上因油烟熏蒸而沉重的杉木盖子。灶下的柴火“噼噼啪啪”地越烧越旺，肚子饿得咕噜咕噜叫的我们在一旁焦急地等候着。

不一会儿，那沉重的杉木锅盖便被“突突突”的气声顶起，混合着荠菜特有香味的菜粥清香四溢，撩得我们口水也咽个不停。菜粥熬好了，一人端着一大蓝边的粗瓷大碗“碧玉粥”，“咻——咻——”地狼吞虎咽着，祖母用围裙角擦了擦被烟火熏出的泪水，脸上漾出了久违的笑容。

我有些疑惑不解地问祖母，为什么二月二要吃荠菜粥？祖母停顿了一下说，这里面有个故事：传说很早以前，有个名叫朱重八（朱元璋）的皇帝与陈友谅于农历二月二这天，在枞阳这一带江面上开战。结果朱重八失利，他逃到枞阳凼山一庵堂里。此时此刻的朱重八，面临人困马乏、饥饿难忍的险境。庵堂僧尼也没有什么好东西拿来招待他，就用一点米加上新挖来的荠菜熬煮成菜粥给他吃。朱重八吃了这顿粥，恢复了体力，躲过了这一劫。后来他当了皇帝，不忘昔日救驾之恩，遂将此庵赐名“护国庵”，下令地方官府拨出银两，将庵堂修缮一新，并减免了庵堂周边乡民的徭役赋税。从此以后，这里民间每年的二月二，家家都吃荠菜粥，以谢主隆恩。

当然这个故事的真实性，有待史学家们去进一步考证，但是二月二吃荠菜粥的习俗至今仍在流传着。后来读书，从一些典籍资料上才知道，荠菜，又名护生草、鸡心菜、净肠草。在我们家乡枞阳一带，又俗称丁儿菜或地丁菜。生长在路边、野地和田埂上。宁代诗人苏轼有“时绕麦田求野荠，强为僧舍煮山羹”的诗句，就是说荠菜，说明荠菜本为不在菜园种植的麦田野菜。去年，我曾在某电视台《健康之路》栏目中看到有位专家介绍，荠菜不仅是营养丰富的美味蔬菜，还能治疗多种疾病。民间素有“阳春三月三，荠菜当灵丹”的谚语，还流传着“春食荠菜赛仙丹”的说法。可见，荠菜不仅是佳肴美馔一碟，更是灵药一方。

又是一年二月二，清风柔拂荠菜香。回想起那艰难岁月里的一碗碗翠绿荠菜粥，化成了身体里流动着的荠菜汁液，更是忘不了远去的童年和对先祖母无限的思念之情。

滚　欢　团

疏泽民

到了腊月，舅舅就提着对剖的两爿竹竿，走村串户，给乡邻制作欢团。

欢团的原料是炒米和山芋糖浆。滚欢团，就是将这两份原料混合，用酒盅滚压成乒乓球大小的圆球，外面点缀一些可食用红料。这样的欢团象征着农家的日子红红火火、欢欢乐乐、团团圆圆，是正月里待客的佳品。

滚欢团用的炒米和糖浆，事先就准备好了。冬闲的日子，农家将糯米蒸煮，晒干，再炒制成炒米。将小麦浸泡发芽，切碎，再将山芋切成薄片，一并加水煮熟，用布袋滤渣，将汁液熬成糖浆，盛在瓦罐里备用。

舅舅来到农家，首先将熬制好的糖浆回锅加热，待热气升腾时，向锅里倒进炒米，不断搅拌，直至炒米与糖浆均匀混合，再铲在脸盆里。接着卷起袖口，拿出一只盛有温水的碗，两只酒盅，两爿对剖的竹竿，就开始滚欢团表演。舅舅拿起两只酒盅，往脸盆里的糖浆炒米面对面地夹合，扣合成一个椭圆形球体。拿去对扣的上层酒盅，右手蘸水，在露出酒盅外的炒米团一侧不断地轻轻拍打，酒盅里的炒米团不停地转动，不一会儿就滚成圆形的糖团毛坯，放在竹竿内掏空竹节的沟槽里。

别小看了这两爿对剖并掏空竹节的竹竿，它可是滚欢团的重要道具。将糖团毛坯放进竹槽，糖团间相互留出一点空隙防止黏合，再扣上另一爿对剖的竹竿，形成圆筒，双手握紧上下竹竿来回搓动并左右暗合用力，糖团就在竹槽间前后左右滚动、揉搓、挤压、黏结，最终形成致密的圆球。将竹竿向筛箩里稍稍一倾，白胖胖、圆溜溜的糖团就“呼啦啦”地滚落下来。

待所有的原料被滚成糖团后，舅舅又拿根鹅毛，蘸上食用红色颜料，在糖团上点一道“美人痣”，犹如雪中红梅，很是漂亮。看着满筛满盘的欢团绽开一张张红扑扑的笑脸，庄稼人的心里乐开了花。

滚欢团是舅舅的一门绝活，自然，腊月就成了舅舅最忙的日子。那些年，在乡下老家，方圆十几里地只有舅舅掌握了这门绝活。庄子里哪家想吃欢团，都请舅舅去帮忙；谁家要是没赶上滚欢团，其他人家就你一盘我一钵地送过去。正月里孩子们跟在大人后面走亲戚、拜年，口袋里总会塞满乒乓球似的欢团，既好玩又好吃。家中来客，庄稼人必捧出欢团，仙桃似的码在盘子里，看着十分喜庆。拿一只欢团捧在手里，小巧玲珑，甜香扑鼻，人见人爱，轻咬一口，脆而绵甜，口齿留芳。

欢团是故乡春节期间家家户户必备的美食。它那圆圆胖胖、白中带红的外形，象征着农家的日子红红火火、甜甜蜜蜜，象征着农家的新年欢欢喜喜、团团圆圆。美味欢团，吃在嘴里，甜在心里。

鸡汤泡炒米

江春风

河南宗亲来枞阳寻亲，作为土生土长的枞阳人，又被家族人称为“百事通”的我，理所当然的担当起此行的向导。于是利用五一假期，我由张家港匆匆赶回枞阳，与河南郑州、南阳等地来枞阳的一众宗亲汇合。由于人多路堵，等我到达枞阳县城时已是下午三时，大家简单地寒暄之后就直接杀向了饭店。饭店是由家住县城的一位宗亲安排的，店面很不起眼，在一个窄窄的小弄堂内，但据说已有近百年的历史。

菜一道道地上着，都是正宗地道的枞阳特色菜：山粉圆子烧肉、粉蒸肉、炖蹄膀、莲子汤、糯米圆子、生腐、千张以及形形色色的枞阳地产蔬菜和水产品。酒席大约进行到一半的时候，服务员端着一个超大的盆子蹒跚着走了过来，人还没到，一股浓郁的香气就将整个空间充斥得满满当当，紧跟在服务员身后的老板娘端着一大盘子金黄色米粒状物品，我们一干枞阳人不禁欢呼出声：“啊，鸡汤泡炒米！”

河南宗亲对我们的热情劲迷惑不解，一个个露出狐疑的目光，我身旁一位七十八岁的老人情不自禁地询问出声：“这是什么？”我没回答老人的提问，只是轻轻拿起老人面前的小碗，舀了两勺鸡汤，再抓了两小把炒米盖在上面，用老人的汤匙搅了搅，含着笑递给老人。老人用汤匙舀了一小口，慢慢伸到嘴里，“嗯——”老人呼了一口气，猛地低下头狠狠一口将碗中的鸡汤连同炒米喝了个干净：“啊，我再来一碗！”眨眼之间，一大盆子鸡汤和炒米就被大伙分抢一空。看着客人意犹未尽的眼神，我悄悄走到后厨，通知饭店老板娘给我们再上一份。

当第二盆鸡汤泡炒米上桌的时候，我给客人们娓娓道来这道菜受欢迎的原因。首先，这个鸡用的是正宗的枞阳土鸡。枞阳土鸡生长周期缓慢，个头不会长太大，时间也不会太久，因为在枞阳有句谚语叫“三年的老母鸡赛砒霜”，也就是满了三年的母鸡枞阳人只会留着下蛋不会再去杀了吃的。而一年内的鸡肉质太嫩，枞阳人只会用来炒着吃，因此用来炖汤的都是生长周期为一两年的鸡，肉质特别的松软、鲜美。也不知道是因为家乡情结还是水土的关系，我出差几乎走遍了整个神州大地，感觉最鲜美的肉品还是我们枞阳的土鸡肉和黑猪肉。再一个就是枞阳炒米。枞阳炒米可以说是最独特的一种炒米，除了枞阳及临近的安庆、桐城等部分地区外，你在其他地方根本找不到一模一样的炒米。枞阳炒米选取优质的地产糯米，这种糯米一般产量都不高，但特别有黏性。枞阳人吃饭以米饭为主，一年到头几乎都用不到蒸笼，只有在制作炒米时才用得上它。记忆中每年一到腊月，家家户户就会早早劈好一堆马柴，把挂了一年的蒸笼从壁桩上取下来洗刷干净，在蒸笼底部铺上一层干净的老布，然后用淘米箩装上糯米在小溪、水塘中一趟趟淘洗干净，均匀地铺在蒸笼老布上，把蒸笼一层层摞架在放满水的大锅上蒸熟成糯米饭，再将这些糯米饭摊在各种竹篾制品上晒干成饭米。这其中有着很多的细料活，总之到饭米成形时是一粒一粒的，几乎找不到两粒是黏在一起的。最后就是炒制炒米，枞阳炒米都是用“铁砂”炒制而成的，其实也就是普通的江砂，加了不知道是桐油还是什么油熬制过，精赤乌亮的。

炒炒米时，先将铁砂放锅内炒热，再放入饭米不停地翻炒，至饭米透出金黄色时要及时出锅，连同砂子一起铲入筛子内筛去砂子。炒炒米对火候的掌握要求非常高，起锅早了达不到香脆的效果，稍微迟了又会被炒焦，因此每次看大人们炒炒米就像打仗，一个个汗流浃背也顾不得擦上一把。因为劳动强度大，现在家庭已经很少再见到炒炒米的景象。不过枞阳人喜欢吃炒米的习惯还是沿承了下来，这也就衍生了许许多多炒米的加工企业，由小作坊到规模化生产，人力早已被机械所取代，现在无论在什么地方，都能轻点鼠标，通过网络购买到包装精美的枞阳炒米。妻子不是土生土长的枞阳人，只因生孩子时在枞阳待过两年，竟然不知不觉地喜欢上了枞阳美食，每次回家，妻都千叮万嘱："不要忘记带些炒米和米面回来啊!"

在以后的三天里，从县城到乡村，无论是大饭店还是路边小摊吃饭，鸡汤泡炒米成为河南宗亲每餐必不可少的一道菜肴，回河南时，每个人还带上满满的几袋炒米，说要与家人分享一下祖宗地的美味呢。

在枞阳，不仅仅鸡汤泡炒米、肉汤泡炒米是美味佳肴，甚至一碗白开水，加上一汤匙炼好的猪油和适量盐就能制成一碗泡炒米的底汤，喜欢甜食的人也可以在白开水里加入一汤匙糖以用来泡炒米。著名的黄梅戏《打猪草》结尾还有一段关于鸡蛋泡炒米的唱词："小宝哎，我回家看看我妈妈在不在家，不在家我就打三个鸡蛋泡一碗炒米给你吃哦!""小宝哎，我妈妈不在家哎——""噢——吃鸡蛋泡炒米去咯——"

菇子面汤

钱闻萍

丝丝绵绵的梅雨季节，也是新小麦上市之季，一年一度的山里人独享口福，吃菇子面汤的时候到了。

梅雨是我们长江一带特有的气候，长时间下雨，空气特别潮湿，加上入伏气温偏高，导致什物发霉。如不及时翻晒，极易腐烂变质。然而，这梅雨却对山里的野生菌菇提供了得天独厚的生长条件。居住在大山里的老百姓，每到这个季节，就会进山采摘野菌菇，什么鸭蛋青、大伞菇、平菇等，品目繁多，鲜嫩无比。

野菌菇一般生长在山上的小树林和草丛中，采摘菇子一定要掌握好时间。雨过天晴，一般在气温急剧上升之前进行采摘，这时的菇子最为鲜嫩，品相极好。采回来的菇子要放在大木盆（农村人洗澡用的木盆）里，用淡盐水浸泡，进行消毒处理。清洗菇子的程序也很细致复杂，一只手托起菇子，另一只手要用摘回家的南瓜老叶子，轻轻擦洗菇子的叶面及茎部。因南瓜叶子表面有很多绒齿状毛刺，很容易把菇子表面和其他部位的泥土和杂质擦洗干净，且不易损坏菇子。

洗好的菇子用手撕成均匀的小方块晾干，锅中放入一定量的菜籽油，大火进行翻炒，直至炒出很多水分，这时才能加入一定量的水，放盐、姜蒜之类的佐料。但最为重要的还要放进二三十粒干枯的老蚕豆，与菇子一起混烧，等烧干两至三次水后，再加水烧开，盖上锅盖，用炭火进行焖炖，以蚕豆烧烂为菇子烧好的标准。说是蚕豆烧烂了，即便菇子有毒，经过长时间的高温蒸煮也不至于中毒。

面汤是由上市的新小麦手工加工而成，农民自种收割的小麦，经脱粒清洗晾干后，用石磨磨成面粉，和面揉成团，放在台面上用擀面杖进行擀制，擀制成很薄的面皮后折叠，再用刀切成面条状，即可下锅煮。

煮好的面条加入烧好的菇子，那就是鲜美绝伦、口感十足、香气浓郁的山里特色——菇子面汤了。梅雨季节吃菇子面汤这种习俗，在我们枞阳一带的山区，不知从哪一朝代开始，代代相传，延续至今！

浓情菜薹粥

何亚兵

下班的路上有着一大片的建筑工地。工地上到处堆满了砖瓦沙石，一座座高楼就这样拔地而起。

不经意间，发现工地的间隙透着一处金黄，定睛一瞧，原来开着那么几株柔弱的油菜花，虽孤单却热烈。

又是油菜花开的季节，它让我想起幼年时曾经吃过菜薹呢。二三月份，油菜将要开花时，正是菜地里菜薹疯长的时候，奶奶每每提起她的小脚颤巍巍地走到菜地里，打回几把菜薹。当然是用香油清炒，炒到七分熟就香味扑鼻、柔嫩可口了。倘若再加点香菇或木耳，那就更加好吃，是难得的佳肴。爷爷也很高兴，这么一小盘就够爷爷捻须抿酒一个早晨了。不过奶奶炒菜薹的时候不多，奶奶说费油。于是，更多的时候，我们吃的是菜薹粥。把菜薹洗净切成段，和着米一起放水放盐煮成菜粥。虽煮的是菜粥，不用炒菜了，可奶奶并没有因此而变得清闲。奶奶的小脚一趟又一趟地来来回回，洗刷、晾晒、打扫、收拾、放鸡、喂猪，一个家族的事务啊，没片刻安宁。

还记得奶奶一口一口地喂我吃菜粥。儿时的我讨厌菜粥那碧澄澄的怪异颜色，不喜欢粥的清淡寡味。奶奶于是在我的粥里滴上点酱油，哄着我说，大孙儿乖啊，吃得多，长得快，长大了帮奶奶上街买东西呐！一边把粥里的菜薹挑出来吹吹热气再喂到我嘴里，坐在板凳上不安分的我，有一搭没一搭地吃着，奶奶呢，喂一口，就像完成了一件重任似的高兴地笑着。奶奶这一笑，却不知何时就印在了她的孙儿心头。

奶奶是在一个寒冷的二月走的，没等到油菜花开。六岁的我还不懂得生与死的界限，却懂得了离别的残酷。多年后突然想起，我还没有帮奶奶买过东西呢！奶奶生在旧社会，裹了小脚，一辈子都没能上过街、赶过集，想必奶奶对那一方陌生而繁华的街市有着深深的渴望和遗憾吧！

又是油菜花开的季节。我远远地凝望着那几株柔弱的油菜花，孤单却热烈地盛开着。直到轰隆轰隆的搅拌机开过来碾压过去，我才如梦方醒，有点不舍与可惜。不过转瞬一想，花开就会花谢，花的盛开就预示着一步一步走向凋谢。

奶奶在那个艰苦的年月盛开过，为了一个家族的兴盛开放过，虽柔弱却并不孤单。如今她的子孙们在她的抚育下走出了田园乡土，也在各行各业四面八方盛开着，盛开在一个油菜花开的季节。

想念那饱含浓浓情意的菜薹粥，更想念记忆中总是忙碌、总是微笑着的奶奶！

悠悠布鞋情

张振中

尽管我从农村搬到单位，再从单位搬进城里，几经搬居，不知摈弃了多少不常用的物品，但妻子还是保存着一摞子发黄的布鞋底。每当看到这些发黄的布鞋底，孩提时母亲坐在昏暗的油灯下，为我们一家老小十一口人飞针走线做鞋的情景立刻映入眼帘。

二十世纪六七十年代，母亲常常趁着天寒地冻、雪花飞舞、阴雨连绵的正腊月，生产队不出工的机会，将我们穿过的旧衣裳拆开，扯掉线头洗净摩平。选择大晴天用开水冲一脸盆米粉糊，用几张旧报纸贴在平整的门板上，然后用干净的碎布在报纸上面来回地粘叠。晒干后这既平整又硬朗的东西叫袼褙，俗称鞋壳子。这是母亲做鞋的主要材料，用厚壳子叠成五六层做鞋底，用薄壳子靠鞋帮子。

昼短夜长的寒冬腊月是母亲做鞋的旺季。每当生产队收晚工回来，总是看见母亲一边坐在凳子上吃晚饭，一边哺乳弟妹，然后安详地坐在煤油灯下，用粗细均匀的麻绳在鞋底上面飞针走线纳鞋底，只见豆大的灯花随着母亲麻利的动作而闪烁，这纳鞋底可是她拿手的绝活呀！别看她是农村劳动妇女，可她在鞋底上能如意地织上“囍”字、“卍”字、

“寿”字等图案。“慈母手中线，游子身上衣。临行密密缝，意恐迟迟归。”一双普普通通的鞋底，经过母亲千针万线竟成为一件漂亮的工艺品。一次，我看见母亲纳鞋底时手指被锥子捅破了，那鲜红的指纹错落有致地印在洁白无瑕的鞋底上，酷似红梅含苞绽放。

鞋底纳好后，接着就是粘鞋帮。粘鞋帮的工序极其讲究，母亲将祖母、外祖母“三寸金莲”的鞋用藏青布料做鞋面，再用红黄绿丝线绣成蝴蝶结、丹凤朝阳、二龙戏珠等精美的图案。弟妹的鞋用黄灯芯绒做鞋面子，用红蓝绿的丝线绣成小老虎头、狮子绣球、梅花并蒂等图案，栩栩如生，鲜艳夺目，相映成趣。

小时候，有一次我把弟弟妹妹们小巧玲珑的小绣花鞋挂在树丫上晒，立即招来几只嗡嗡叫的小蜜蜂叮在鞋头绣花上，小蜜蜂竟然把鞋头上的绣花当作鲜花来采蜜呢！为了让针线受力均匀，使鞋帮饱满成型，母亲将做好的成品鞋用楦头楦好定型，里面塞满棉絮、碎布条，以防新鞋走样，就这样一双双漂亮的布鞋就大功告成。母亲用热毛巾把鞋面上的污渍汗斑擦拭干净，按从小到大的顺序排列悬挂在一根竹竿上。那图案各异、大小不同、色彩鲜明的布鞋各具特色，仿佛是一件件工艺品在陈列馆里展览呀！每当姨妈婶娘来到我家做客，首先欣赏的就是那一双双漂亮的布鞋，那排列有序的几十双布鞋简直就是一道靓丽的风景线呀！

这崭新的布鞋，平时不准我们兄弟姊妹随便排场和奢享，得到大年除夕之夜。吃罢年饭，母亲端来一盆热水把我们兄妹七人的脚洗干净，用她那长满老茧的手紧握剪刀将我们的脚趾甲剪掉，每人发一双新袜子，一双新布鞋。当我们接过那双渴望已久的新布鞋，顿觉自己是人世间最幸福的人，心里比灌蜜还甜。俗话说“一天穿得上的鞋是双草鞋，三天穿得上的鞋是双好鞋”，意思说一双新鞋若一脚就蹬上，则几天后就软鼓囊走样了，新鞋要多试几下，让新鞋针线伸个筋然后穿上就会饱饱胀胀不走样。因此，我们穿新鞋之前一般要先光着脚穿一会儿，走一走，踩一踩，让新鞋与脚磨合磨合，然后穿上袜子再穿新鞋。在那“闹饥荒”的年代，我们一年能穿上一双新布鞋那就是脚福。记得读高中时，一双半新的布鞋，不知被哪位同学顺手牵羊穿走，害得我周六打着赤脚而归。

新年初一的拂晓，毕毕剥剥的开门炮一响，我们兄妹几人就起了床。穿好新鞋，弹履相庆，顿觉足下生辉，尽情地在房前的场地上蹦呀跳呀！不时地翘起那一双爱不释脚的新鞋，不容它沾半点灰尘。大年初一的早晨，我们虔诚地拜过祖宗年，吃过早饭，穿着母亲做的布鞋趾高气扬地去邻居大妈家拜年。你瞧，邻居大妈家一条长凳子上整齐地坐着七八个孩子，每个脚上都穿着一双崭新的布鞋。大妈眯着眼逐个看个够，嘴里还不停地唠叨着：“这花绣得像活的一样，真漂亮，这鞋多合脚呀！”一双布满皱纹的老手在我们的脚上摸来捏去，人见人夸我母亲心灵手巧，是描龙绣凤、挑花绣朵的行家里手呢！

母亲的针线篮里摆放着针头线脑、线团、纽扣，还有几本破旧的杂志，书页里夹压着鞋样子，各种花样子，红绿丝线，儿童中老人的单棉鞋的鞋样子一应俱全。老人们常说，不见伢子个子长，单见伢子脚长。衣不大寸，鞋不大分，鞋合不合脚，脚最有发言权。今年的鞋明年就穿不得，所以小孩子的鞋样要年年放大。剪鞋样子也是母亲的拿手好戏，左右邻居的婶婶嫂嫂都请母亲为他们剪鞋样子。把旧鞋样子粘在一张旧报纸上，按照旧鞋样按比例放大，大了鞋不合脚，小了又磨脚，必须恰如其分，分毫不差。

随着社会的发展，经济的繁荣，无论乡村还是城市都很难见到农家的手工布鞋了，大街上所见的是乌黑发亮的皮鞋。虽然我脚上常穿皮鞋，可是总感到这皮鞋不如母亲做的布鞋养脚。母亲做的布鞋式样美观大方，针线密度均匀，大小适宜，穿着舒适。母亲做的布鞋不仅穿着舒适，而且透气，吸潮性能好，常穿脚不臭。尤其在三九寒冬、寒风凛冽的夜晚，打一盆热水泡泡脚，然后穿上母亲手做的四块瓦棉鞋，顿感一股幸福的暖流涌上心头。

抚今忆昔，时过境迁。我对母亲做的布鞋依然有着拳拳的情感，那是因为我刚迈人生的第一步，就穿着母亲做的小巧玲珑的小老虎头布鞋，在母亲的呵护下蹒跚学步。穿着母亲做的布鞋走进学校，踏上工作岗位，步入浩瀚无垠的知识海洋。倏地，耳际荡漾起解晓东演唱的《中国娃》“最爱穿的鞋是妈妈纳的千层底，站得稳走得正踏踏实实闯天下……”。

千里之行，始于足下。在人生道路上，穿着母亲做的布鞋，曾留下了不计其数的屐齿。这身后一串串坎坷的屐齿仿佛在鞭策我，要穿好鞋走稳路，大胆往前走！在人生旅途的每一个驿站，似乎都要驻足凝视，身后的屐齿是否一步一个印。

合六间

鲍官明

一九七九年分田到户，到一九八一年已两年。这段时间，我家不仅彻底告别了吃不饱穿不暖的日子，手头还有了一些余钱。春天的晚上，田野里蛙鼓如潮，屋内煤油灯下，父亲和母亲打开一层一层包裹着的手帕，清点家里卖粮、卖树一点一点攒起来的票子，一五一十，最后母亲兴奋地说，有四百多块了。于是父亲和母亲一合计，准备盖新房子，盖合六间的大房子，房子上面盖瓦。

当时的房子，还是祖父盖的草房子。虽然也是六间，但分为前进和后进，中间是天井。祖父和祖母住后进三间，父母亲和我们兄弟姐妹七个人住前进三间。一九七六年祖父去世后，父亲将后进最后一间祖父的房间要了过来。但一来因为祖父在里面去世，我们都很害怕；二来中间隔着一道天井，一遇雨雪天气就湿答答的，晚上还特别的黑。因此我们兄弟姐妹谁也不愿意到祖父的房间里去睡觉。这样一来，老房子就明显不够住了。再者，当时村子里屋前屋后都已经扒掉草房子盖了瓦房。尤其是屋后头小椒（枞阳方言，即叔叔）家，盖了新房子之后，小娘在父母面前说话的腔调似乎都比以前高了八度。第三个原因是老房子尽管年年翻盖但无奈时间太久，一遇天阴下雨，就是外面下大雨屋里下小雨，要接漏，接下来的屋漏水，比酱油还黑。除了以上三个原因，促使父母亲下决心盖房子的一个最重要的原因就是当时大哥已经二十出头，得相亲了。一幢崭新的合六间房子，肯定能给相亲加分不少。

二十世纪八十年代盖房子不像现在，这不准那不准的，只要邻里之间没意见，在自己的地盘上，想怎么盖，就怎么盖。盖房子也不像现在这么难。只要一家盖房子，全村的人都会来帮忙。父亲首先在县城的轮窑厂定下了青瓦。当时的陆路运费很贵，货车难找不说，破碎率还高。所以父亲选择了安全便宜的水运。水运虽然省了钱，但不能直接到家门口，只能到远在几里外的谷丰三角圩。机帆船突突到瓦的那天，差不多全村的人都出动，我那年十三岁，也加入了挑瓦的行列。父亲说，挑几块是几块，你们多挑几块，大人们就少挑几块。当时我的左腿前面被锋利的瓦楞边刮了一个大口子，后来还发炎了，到现在还留着一块差不多一张嘴巴大的伤疤。

瓦有了，接下来是打土基。那会儿已经有砖了，但砖还是奢侈品，方圆十几里只有一两户人家能砌得起砖瓦结构的房子，乡邻之间茶余饭后谈起不仅啧啧称赞且暗地里羡慕不已。打土基是个纯粹的体力活，一般掌模的都是村子里最强壮的劳力。老屋门前，就是一块空旷的山头。父亲几天前就用锄头将不平的地方找平了。打土基当天，又是全村出动。除了四个青壮劳力掌模之外，其余的差不多都自带了畚箕扁担挑泥。挑泥的田就选在下拐我家的责任田里。空旷的平地上，四只模子一字排开，每个模子后面的泥巴堆得差不多丈余长的时候，四位还在竹榻子前端着茶碗的掌模人放下茶碗，齐发一声喊："干！"拭汗的大手巾往颈子上一搭，走到模边，拿起模子在早已准备好的放有水的大洗澡盆里湿了几下，摆正模子，双手捧起一大捧泥，手掌翻卷，泥巴已经严实地盖在模子之上，两掌平开，用劲筑了几下，然后沿着模面，右胳膊一捋，再右胳膊一捋，最后起模，一块长方形的土基坯子就平正地躺在地上了。一、二、三……六，一个掌模人一般横开六块土基，然后再起第二路。四位掌模人都憋足了一股劲，就跟竞赛一样，你不让我，我不让你。面前的土基方阵逐渐增加，但身后的泥巴却不见减少，原来是见掌模人已经动工，上泥挑泥的人也加快了节奏。不大一会儿，掌模人已经汗如雨下，但掌模人此时却没有手来拭汗。在一旁看热闹的小孩子们这时派上了用场，主动请缨，替四位掌模人擦汗，并端上大茶碗，喂他们“咕咚咕咚”地喝水。由于打土基差不多都在一年之中最炎热的时候，体力消耗非常大，因此除了一日正常的三餐之外，下午三四点钟还会加一餐，乡下称之为“打尖”。

打下来的土基，就着暑天的烈日晒。几个日头下来，青黑色的泥巴已经泛白。于是父亲带着我们兄弟姐妹开始起早修土基，并将土基翻边。差不多土基全部晒干了，父亲又带领我们将土基上垛。一垛一垛跟一堵墙一样，然后盖上新稻草。做房子的具体时间还没有定，土基最怕雨淋，盖上稻草就放心了。尽管崭新合六间房屋让我们兄弟姐妹想起来就兴奋，但搬土基的经历太过沉重，以至于好多年后我都还记得。有一天清晨我们还在睡梦中就被父母亲喊起来抢雨，饥饿、口渴，累到几乎散了架，但又不得不尽全力赶在暴雨来临之前将土基码起来。

桁条是父亲的老本行。父亲常年在山里驮树——当时村里称之为搞副业，就是农闲时，青壮劳力到东至、石台等山里将树驮出来到麒麟集木材市场上去卖，赚取中间的苦力差价钱。父亲驮树是一把好手，几趟下来，桁条已经准备妥当。而且每趟驮树，父亲还在桁条头上加了一些椽子，桁条齐了的时候，椽子也差不多了。

八月里，父亲请小外公算了一个黄道吉日，开始正式拆屋做屋。这回到的不仅是本村的全部劳力和做操工的妇女，还有邻村的两个砖匠——尽管砌的是土基墙，但一律统称他们为砖匠，和一个木匠。因为是拆屋做屋，父亲在屋基场的南面打了一个棚，晚上父亲和母亲看屋基场，而祖母和我们兄弟姐妹则分散到村里左邻右舍家里借宿。

屋子做得很顺利，不几天，就上梁了。上梁当天，人来得似乎都比平时早，也比平时多，连平时不怎么来的老人和小孩都来了。母亲更是起早备好了三荤三素还有三碗米饭和酒，先是将大桌子放在屋外，请了百客老菩萨之后，再将桌子端到了还没有屋顶的堂心，请老祖宗。母亲非常虔诚，口中念念有词，大抵都是老菩萨老祖宗保佑，保佑我们一家平平安安、旺旺兴兴的。撤走请祖席，一通鞭炮之后，开始升梁。主梁的正中是亲戚送的一朵大红绸布挽成的花，梁的两端各钉上了两条红绿飘带。大红绸花象征着日后的生活红火如花，而红绿飘带母亲则说是辟邪的。主梁下面，还有一道副梁，不同于主梁圆木，副梁是一根刨得很光滑的方木，方木的一端写着“谷旦华厦落成”，另一端写着“一九八一年桂月”。字是南庄的钱立基写的。钱立基是小舅的大姨夫，后来成了大哥大嫂的媒人。大哥大嫂的结婚礼篮、对联也是他写的。“苏才郭福，姬子彭年”“鱼水千年合，芝兰百世荣”“祥云浮紫阁，喜气绕朱轩”……我至今还记得。父亲说，钱立基大姨夫是“文革”前的老高中生，不仅字写得好，还画得一手好画。但是我没有见过他的画。主梁和副梁都就位后，梁的两端砖匠木匠师傅就跟说双簧一样，说了一通好话。然后屋外鞭炮声响起，砖匠和木匠师傅各自解下了悬在屁股后面的由祖母用红布拼成绣有福寿字样的百衲布袋，袋子里是母亲早就准备好了的糖果以及用洋红染过的花生和枣子。一把糖果扔向东边，挤在屋内的人群立马跑向东边；看看差不多了，又一把糖果撒向西边，于是又发一声喊，一齐涌向西边；看屋内的抢得正欢，木匠师傅又抄起一把扔向了屋外，于是，屋内的人又赶紧向外跑去……一时间，人们奔来跑去，那场面，热闹极了。

这边上梁仪式结束，那边四五张大桌子已经全部摆开，临时搭建的锅灶上厨师和打下手的妇女们早就忙开了，热气腾腾，肉香弥漫。上梁的中午请喜酒，下午不干活。不仅庄子里大人小孩子都到了，而且连村子里的狗都全部到了，它们围在桌肚里抢骨头，有时为一块骨头竟然干起仗来，直至大人们把它们撵得远远的，还小心翼翼地尾随大人到别的桌边。

上梁之后，钉椽子，盖油毡，盖瓦，进度就快了起来。再后来粉墙、填地平，父亲都没有要砖匠干了，而是带着大哥和我们自己干。父亲说，自己能干的事，不要老是麻烦别人。这样大概又干了一个星期左右，一座崭新的合六间房子终于建成了。

在这间合六间房子里，大哥迎娶大嫂生儿育女，大姐、小妹出嫁，我与二哥先后跳出“农门”。一九九四年祖母去世，合六间已经破烂不堪，我们兄弟拆了老屋，在原地基上重新盖起了三间砖瓦结构的房子供父母居住。合六间虽然消失了，但是它是我们曾经的家，它见证了我们的艰难和成长，承载了太多的记忆。每每忆起，内心充满无限温馨。

第四辑

风味土特

椿芽忆

张　扬

初春的枝头笼了烟。烟水气中，紫红的椿芽鲜亮娇嫩。椿芽香郁极了，类似香菜，奇异而浓烈。苏颂说：“椿木实而叶香可啖。”

但椿木并不秀气，树叶也不如乌桕枫叶好看，但却孤傲地冲天而长。也许汲养超众，又或万木争春中，唯它霸有春字独称“椿天”，民间才以“树王”相称。椿天之名，宽泛得不着边际，不像红椿、香椿叫法，有颜色与气味上的具象。

老家门前原有数株红椿，是从二舅家移栽的，长了几年，树根旁冒出一簇嫩苗，父亲分开它们移栽到池畔。五六棵直溜溜的红椿，为门前一景。

乡间椿树，蚊虫不欺，树皮大体光滑素净。幼时忌惮红椿，不敢碰椿芽，怕流出血样汁液。与顽童攀爬，蹭到树疤处，裤裆线“嗞啦”一声裂开。大约一九八六年冬天，与妹妹端着饭碗，斜倚在水池北端一株椿树上，不知怎么恍了神，“嘭嘭”跌入水池，呛一肚子冷水，湿透的棉袄棉裤烘烤了多日。

椿树头炒鸡蛋是大伯一好。谷雨前后，大伯拎上篮子，带着绑了钩子的竹篙，往椿树上套芽头。新采的椿芽，放沸水锅里略淖，捞取切碎，拌豆腐、炒鸡蛋，清爽适口。

父亲也好椿芽炒鸡蛋，说又嫩又香。我起初吃不习惯，只觉得气味怪。吃的多了，胃口渐渐能对付。爱吃椿芽者，有用冰箱冷冻到冬天的，皖北以及中原地区均有盐腌椿芽的风俗。

较之沿江地区的椿树头，久有声名的太和香椿，口感肥嫩些，香气更浓郁，油汁也肥厚。家居太和的一位朋友，每逢春绿枝头，会邮来一包腌制的香椿，前后寄有四五年，及至婉谢才作罢。

太和香椿又名太和贡椿，名带“贡”字，显示着旧有荣光。蜿蜒如蛇的驿道上，驮有上等椿芽的马匹，从太和急急奔向长安……皇室贵胄居深宅大院，究竟有无吃到鲜嫩的太和香椿，尚难求证。由唐至明清，太和香椿风靡了许多年。同为贡品，香椿未有荔枝之幸，诗家也未写：“一骑红尘妃子笑，无人知是香椿来。”

吃椿芽有多种好处。于男性，有缓解脱发之效，这一点近同生姜；于女士，则有润肤美容之益。另有一类说法，若遇跌打损伤、腰膝酸软，可将香椿切细，与黄酒一起煮后服用。

见过一位偏好民俗老物件的收藏家，藏有千余块牌匾，有块清末木雕祝寿匾上，刻有楷体“颂祝椿寿”之语，刻字描金，与牌匾大红相衬，可见百年前寿事的喜庆与庄重。《庄子》说上古有大椿者，以八千岁为春，八千岁为秋。迄今未见八千年之椿，未见千岁之人。人寿树茂古难全。老家门前那一排椿树，因几位亲人离世，悉数被砍，迷信说“树王”夺了阳气。

庐阳城南旧址，遗有一株椿树，枝丫如盖，友人装饰树下民房，称为“春树下”。晴好夜间，坐树下，小饮几杯，观幽幽天宇，树影摇曳间，便有了几分闲趣。

刀　鱼

胡　冰

在枞阳，清明前有两样东西最珍贵，一是“明前茶”，茶叶；一是“明前刀”，就是刀鱼，又称“刀鲚”，本地习惯称为“鲚刀鱼”，也是本地美食之一。

每年从立春开始，刀鱼便由大海溯长江而上，十几天工夫就能穿越上千公里，最远可达洞庭湖。农谚有“春潮迷雾出刀鱼”之说，刀鱼是春季最早的时鲜鱼，名列“长江三鲜”之首。清明时节，刀鱼由大海游至这里，身上盐分已完全褪尽，又于淡水里吸收了养分，肉质鲜嫩，口味最佳。而过了清明节，刀鱼的骨头就会发硬，失去其绝美的滋味，所以有句俗语：“清明前鱼骨软如绵，清明后鱼骨硬似铁。”

刀鱼自古以来就被称为鱼中极品，为银白色，腮红，鳞如脂玉，多细毛状骨，其形扁而狭长，颇似尖刀而得名。柳丝初绿时节，江涛如雪，渔舟竞发，归来时篓里那刚出水的刀鱼，一张一合的红腮与细白的鳞片相映相衬，有着一种视觉上的美感。刀鱼肉质细嫩，鲜美，微香，肥而不腻。李渔在《闲情偶寄》中写道：若江南之鲚，则为春馔中妙物。食鲥鱼及鲟鳇有厌时，鲚则愈嚼愈甘，至果腹而犹不能释手者也。

吃到肚饱还不想停手，有多美味。

以前，刀鱼在本地并不算十分稀罕之物，在集市上有出售，价格也不贵。特别是住在老洲那几年，母亲单位就在江边，时常会有渔人捕了刀鱼上门兜售，母亲也都会买上几条。因为刀鱼刺多，怕我们被鱼刺卡到，无法清蒸或红烧，大多是将刀鱼裹上面糊，下油锅炸至金黄，鱼肉鱼骨都变得酥脆，不必吐刺也能大快朵颐，这方法简便，不过现在看来，有点暴殄天物。近些年，因为捕捞过度，再加上污染，刀鱼的身价都超过鲍参翅肚了。

刀鱼的刺，是我吃过鱼中最多的。刺很软，不扎嘴，在筷子将鱼肉夹进嘴前根本无法摘干净，到了口中就像含着一堆细细的发丝。我不会吃，无法把鱼肉一点点抿下后，再吐出刺来，常常在口中吮了吮，就连肉带刺全吐出来，所以我觉得吃刀鱼是件很烦琐的事，并不爱吃。直到多年后，在一次饭局上，邻座是一位自诩美食家的人，他食用刀鱼的技法，真让我大开眼界。只见他用筷子夹住鱼尾，放入嘴中，把鱼提起来，筷子从鱼尾下贴着鱼骨两边一抹，极利索，直到头部，那鱼肉便几乎完整地掉将下来。我也照葫芦画瓢，剥掉鱼刺，搛一块清蒸刀鱼，真叫个鲜嫩，这是我第一次没被鱼刺干扰安心地品尝刀鱼，天下居然有如此新嫩的尤物——一鱼肉一抿即化，满嘴都是鲜味，那鲜味几乎要让人也跟着化了才好。

刀鱼刺多是个问题，可有人觉得唯其刺多，才更觉鲜美，若无刺，便不能细品，因为这些刺，鱼肉在舌头上才有回旋的余地，其味之鲜也就倍觉悠长，有种风雨过后终见彩虹之感。

明前刀鱼刺软，肉细嫩，清蒸、红烧皆美。刀鱼清蒸，佐料尽量简单，姜几片，葱一两根，盐少许，加些料酒，最好用上等的米酒，稍稍腌制，大火蒸十五至二十分钟，要趁热吃，冷后腥味很浓。红烧刀鱼，很考验煎鱼水平，刀鱼肉太嫩，容易散。佐料，和其他红烧鱼基本相同，不能放辣椒和胡椒粉，放少许水，大火烧开小火焖一会就行。红烧刀鱼，保留了鲜嫩细腻，增添了浓郁肥滑，全是春天的节奏和韵味。刀鱼的做法还有很多，什么刀鱼面、刀鱼馄饨、没骨刀鱼等，没见过，更没吃过，所以也只是对着书上的菜谱吞些口水而已。

自从喜欢上小津的电影后，每次说到刀鱼，都会想起那部著名的《秋刀鱼之味》电影来。想起有一年暮春，去七宝古镇玩，晚上在一艘渔船餐厅里吃饭，点了一盘清蒸刀鱼，要了一瓶绍兴老酒，鱼肉雪白，细若精瓷，虽是清明过后的刀鱼，但入口依旧嫩香鲜滑，鱼肉里面绵绵弥漫着米酒的芳香。喝至微醺，蹒跚着踱出舱去，吹吹风，此时，银月泊水，微风拂柳，船桅上的红灯笼摇晃着月影，四周寂静。多像小津的电影，生活的许多时间都是重叠的，雷同的生活只因场景变换而觉出不同意义。

水　芹

胡　冰

“五一”假期的最后一天，被一帮朋友拉去钓鱼。我不会钓鱼，享受不了那种举竿与观漂的快乐。经过一上午的一无所获和他们的奚落后，吃过午饭，干脆收起渔竿，去附近的田野走走。

田野上，野花弥漫田埂，如碎彩锦，除了拔节的麦苗，荠菜、蒲公英、芦蒿，还有水芹，正朝气蓬勃，清香蓊郁。立于田间，忽然觉得，这个时节，农民应该是最幸福的，他们欣赏着世间最美好的景致，闻着世间最美好的味道。

在一块水塘边，我看到一位中年妇女正在采摘着水芹菜，她将它们一根一根拔起，再一把把仔细地捆好。水芹的根是白色的，这与它绿色的叶形成了醒目的对比。我一直认为，水芹应算是蔬菜中的美女，而且它浓郁的芬芳与脆生生的口感，是整个春野里我最热爱的味道。

水芹，又称野芹菜，是伞形花科多年生水生宿根草本植物。相传3000多年前的周代，祭祀的祭品中已有了水芹。《诗经·鲁颂·泮水》篇也有“思乐泮水，薄采其芹”的句子，此中的“芹”就是指水芹。水芹生于南方。当一场春雨过后，水沟旁、湿地上，绿油油的水芹便与所有春天里萌发的青草一样，一片片鲜活地漫开。它们埋头生长，不会因为被忽略而停止生长，也不会因为被埋没而沉进泥土，从无到有，连成广阔的一片。它们蓬勃的枝叶就像一朵朵浮动的绿云，那芬芳的气息，宛若缥缈的美梦。所以水芹还有“云梦之芹”的称谓。

水芹营养丰富，含有较多的蛋白质、多种矿物质和维生素等。水芹药食兼用，中医认为水芹具有清热利尿、凉血止血和平肝健胃等功效。水芹的吃法也是多种多样，清炒、凉拌或做馅皆可。不过，我认为最美味的还是清炒，觉得这种做法的水芹脆嫩甘甜，能让其自然浓郁的芬芳得到最大的发挥。记得韩剧《大长今》里有个这样的情节，韩尚宫娘娘教导小长今，水芹菜有特殊的香味，可以让人增进食欲，可以健胃，还可以解毒，因此在处理河豚的时候，必须要加水芹菜。

我有位在外地工作的朋友，每次离开家之前，总要买点水芹带上。她说她现在所住的地方，因为环境污染，根本就没有水芹。她也算是吃遍天南海北的山珍海味的人，但她说，其实最好吃的，还是家常口味，在这些常家的菜肴中，她顶爱的就是水芹，怎么做都爱吃。也许每个人都有一种味觉固执吧，我们在童年喜欢上的味道，从沉淀，到丰满成型，直至成了一种味觉的记忆而从此不再改变。童年的味道，是人一生中最快乐的品位，是故乡给远行的游子装置的味道识别系统，也是故乡物产与人文灵魂的重合，它是不会被岁月漂白的，更不会被时间磨灭。所以有人说，故乡，或许就在味蕾上。

看我在水塘边站了半天，那位正在采芹的妇女便停下来，她望着我对我说，这是水芹，可以吃的。我笑了笑，在她身边蹲下来，仿照她的样子，伸出手去，一直伸到被杂草覆盖的深处，水芹的根部，一使劲，便拔起了一根，根须上还连着泥水，拂了去，握在手里，凉凉的，嫩嫩的。

天空开始下起雨来，朋友们也在大声地唤着我，可我们依然旁若无人地蹲在那里，一根一根耐心地拔。

从远处看，我们仿佛完全融入了田野，就像两棵正在生长的水芹。

蒿　鸡

周巨龙

蒿鸡是土名，学名叫什么？闹不清。有一年的秋天，省林业厅几位专家来陈瑶湖，对着蒿鸡火锅，一边听介绍，一边仔细端详，说道："蒿鸡的学名应该叫黑水鸟。"但我们后来一查，发现黑水鸟最大的特征是上嘴基到额甲部鲜红色，而蒿鸡皆为麻灰色，风马牛不相及，这个专家未见活体就下结论，过于草率了。

前几年，我镇一位领导调到本县山区乡镇，我们去看他，我问饭店的老板，有蒿鸡么？老板答："有，早晨有人刚从山上捉的。"我大笑，老板不解，我说："蒿鸡是水鸟，怎么跑到山上了？"蒿鸡，其实是一种以蒿草丛为生活环境，形状有些像鸡的水鸟，故名蒿鸡。但蒿鸡与鸡有着明显的不同，除了作为水鸟能够飞翔，蒿鸡标准的体重只有半斤左右，且腿部修长，我们这里形容大个子时就常说，蒿鸡亮胯。在网上查，只有一种答案，蒿鸡昔为贡品，是枞阳县陈瑶湖镇的特产，准确地说是 3 万亩陈瑶湖湿地特有的水鸟，且是留鸟而非候鸟，其他地方未见蒿鸡。这些年，我接待的客人天南海北都有，但没有听一人说过他们那里有蒿鸡，可能有类似的鸟类。但仔细考究，要么体形不同，要么吃味有差别，比如田鸡，土腥味浓，不似以蒿瓜或昆虫为食的蒿鸡那般高洁、纯正。有蒿草的水域或者湿地，许多地方都能见到。怎么只有陈瑶湖出蒿鸡？我非学者，不能考证，就留其成谜吧。

都知道野鸭是盖顶的美味，在陈瑶湖却有着“一蒿鸡二野鸭”的说法。小蒿鸡一般在中秋节前后一个月成熟上市，杀死或撞死的蒿鸡在20度以上的温度里，必须马上处理，否则不出一天，便腐烂得不成样子。看来，最鲜美的东西也最容易腐烂，这一点当值得我们深思。现在，人们一年中经常有蒿鸡吃，盖因冰箱冰柜，过去只能腌制。蒿鸡一般用来制作蒿鸡火锅或蒿鸡煲，容器以陶器即我们俗称的“炖钵子”“砂吊子”为佳，火锅的汤刚好没过蒿鸡，就可以继续慢炖下去，器下的火焰和器内的蒸汽一托一压，对蒿鸡形成了一种搓揉作用，能够将蒿鸡本身的鲜香一点一点激发出来。无论是干蒿鸡，还是鲜蒿鸡，火锅的辅料一般用腌菜，最好的是腌雪里蕻。这样做，蒿鸡火锅、蒿鸡煲有些黑不溜秋的，可谓其貌不扬。但当地人不喜欢形式主义，讲究的是实惠，是其味道。哪怕是第一次吃蒿鸡的人，只要细细品味了第一口，便绝对抢着第二口。当然，要想色味香俱全，也可在菱角上市的时候，将腌菜换成菱角米。此外，卤蒿鸡也不失为一种好方法。

不吃蒿鸡，等于没来陈瑶湖。如果说，蒿鸡食之余香三日不绝，是一种夸张的话，那么，在这个屋子吃蒿鸡，整个饭店或者整个家里，都有一种蒿鸡的肉香与腌菜的菜香互相融合而生的绵柔的扑鼻的醇香，则非半点虚言。蒿鸡的肉向腌菜释放一部分烧出来的油，没有了腻味，而腌菜与蒿鸡混合，少了盐分，便少了齁味；多了油脂，便多了一些爽脆。在素油的炼制下，蒿鸡肉丰嫩而有嚼头，即使是讲究瘦身的女士大快朵颐，也丝毫无碍。除了肉，蒿鸡的任何骨头都可以嚼碎，且嚼着嚼着就有淡淡的芝麻香。蒿鸡的脚几乎看不到肉，但当地很多人就着一只蒿鸡脚，就可以喝下二两烧酒。虽然这蒿鸡脚几乎可以忽略不计的肉让人们吃得很是费劲，但美食者享受的就是这伴着芝麻香的连着骨头一起嚼的费事的嚼劲。最绝的，当数蒿鸡汤了，下面火在烧着，上面蒿鸡汤沸腾着，此时，你舀上一汤匙的汤，不用怕，别吹气，直送嘴里却一点也不烫，要是这样的土鸡汤，你的舌头上不起泡才怪，蒿鸡汤却很温和爽适。是何原因？本文卖个关子，读者可以猜一猜。不妨相告的是，这也是区别蒿鸡真假的一个妙招。

蒿鸡在水草之间飞翔嬉戏，捕捉自然有难度。早年间，一般都是头天夜里用蒿鸡钩钩上蒿瓜或昆虫来钓，蒿鸡吞下后，很快死亡，第二天早上，顾客几乎买不到活蒿鸡。后来用网捕，活蒿鸡多了，但蒿鸡性子烈，关在笼子里，便会不停地冲撞，宁愿冲撞一两天后自杀身亡也不愿活着任人宰割。更让人嘘唏不已的是，蒿鸡乃是一种为情而生为情而死的鸟类。都说鸳鸯情感忠贞，其实，这是人们千百年来的一种美丽的误解，一对鸳鸯失去一只，另一只很快就会另觅新欢；但蒿鸡不同，情侣中一只被捉，另一只不会走远，很容易又被逮住。这一点，从当地蒿鸡的卖法中似乎也能窥见一斑，当地人卖蒿鸡从来不单只地卖，而是论“对”来卖。偶尔漏网的丧偶的蒿鸡则往往会在郁郁寡欢中冲撞自杀。现在的人们正是悟透了这一点，加上蒿鸡成熟上市的时候正是蒿鸡求偶的高峰，便发明了一种音乐捕捉蒿鸡的办法，即事先录制好蒿鸡的叫声，然后拿去播放，有情侣的闻知情侣的笑语，没情侣的听到意中人的欢歌，便纷纷朝音响而来，被人们网个正着。于是，有人感叹，问世间情为何物，直教蒿鸡生死相许！但是，从另一个角度看，则需要我们引以为戒了，那就是，千万别像蒿鸡一样经不住诱惑！

枞阳的味道——高鸡

章宝贵

“一高鸡，二八鸭。”是人们通过对枞阳民间流传甚久的两种野味，留在味蕾上的感知，而做出的比较。至于这两种食材，都是来源于野生水禽，随着自然环境的变迁，以及国家制定的野生动物保护法的实施，这曾经一度是枞阳东乡的特种美味的高鸡如今已很难在餐桌上相遇，在漫长的岁月里，已成为人们的一种记忆，是深藏在历史里的味道了。但作为可谓是珍馐美馔的美味，仍被人们常常在茶余饭后津津乐道。

所谓高鸡，其实是一种叫作鹬鸟的水禽。因为这种水禽腿高细长，支撑着一个巴掌大似小鸡般的身子，故而枞阳东乡人很形象地称之为高鸡。所以，在枞阳民间俗语中，形容人生得个条瘦高，叫“高鸡撂胯”。又因为其常筑巢于湖岸蒿草内栖身生息，故也称蒿（hāo）鸡。据查阅相关资料得知，这类水鸟，属鸟纲鸻形目鹬科，嘴形直；雌雄羽色及大小相同，跗跖后侧大多具盾状鳞，前缘亦具盾状鳞；趾不具瓣蹼。共有29属77种，分布于全世界，中国约有14属38种。而在枞阳尤其是陈瑶湖境内一带湿地活动的高鸡，是其他地方难得一见，甚至没有的。除了腿长喙短的特征，另翅膀窄，尾较短。而且其个体极小，几乎全身偏黑。喜欢生活在江岸水泊，湖边沼泽以及稻田等湿地，食性较杂，能食田地里的五谷杂粮，湖里的蒿茭草籽，尤好水里的小鱼小虾、螺蛳游虫等。

枞阳东部的陈瑶湖，当年水域面积甚是广阔，与长江相通相连，湖内菱肥藕壮，鱼虾成群，水生物极其丰富，正是野生水禽理想的生存家园。尤其在陈瑶湖西南的苎镇口，当年是陈瑶湖那一片泽国里的陆地岛屿，人迹罕至，是最适合水禽繁衍生息的场所，当然也是高鸡出入最多的地方。但高鸡作为食材，在历史上，是如何成为一道“味”震东西、享誉南北的经典大菜，端上餐桌的呢？在老辈人的口耳相传中，却有一个关于高鸡的传说。相传，元朝末年，朝政废弛，社会动乱，农民起义如火如荼，各地军阀割据一方，生灵涂炭。沿江一带，就有放牛出生的朱元璋与打鱼出身的陈友谅，两支力量相当的武装政权。古话说“一个笼子关不了两只叫鸡”，一山难容二虎，都想称王的他们处于相互争夺地盘的拉锯战中，沿江一带，尤其枞阳之境的广袤水域，就成了他们排兵布阵的水上战场。陈瑶湖水域宽广，前濒长江，紧连枫沙河，后靠逶迤青山，自古就是兵家藏兵之处。据说，陈友谅当年就领水军在陈瑶湖西南数里一个叫吴家城的地方，安营扎寨。吴家城，又名大吴城，丘陵之地，自然古村落。当初三面环水，利于水军行动，进能出奇兵，退可守要塞。最早可追溯到三国时期的吴国的水军，就在此地安扎水寨。而陈友谅本是渔家出生，精通水战，更谙于地形对战事的利用。陈友谅在此地盘踞，就地筑城，现在此地，尚能见当年遗迹。

话说当年陈友谅的水军，长期水上作战，又期逢长江中下游的每年一度的梅雨季节，淫雨数月竟不歇，由于当时战备条件及战事需要等原因，陈兵长期生活在潮湿燥热的环境下，湿毒攻心，导致士兵们的皮肤病肆意流行，起疮溃烂，奇痒无比，士兵们痛苦不堪、叫苦连天。但天无绝人之路，正当陈友谅遇此境况，焦头烂额无计可施时，他的原配夫人张道凤“出场”了。张道凤，本也是民间奇女子也，与陈友谅同乡，虽为女子，但她不光生得风姿绰约，英姿飒爽，爱红装更爱武装，能使枪弄棒，善吟诗作赋，更通音律，精于医药。其老公陈友谅从老家湖北起兵造反，并得沿江半壁江山，不能不说与其夫唱妇和有很大的关联，所以民间一直流传说其就是陈友谅的女军师。张道凤一直身披战袍，随夫东征西战，主要负责大后方粮草军饷。当张道凤获悉军中情况，她针对这种流行皮肤病，经过仔细分析，决定因症施诊，采取药食同疗、内外兼治的方案，且都是就地取材。她传方于士兵，用柳枝、桑叶、红蓼等能随地取得的廉价药材，烧水浸泡洗澡，以达祛风除湿、清热解毒之效。同时，命令士兵备小船于苎镇口一带的蒿草芦荡之中，张网大量捕捉高鸡。被捕捉的高鸡除毛剖肚，洗净入锅，加以张道凤从湖边带来的野花椒、老姜等佐料，上水熬制，分食与士兵。奇迹就这样发生了，士兵们的湿疮，竟然不日痊愈，且个个精神焕发、红光满面。原来，这张道凤还真不是等闲之辈。她利用高鸡为寒凉之物，本身营养丰富等特性，人食之，不但能大补虚劳之气，还能迅速消去燥热，疏导体内湿毒。难怪乎《中国药用动物志》收录并详细介绍了这野生水禽的药用，其功效能疏风透疹，主治麻疹湿疹，性味辛，微温，入肺经，用法用量：煎汤内服，50～100 克。

有了陈友谅夫人张道凤以高鸡作为灵丹妙方的传闻，不只是在枞阳境内，高鸡从此成了寻常百姓家餐桌上的美味佳肴。当年朱元璋最终灭了陈友谅，得了天下，据说他在得知此事后，也被高鸡独特的风味征服，一尝上瘾，使得高鸡也就顺理成章地成了皇家御膳的贡品，一时声名鹊起。但这高鸡要想作为一道大菜，待客下酒，打牙祭，亦并非易事。因为高鸡毕竟是纯野生环境下的水鸟，平时，尽管是成群结队地出现，但生性对外围环境敏感，反应快捷神速，善跑会飞，想逮住它们并不容易。更何况其个体小巧，没三五只来凑数是端不出厨房的。早年，捕捉高鸡的方法，相对比较原始，是使用一种特制的类似钓鱼钩的钩子，穿上茭白或小杂鱼之类的诱饵，曰钓高鸡。因陈瑶湖本是鱼米之乡，每至深秋，晚稻收割后，高鸡会趁机来捡食稻田撒下的稻粒，后来乡民们学会了于傍晚时分在田间地头用竹竿张开一张丝网，或在湖泊岸边已经枯黄的蒿草丛中下些诱饵、布下渔网的方式捕捉高鸡。单等夜晚高鸡们出来觅食，自投罗网。这种一劳永逸守株待兔的捕捉方法，总是很奏效。而这个季节，也正是高鸡体态丰腴最宜食用的时候。在枞阳东乡，对于高鸡的烧制，一直还保持着传统的土法。最常见也是最经典的做法，当属芥菜炒高鸡。具体操作是，菜籽油热锅，姜蒜炝味，下剁成小块的高鸡肉，大火猛炒至水气尽除，淋少许白酒，以除泥腥膻味，再放入切碎的腌芥菜，翻炒入味，上水加盖，转小火焖煮，直到骨肉酥烂，香味尽出。高鸡少脂肪而多素肉，肉质的纤维适中，食之慢嚼于口齿，既有野鸭肉的浓郁香味，又具备野鸡肉的细嫩口感，入口不腻，喷香饶舌。尤其这高鸡的细骨，越嚼越香，微妙至极。而高鸡与芥菜的搭配，荤素之间，两味相投，相依相吸，盈香共存，简直是可臻上乘之绝配。

高鸡作为美食，其腌制后的味道，那更是一种奇妙的造化了。腌制食物，是人们在长期的生产生活中，总结出的能更长时间保管食材的一种方法，让食物在盐的作用下，其本质变得更持久。更多时候，就像世态中的人情世故，在时间和季节的变化中，让人感觉到更加的真实持久，余味悠长。我辈有幸，不止一次尝过腌制后的高鸡肉。那种独特的味道，至今每每忆起，还总能记忆犹新。记得曾在少不更事的年岁，母亲带我去水圩（即现在的陈瑶湖的大吴城周边），沿村叫卖小鹅仔，时近午饭时间，本已饥肠辘辘的我，看着村子里家家都在吃午饭，已经忍不住地吞咽口水了。母亲通过与人家交涉，以鹅仔换午饭，而那顿饭就吃出了我一辈子也不能忘记的印象。记得我的碗头上，就盖满了腌制后蒸煮的高鸡肉，就着这酥肉香味，当我狼吞虎咽了一碗饭后，竟端着空碗，意犹未尽地端视着桌子上的瓷盘，望着瓷盘里我当时还并不知道为何物的肉菜。对于我这“肚子饱了眼未饱”的神态，东家大妈一眼看穿，笑呵呵地拉开神情尴尬的母亲，领我到厨房，给我添了一铲子饭，东家夫妻让我畅快淋漓地把这实在太诱人的美味，风卷残云般裹入我的馋胃里。事后，母亲一直唠叨说，吃了人家的，就是欠人家一个人情啊。其实那天，东家大妈不只是让我现场过了嘴瘾，大饱了口福，在我们临走时，还偷偷塞给母亲两只腌制的高鸡。

时隔多年，偶尔想起，那高鸡的美味恍若才下舌尖，而我今天坐在电脑前敲击这篇文字，似乎是穿越了漫长的时光，又上心间的是一种生活的滋味，一种难舍的情怀。

温　香

朱晓红

那日回家，母亲问我："今年还做豆腐乳不?"母亲这冷不丁的一问，让我心里忽然就涌出热乎乎的不知是血还是泪，鼻腔立即就酸了。

从来没有想过这个问题，总觉得这是生活中一件特自然而然的事，是不需要思考的。它就是烙在心坎上的一个印记，每到冬天，它就欢快地跳跃着，弥漫出冬日里最温暖可心的香味。

"还是做一点吧，少做一点，吃一回少一回了——"我这样低声地应答。说完这话的时候，泪水已经抵达眼眶。母亲耳尖，听得明白，其实，是她的心明白，知道儿孙们喜爱，只是年近耄耋，身体羸弱，已是力不从心。

从舌尖上能品尝出的味道，能够根植在心里让人想念，令人难以割舍，或许真的是有它的不平常之处，除了味蕾上的美妙感受，还有心灵上某种温暖的依赖。

腐乳，很家常的一碟下饭的小菜。在我的家里，也是平常，既无祖传，也无秘方，它就是母亲面对贫穷困苦用心练就的一门绝活。她不懂得腐乳诞生的典故史迹，也不知道它的制作原理与食用价值，她只知道，她做的每一块腐乳，每一滴卤水都会让孩子们吧嗒着嘴，把黄黄糙糙的老米饭吃得喷喷香。

家底子单薄，有时候，能吃顿烧豆腐也不是件容易的事。乡下的豆腐香往往只有春节时才慢慢飘起来。母亲在沟沿地帮上撒种的黄豆，虽有尽人事、顺天命的朴素愿望，但到深秋时分，一粒粒也是滚圆饱满，不负人愿。用土灶铁锅炒着吃，蹦蹦脆，口齿生香。可母亲舍不得炒给孩子们当零嘴，也不舍得烹一碟辣酱豆下饭，她要留着过年时去豆腐坊换豆腐。好歹，春节总有两斤猪肉烧碗豆腐过个平安年。

铁锅，柴灶，石膏，土工艺制作出来的豆腐粗糙、朴实，有浓郁的乡土味。身形娇小的姐姐将两板子豆腐从几里之外的作坊挑回家，一路上跌跌撞撞的，心里却是欢天喜地。

一板豆腐用清水养着，天天换干净的水，可以养到出元宵。白菜豆腐汤、麻辣豆腐、酱烧豆腐，没有鱼肉，有豆腐的日子似乎也是种奢侈，照样过得有滋有味。

另一板豆腐是腌制腐乳的，需跟豆腐坊的师傅定制，多压几道杆，挤出腐肉里的水分，不能太嫩，以不滴水为宜，也不能太硬，否则像豆干似的。这个度我无法描述，软硬适中，只有母亲她知道。如果腐块硬了，则难入味，若嫩了，则入卤水之后，虽易入味却难成形，品相较次。

说起来真的很简单，可在我母亲的手里此项工作却精细无比。母亲没有什么特别的技术，纯粹是原生态的制作方法，原汁原浆的豆腐，原色原形的工具，品种繁多，不一而足。

稻草，是工序中必不可少的材料。洲上无水稻，稻草都是从圩里亲戚家带回来的。母亲将稻草一根根捋得平平直直的，没有丝毫杂碎，放在清水中洗净、晒干，做腐块的垫子。

竹篾编制的稻箩、腰箩、晒箩，都是腐块发酵的温床，在里面铺上厚厚的稻草，既通风透气，又能保持适当的温度，利于豆腐块发酵生毫。

母亲将豆腐切成寸方块，放在米箩框内将水沥尽。豆腐的光面朝上，麻面（有腐皮的那面）朝下，整整齐齐地排放在铺满厚厚稻草的箩筐里，上面再盖上薄薄的棉絮物，箩筐较大的，可以多放几层，每层均以稻草相隔，但最好以两层为上限，多层会影响底层腐块的生毫空间。

像孕育生命一样，有很多的期待与惊喜。不出几天，上面就会生出白白细细的乳毫，豆腐乳的鲜味如何就取决于毫的质量。生了毫的腐块不宜放在太阳下晒，一来腐块会因脱水过度，而导致腐肉变硬，变散，变成豆渣状，二来腐毫被强光晒之后，会鲜味消失、腐块变黑，色、香、味、形全无踪迹。

腐块入坛是个慢细活，要有耐心与细心，一块块依然齐整整地放在坛里，放一层腐块便浇一层烧熟冷却后的辣椒卤水，利用水的张力，保持腐块之间的缝隙，这样不至于腐块相互挤压而变形，坛满之后，卤水要淹没腐块，坛口用塑料袋扎紧，不出一周，便能开坛尝鲜了，两周便完全入味。吃饭时，来那么三五块，佐之小磨麻油，小口抿之，那味道就是香、醇、糯、软，真正的口齿生香，回味无穷，但凡头年吃过的，第二年没有不馋嘴的。

那些年天气比现在冷得多，春节时依然是白雪纷飞，檐角挂冰凌的，做腐乳正当时候，现在不行了，春天来得早，气温回升快，未添加任何防腐剂的豆腐容易变质、变味。再者，经济条件也好了，想吃啥就吃啥了，做腐乳也不是个问题了，只要温度适宜便可制作。

我问过母亲，什么时候是做豆腐乳的最好时令。母亲不知道什么时令节气，她瘪着没牙的嘴说开始下霜的时候，就可以腌制了。想想也是，现在的时令也无法界定，大雪不雪，霜降无霜的情况时有发生，唯一准确的就是看看菜地里的菜上面有无白霜，便可知其温度。母亲是聪明的，最朴实的思维总是符合生活的轨道，不偏不倚，恰到好处。

说到底，母亲骨子里的品质是唯美的，无论是庄稼活、针线活，还是腌制一碟家常小菜，都是极其用心、精细，赢得了乡亲们的交口称赞，尤其是她的豆腐乳更是一绝。远亲近邻，无论多远多久都不忘入冬时分那份腐乳香，早早就备下坛坛罐罐，放在母亲家里直接腌制，春节期间捎带回家，也算是一道上好的待客之物了。

姐姐曾经按照母亲的手法腌制过豆腐乳，不知为何，全然不是那个味，仅此一回，再不做了。谁也无法说其原因，安慰自己说每人的手法不同，味道就不同。

味道，多么深厚的一个词，它能穿越时光，穿透生活中堆积的种种艰辛坎坷，穿过千山万水，用其特有的方式与力量抵达人的内心。“味”在舌尖，可“道”无形无色也无尽头，弥漫在光阴与生活的每个缝隙里，在生命最柔软的地方安营扎寨。

母亲不懂这些，她只会用心去腌制一坛能对抗贫穷与饥饿的腐乳，用她最朴实纯良的母爱酿一坛生活的温香，供养生命，别无他求。

再过些日子，在外地读书的儿子会来信说：“妈，我想外婆的豆腐乳了。”这小子从不挑食，唯有豆腐乳，除了外婆做的，别家的一概不沾。

白梅美食晃面

齐永平

一到冬季，阳光温暖，白梅家家户户就忙着张罗晃面，门前大簸箕小簸箕摊晒着新制的米面，像同心圆似地卷曲着的米面，在阳光下洁白如玉，散发着诱人的乡村温情。米面向来为白梅人所爱，许多外出打工的白梅人，行李鼓鼓囊囊的，不外是家里晒干的米面。久居外乡的游子们，若是尝着亲朋带来的米面，无异于回了趟老家，那梦里的纯正家乡米面味儿又得勾起多少浓浓的乡情啊！

其实白梅和我老家一般，也有挂面，就是洋面，大伙儿常说是黑面，有着粗加工的原始烙印，过去生产队里的米坊常有面架子，一排排挂晒着洋面；也有扯面，又叫光面，也称咸面，长长细细的盘在一起，据说咱们枞阳义津的扯面最好，细而不断，咸味适中，最受县城客人欢迎。但是家家晃面，人人爱吃，即使吃得尝过山珍海味，远走京城、漂洋过海，也会思念家里的糙米面，却是我老家没有的事。

刚来白梅的时候，看人家晃面，厨房内热气弥漫，淡淡的米香进入鼻端，觉得很新鲜。其实晃面是件繁杂的活儿，没有机械流水线，手工作业至少得要三个人，工序得有六七道。先是捡上好的籼米，淘洗干净，用井水浸上一天一夜，再挑到豆腐坊里磨成米粉。磨粉的机子一面磨米，一面添水，磨完后如果米粉稠了，还得添水搅匀。

回来后，用大锅烧水，最好用马柴，保持火力旺盛。等到沸水翻腾时，厨房里就开始忙碌了，巧手的女人用勺子把米粉水舀到面盘里，薄薄的一层，晃一晃，让米粉均匀些，或许“晃面”的名字就缘由于此吧。面盘，也就是用白铁皮制成的长方形的浅口盘子，一般得用两三个，轮番上阵，不浪费柴火，又可加快速度。女人把面盘放到锅里，稍等一会就拿起，再快速放一个面盘到锅里，然后敏捷地拿起汤匙把子，把出锅的面盘四边一划，再一撕，一张薄薄的米粉皮儿就出来了。这一系列动作得讲究个快、捷、准，否则耽误晃面的进度不要紧，烫伤了手儿就得不偿失了。刚出盘的热米粉皮洒上糖，又嫩又滑，卷起来可以当点心填肚儿，据说有爱吃的人遇上人家晃面，能一气吃上八盘，吃得主人家都有点心疼，尽管嘴上还依旧让着。而小孩子更是拿个碗盛着，像雪地里的小狗般东家西家地乱跑，引得别人家的小孩子也缠着家中大人快晃面。

出盘的米粉皮得晾一下，以免粘在一起。好在乡下竹篙子不少，平时晒衣，这时擦洗干净，晾粉皮。等粉皮凉些，不会粘在一起时，专门负责取送的人把粉皮送到桌上，有专人用刀把粉皮切成细条儿，要切得均匀，有个样子，不然人家会笑话粗的粗，细的细。切好的米粉皮就摊开在簸箕里，满了，送出去就着阳光晾晒，经过几个日头就可以收起来了。就是这简单的晾晒，也有学问，得用小小日头晒，即乡邻们常说的花花日头，阳光强了，米面会晒得开裂，下到锅里就会糊。

晒好的米面，想吃就拿出来用水泡泡，老鸭汤或者肉汤就面，鲜嫩滑腻。当然，清汤面儿，漂几片菜叶，也是酒宴后的解颐主食，这样的绿色米面，一些精明的酒店会当作招牌主食。到了腊月，城里的亲戚、饭店里的伙计，这些忙着买米面的身影就多了。

晃面，看着似乎不费力气，但时间长，其间节奏又极快，手工流水线基本上没时间坐着休息，除非人多，否则即使是烧火的人也得帮忙取送，常把一班人累得够呛。有一年孩子的外婆家晃面，取了一斗半的米，外婆掌握灶火兼打杂，妻子晃面，邻家的主妇主刀，我也跟着帮忙，负责取送；从傍晚一直晃到晚上八九点，三个经验丰富的家用厨师，再包括我这个帮忙的人，累得饭都懒得吃。然而人口多的人家，或者爱吃米面的，一般得晃三斗米，那要从上午忙到晚上，恐怕得找人换班。

但是对白梅人来说，冬季不晃几蛇皮袋米面，就连过年都会觉得走了样，何况在外打工的亲人早就打电话过来询问晃没晃面了。家里人手再不够，三亲四邻也得请过来帮忙晃面。这几日天晴方好，整天包围着人的山雾也不见了，出乡政府大院，走一趟黄咀大桥，乡邻们的米面正在木架子上晒着呢！微风荡过，新鲜的米面味儿沿着孙畈大涧四面蔓延，令冬日的村庄陶醉其中。

晒　酱

齐永平

秋阳正暖，正午的阳光铺在黝黑的瓦面上，就像一片金色的渔网。那屋檐边的酱钵，成了渔网里的一尾青白色的大鱼。忽然，一张梯子斜斜地靠上土屋，一会儿，沿着那被千万次攀爬、粗糙的木质表面已磨成光泽圆润的梯子档，冒出了一个小小的黑面孔，黑面孔上还骨碌碌地转动着一双黑眼睛。那是一个乡村最常见的毛孩子，在阳光下晒，在风雨里跑，在草窠里钻，野性十足，肚子里的馋虫永远得不到满足。毛孩子一手端着蓝边碗，一手拿起酱钵里的木片，划开表层的壳，使劲地搅拌了几下，空气里那淡淡的酱香一下子变得浓醇馥郁了，也更馋人了。毛孩子极快地盛满了蓝边碗，也许是不够细心，碗沿还沾了点酱，毛孩子放下竹片，伸出手指刮了一下，放进嘴里用劲地舔了舔，然后才意犹未尽地爬下梯子。

这是多年前乡村晒酱时常见的一幅画面。晒酱是毛毛虫变蝴蝶的过程，从平凡到丑陋，再在丑陋中演绎美丽。梅雨季节，处处出霉，正是做酱的时节。母亲从去年留下的黄豆中选出八九斤，筛出杂质，洗去灰尘，下锅水煮。等豆子煮化时，掺上小麦粉，和成一团，做成黄豆粑，放在簸箕中，上面覆盖山上砍来的黄荆，晾在家中的阴凉处。多半是暗黑的柴房，最好放在麦根草上。然后，在绵绵不绝的雨丝中，在母亲为孩子们衣潮裤湿而发愁时，也在孩子们的欢笑声中，黄豆粑长满了毛茸茸的长毫。那黄色的或白色的长毫，让无意中看见的孩子们觉得丑陋，觉得害怕，更觉得不可思议。

然后某个雨后的晴天，母亲用铲子把长毫的黄豆粑铲到洗得光亮的酱钵里，兑上盐水，用一只长筷子搅匀，放到柴房的屋顶上，开始了晒酱的漫长日程。那时，庄子里每户人家都会高高兴兴地端出酱钵，或放在屋顶上，或放在高台上。大大小小的酱钵成了庄子里的一道风景，也成为孩子们谈论的话题，譬如谁家也晒酱了，譬如争论谁家的酱会最好吃。晒酱，是一个村庄的群体活动，也是一个让孩子们既期待又倍感煎熬的活动。

酱钵需要细心呵护，不能让雨淋着，夏日暴雨时，抢收稻谷之外的大事，便是盖酱钵；也不能掉进树叶等杂物，需小心捡出；还需要不时地搅拌，让酱均匀地晒太阳，使它们气息相同。

酱钵孤零零地待在屋顶，白天敞怀晒太阳，上面会结成薄薄的黑壳，母亲得闲时会搅拌几下，当然，我们更乐意抢着干，以便向未来的酱示以友好。晚上，酱钵则盖上厚盖，以免雨水侵蚀。不过，星光和月光，雾气和露水一定会溜进钵中，它们会不会让酱更加美味，这是我至今没弄明白的事情。酱钵其实也不孤单，除了屋顶上的许多其他酱钵可以相互守望，还有被风吹过来的叶子陪伴它们。偶尔，一只鸟，一只猫，会从它身边掠过。

渐渐地，酱钵里出现了淡淡的香味，酱的颜色也由黄变黑。酱开始走上餐桌，新鲜的味道让孩子们欢欣雀跃，但像苦涩的青杏般，缺少成熟的风情。等到夏阳变成秋阳时，等到酱黑得一塌糊涂、香得勾人馋虫时，酱这种美味才算水到渠成，才算成熟，让人沉醉其中。

不同于现在的瓶装酱油，那种黑乎乎的农家酱，浸染着农人的汗水，饱吸着阳光的热情，寄托着人们美好的愿望，是一种改变平淡味觉的调味品，一种农人般朴素亲切的美味。打汤，炒菜，蒸鸡蛋，尤其是酱爆辣椒，是农家孩子的至爱，作为早早帮忙做家务的孩子，我最喜欢亲手打瓠子汤，只在汤沸时加一匙酱，品尝时就会感到鸡汤般鲜美。可怜我们那些小小的味蕾，已深深地迷失在酱香里。甚至在蔬菜缺乏的时节，酱摇身一变，从调味品变成美味，就像放下身段客串演员的导演一般，是获得满堂彩的那种。一碗黑糊糊的酱，在柴火饭锅里蒸熟，如果再加点红辣椒，那还不得又香又辣，还不得多扒下一碗饭？当然，在那时，饭和酱一般难得。

然而，晒酱是一种慢节奏的生活，和母亲一般，和老房子一般，不合时尚，慢慢变老，变迟钝，并渐渐消融于时间的支流之中。

记忆中，屋顶上的酱钵像夕阳下的老人，孤独地守望着渐逝的村庄。

山粉圆烧肉

汤　流

同学小聚，总爱点一盘怀旧菜——山粉圆烧肉。一盘端上来，顷刻间被扫荡一空。席间忆苦思甜，谈及二十多年前的浮中生活，皆感慨不已。有人提起打菜的老头来，虽想不起姓名，但举止模样依然清晰可辨，仿佛隔了经年，他还不曾老去，只是被晾在时光的阴暗处。

老头五十来岁，矮墩墩胖乎乎的，满脸横肉油腻腻的，植满了粗壮的络腮胡子。那些胡须像一根根刺种在他鼓胀的脸上，随着圆圆的脸形发散开来，一副随时要刺人的模样。他打菜时有一绝，看似满满一勺子菜，快要倒进饭碗之际，他将手臂略略一斜，手腕轻轻一抖，三分之一的菜又回到了菜盆里，让人徒然生恨，又徒呼奈何。

山粉圆烧肉是浮中最好的菜之一了，几个星期难得吃上一回。上午第四节课还未下课，就有香味弥漫在空气里。教室里一阵小小的骚动，有人小声说出了菜名，有人不断做深呼吸，也有人暗自做好准备，将饭菜票捏在手里，只待铃声一响，操起窗台上的饭碗就朝食堂飞奔而去。前面的往往一骑绝尘，后面的大部队则浩浩荡荡，踏起的尘土让从食堂归来的老师们手忙脚乱，既要掩口鼻，又要遮饭碗，还要防止被哪个冒失鬼撞上。有的干脆立在路边的树下避让。

打菜的师傅们也如临大敌，四五个窗口全部开放，但要应付一千多人就餐，还是显得捉襟见肘。场面经常失控，好在菜贩子早在食堂前的空地上一字排开。每个摊位前也都是人头攒动，那多半是女生或低年级男生。卖山粉圆烧肉的窗口早已里三层外三层，仿佛一群蜜蜂聚在蜂王周围，颇为壮观。也有聪明的，先打菜后打饭，短短的时间差让人既享了口福，又免了拥挤推搡之苦。但多数人则挤在一扇小小的窗口前比拼体力、意志、决心和技巧。个高手长的总是信心满满，隔两三层人头，将身体前倾，挂靠在前人背上，一只手揪住窗口，另一只手便将饭碗伸了进去；个矮的便从小小的缝隙处或高个同学的腋下钻进去，往往也能得手；另一些人则从窗口两边发起攻击，一点一点往中间挪。里面的人打了菜要出来，得用力拱开身后的人，这便是机遇。两边的人像约好了一样，合力往中间一挤，已打到菜的人借力出来，顺便把身旁一两个倒霉蛋也给带了出来。被带出来的愤愤不平，心有不甘的会卷土重来，也有责骂几声便放弃了的。

卖山粉圆烧肉的果然是那个老头，这像是一条规律，但凡有好菜，定然摆在他前面开卖，仿佛只有他才能镇得住拥挤的人群。事实也是如此，不管窗外有多挤，他自岿然不动，收票打菜不慌不忙，慢条斯理。有时还会停下来，看热闹似的望着窗外，仿佛要等外面挤个水落石出、胜负已定才重新开始。压在里面的人等不及，又挤得难受，说了一堆好话，他才重新开打。山粉圆烧得黏糊糊的，在菜勺里一颤一颤的。肉多半不见，人们以“小人之心度他之腹”，以为他和同伙偷吃了。偶尔行大运似的碰到一块，就紧张激动得不行，生怕他一不小心地一抖，肉又重新回到菜盆里。说是肉，其实也就是薄薄的一块肥肉片，肉皮占了四分之一，肥肉占了一半，剩下的一点才是被烧成酱色的肉丁。肉皮上猪毛并未刮净，根数可数。但无论如何，能摊上一两块就足以让人在几天之内都回味若饴了。有人央求老头再添一块，老头自是不理。嘴甜的便老爹爹长老爹爹短地叫个不停，老头偶尔会补上一块。也有嘴硬的骂骂咧咧，欲跟老头动粗，老头便与之对骂起来，青筋暴涨，口沫横飞，到激动处就扬起菜勺来要打。窗外的人早溜之大吉，但不管是吃亏的，还是得了便宜的，出了食堂说起老头来都恨恨的。

山粉圆烧肉成了至爱，这是母亲没有料到的。其实我自幼不爱吃山芋，甚至“恨屋及乌”，跟山芋有关的食物都懒得去理会。那时，家里一年的收成不足以保证六口人的口粮，母亲便精打细算，一个星期只吃一两次干饭，剩下的就靠稀饭或山芋来打发。山芋成熟之际，便烀上一锅山芋，从早吃到晚。青黄不接之时，母亲便在清水照人般的稀饭里添加大量的山芋片。山芋片是政府救济的，霉点斑斑也舍不得丢，晒干了照样扔在锅里。我常哭泣胡闹，见到山芋片就像看到了敌人，宁愿饿肚子也不愿去碰它。母亲没办法，只好硬着头皮端了满满一碗山芋片去隔壁大妈家换。大爷在乡医院上班，每月有工资，还发粮油票。每天晚上，他家的干饭对我都是一种无法抗拒的诱惑。母亲边走边扯开嗓门对大妈说：“我家那个不晓得丑的小好吃鬼又想你家饭吃了……”我不知道母亲为什么要那样说，这对一个少年意味着什么？尽管彼时，我并不能理解一个母亲的无奈、心痛间或自尊。

十六岁离家去浮中，而我的身体仿佛还停在十二三岁。一米五几的个头，走起路来能被风吹走。日复一日的咸菜和毫无油腥的青菜，是成长最好的抑制剂。面黄肌瘦的我像是一根营养不良的野草。我想母亲是看在眼里疼在心里的，从浮中放假回家，母亲听说我喜欢上了山粉圆烧肉，便将家里山芋碾成粉。其时父亲民师转正有些年了，家境略有好转，但要供我们姊妹四人读书，经济压力依然很大。母亲很少见地称了肉回来，将山芋粉加水和稀成糊状，香油加热，山粉糊倒入锅中煎片刻，不见白色夹心便盛起，切成块状放在一旁；再将猪肉切成红烧肉大小，下锅烧熟；最后将山粉圆倒入肉锅内，加适量水，添些作料，烧至水干，山粉圆变黑色即起锅，一碗香喷喷的山粉圆烧肉就做好了。

端午节回家，腰椎不好的母亲弓着腰又要去烧山粉圆烧肉，我怕给她添麻烦，就说不吃了，常在饭店里吃呢！母亲隐隐有些失落，我突然意识到自己说错了什么，便拉母亲进厨房，一边帮她和山芋粉，一边陪她说话。是的，饭店里烧得再好，也比不得母亲烧的。毕竟，那里永远没有母亲的味道！

一碗山粉圆烧肉，就这样道尽了生活的滋味。难得的是，人到中年，依然可以做个孩子，依然可以享用母亲的美味，谁能说这不是人生最大的幸事呢！

山芋飘香

左苹莲

小时候，我只知道它叫芋头，如今习惯叫山芋，原来，它有许多名字，红薯、甘薯、番芋、地瓜、红苕……其实，我还是喜欢叫它芋头，芋头、芋头，就像叫孩子的乳名，亲切之感油然而生！

那时，我家堂屋大桌底下有一个近两米深的地窖，专门用来储存芋头。万物复苏的春天，爸爸让我下到黑咕隆咚的芋头窖里，把窖底的芋头种拿出来，爸爸将壮硕的芋头挑选出来，种到菜园里，芋头很快就发出小芽来，越长越壮，藤蔓牵牵绊绊。小麦收获后，把土地整成一垄垄的，下雨了，把菜园里的芋头藤割回家，用剪刀把藤子斜斜地剪成一节节的，每节只留一片叶子，然后冒雨挑到地里，插进泥土里。芋藤生命力极强，阴雨天气，不几天就活了，如果刚插下去就遇到大晴天，挑水浇一两次就行了。芋藤扎下根，锄草施肥后长势凶猛，忽地有一天，绿油油的藤蔓就放肆地铺满了地沟。

家里没菜了，妈妈就让我去掐点山芋梗回家，把水水嫩嫩的梗撕了皮，和着青椒丝一炒，清清爽爽，“下饭”得很。我和小伙伴喜欢把芋藤做成长长的“辫子”，将芋梗沿着相反的方向折断再折断，全折断的芋梗和叶子珠线相连，把这绿色的“辫子”挂在耳朵上，别有趣味，我们还将芋藤做成“手链”，缠在手腕上，小小的芋藤，给童年的我们带来多少乐趣呀！

芋藤碧绿，又满又密，我们再也按捺不住对芋头的渴望，偷偷拔了一根芋藤，芋头才一点大，在我们的虔诚期待里，芋头慢慢长大，我们从土里扒出小芋头来，在衣服上擦几下就急切地送进嘴里，脆生生、甜丝丝。家里烧火粪了，我们迫不及待地从地里扒出芋头，丢进火堆，火慢慢熄灭，将芋头再焐一会儿掏出来，熟山芋外皮漆黑，掰开，香气扑鼻，我每每都吃得满脸黑灰，齿颊留香。

我家有一块地，一边高一边低，爸爸叫它“半边翘”，这块地盛产芋头，插芋头、锄草、浇肥，在我目光无数次抚摸下，深秋，芋头胀破土垄，终于成熟了。挖芋头啰！我们拔掉芋头的藤蔓，泥土的脊梁裸露在眼前，有的芋头在土里待不住，探出头来。爸爸在前面挖，一锄头下去，一根根芋头滚出来，有大有小，有的裹着泥土，我兴高采烈地跟在后面捡，把芋头放到稻箩里。我也忍不住想挖，举锄落下，一根芋头断成两截，几次三番，我挖起芋头来也有模有样了。

芋头挖回家，把完好无损的拣出来，小心翼翼地放到芋头窖里，那些小根根和残损的芋头都给猪吃。那段时间，芋头成了主角，芋头煮粥，饭头上搭芋头，汆芋头，有的芋头面得哽人，有的芋头甜得腻人，有一种“匆”山芋，无论怎么烧，总像生的一样。如今想来，山芋都各种各样，也难怪“人上一百，五颜六色”了。妈妈常常还烀一锅芋头给我们当饭吃，把个头大的山芋切开，同小芋头一起，整齐紧凑地码在铁锅里，放水将芋头浸没，然后往锅洞里不停地塞稻草把，直到水渐渐烧干，再焖一会儿，开锅了，芋香四溢，我最爱那紧贴锅边有点焦焦的芋头，吃起来格外香脆。有时烧锅，我喜欢拿一根芋头丢到锅洞里，烧熟的山芋香喷喷的，真好吃！

山芋吃法很多，生芋头吃起来令人口舌生津，有人家把芋头切成片或者切成条子晒干，之后煮粥，香气袭人，美味可口。有人家把芋头蒸熟做成芋角，过年炒熟了招待客人，黄灿灿的芋角吃起来满口生香，有人家用芋头熬糖。家家都要用芋头洗山粉，氽肉、烧山粉圆子、搞糊粉、做大头圆子和小头圆子，可都少不了山粉。每年，我家也都洗山粉，我们把山芋洗得干干净净，碾碎后妈妈用纱布把粉洗出来，山芋渣子晒干了烀给猪吃。那时年关三十的午餐，我们村里几乎家家吃糊粉，表示一年糊过来了，糊粉里花样很多，有肉丁、酸腐丁、豆干丁、花生米、碎挂面什么的，可真是珍馐美味。过年了，山粉圆子烧肉让人大快朵颐，大头圆子和小头圆子令人回味悠长。

时间的小马驹跑得真快呀，芋藤"辫子""半边翘"地，忽然都离我好遥远，不变的是我的山芋情结。学校一角有几畦菜园，老公种了一双山芋，收获的那点山芋我们慢慢品尝。为了增加土壤的肥力，一天，老公找来一些枯枝败叶，在空地上烧起来，我们不约而同地想到了烧山芋，老公立马拿来山芋丢进火堆，我们在火堆边转悠，回忆童年烧山芋的情景，兴味盎然。山芋熟了，香气萦绕，我们吃得津津有味，唇齿留香，这就是曾经烧山芋的味道呀！

那一口热面汤

邹 艳

舅家的表妹极爱漂亮，吃东西这也要注意那也要注意。选什么样的化妆品，每天吃什么水果，听说用柠檬泡水能美白，就天天切片酸不拉叽的柠檬泡水喝。吃什么会发胖，吃什么能减肥……绞尽脑汁地想着怎样才能更漂亮。

说到吃东西注意，表妹不吃面食，说面粉热量高，吃了会发胖，就是吃面条了，也只吃米面。面食吃了易发胖，我从没去查证过，也不知是不是喜欢吃面食的北方人都人高马大壮壮的，才让表妹有了那想法。其实，我也很爱漂亮，希望自己越来越年轻，越来越美丽。可是，我却很喜欢吃表妹说的吃了会发胖的面食，而且是海大的量。

最近一段时间都在妈妈家吃的饭，妈妈说你不回家就提前打个招呼，我好下米煮饭，她说完这句话后又加了一句："其实你也吃不了一小口的。"是的，我吃米饭吃不了一小口，饭量小得可怜，我不爱吃米饭。不过，要是吃面食，面条、饺子、馄饨，我能吃一大钵。还有馒头，有嚼劲的大馒头，我能吃两三个。而所有的面食当中，我最最爱吃的还是手工擀的面汤、刀削面，以及爸爸做的南瓜疙瘩汤。

爸爸妈妈也喜欢吃面食。在妈妈家还没吃几天的饭，老两口已经闲着没事包了一次饺子，像极了北方人的生活，当午饭吃的。手工擀的饺子皮，夏天的这个季节，韭菜剁碎了，和着肥瘦相间的五花肉做的馅。用烧开的水煮，漏勺捞起，等不及放凉，夹一只冒着热气的饺子，放进用香醋、麻油、大蒜混合的调料里蘸一下，吸着嘴，吹着气，清香扑鼻的饺子便顺着喉管直滑到胃里去了，那个爽啊。平时看不得衣服上有半点污渍，饺子太好吃，我那个吃相，便免不了将汤汁滴到漂亮的裙子上，却也没半点懊恼的。

曾经在电视上看到一位顶级的大师，将揉好的面团放到头顶上，一手拿一把刀，站在一口热气腾腾的大锅前。然后左右开弓，两把刀在头顶上挥舞着，一片片差不多薄厚的刀削面便飞向了锅里，接着旁边有人将煮好的面盛入有调料的碗里，红红的辣子，绿绿的葱花……我当时就咂着嘴巴流着口水看着那位奇人大师，心想着什么时候要能吃上一碗那样的刀削面该有多幸福！我们家乡把刀削面称为面片，我爸我妈都会做，可是我爸我妈绝没有那样高的水平，他们只会将揉好的面团紧紧地握在手里，用菜刀一片片慢慢地削进锅里，就是这样慢节奏的片面，我爸我妈也有好长时间没做过了，我很怀念。

可是，我爸会经常做南瓜疙瘩汤。老爸虽然没有将面团顶在头上削面的功夫，但他却有一手做白案的好手艺，包子大，饺子香，馒头有嚼劲，还有一层层撒着葱花冒着油的千层饼。这些虽然好吃可做起来都比较麻烦。南瓜疙瘩汤，简单又营养，味道也很不错，家里人都爱吃。做南瓜疙瘩汤最重要的是选好南瓜，一般人都喜欢吃那种糖分多粉面面的。现在市场上有种叫西洋瓜的南瓜品种，也很不错，小小的，只需买一个回家就足够做一顿了。像包子、饺子、馒头之类的，都要和面，揉面，既不能稀了也不能硬了。南瓜疙瘩汤，很简单。先将南瓜入锅煮熟，加入适量的水煮开。面粉放碗里，用冷水和面，只要不是太稀，能用筷子挑起或用手一坨一坨抓起，然后一点点放入煮好的南瓜汤水里煮熟就可以了。老爸会加点氽肉和新鲜的毛豆米，味道极为鲜美。想着前不久在朋友微信上看到的南瓜面汤，心里的那个想呀，妈妈说："想吃还不容易?"于是，今天的晚饭，就是南瓜疙瘩汤了。

下班回家，爸爸已做好了。跑进厨房，拿起碗盛了厚厚的一大碗，迫不及待地夹起一块南瓜往嘴里塞。甜、粉，面疙瘩和得正正好，咬一口，就像吃了一块不腻口的红烧肉一样软绵绵的。汤汁鲜香浓郁，真好吃哦！呼呼啦啦不一会儿就扫进了肚子里，然后我又盛了同样分量的第二碗。妈妈边吃边喂小侄子，根本没注意我吃的速度，后来她进厨房看到锅里还剩一点让我全吃了，我说已经吃了两碗，妈妈不相信地问了又问："两碗了吗，这么快就两碗了啊?""我不是说过吃饭吃不到一小口，吃面汤和面条能吃许多啊！"然后，我把锅里剩的一点又吃了……

表妹因为怕发胖而从不吃面食，我也怕发胖，可我依然吃面食，而且还很爱吃。马克·吐温说过，人生成功的一部分秘诀是，吃下爱吃的东西，然后让食物在肚子里斗争到底。我没想着要成什么功，只想吃下爱吃的东西！

鱼圆子

钱新华

每到过年，乡村人家的餐桌上总少不了一道鱼圆子，寓意“年年有余”和“万事圆满”的双重好兆头。

鱼圆子，是皖江地区的一道特色菜，也是徽系菜谱中“吃鱼不见鱼，吃肉不见肉”这一说法的经典作品。民间相传为舜帝携女英、娥皇二妃南巡，途经枞阳时，因舟车劳顿，娥皇染疾，喉咙肿痛难忍，唯欲吃鱼而厌其刺，于是心地善良的女英根据当地一渔民的单方，融入了自己的手艺，用鱼、肉、配置适量清凉泻火的莲子粉、荞麦粉原料，做成了一种柔软滑嫩的鱼药丸子。娥皇吃了这纯白色、用清水煮熟的鱼药丸，觉得味清甘美，不到几天，气色红润，病情迅速好转。舜帝听闻，亲自品尝，并对鱼丸子赞赏有加。后来，为了提高口感和便于保存，又新创了一种用菜油炸制出的鱼圆子。从此，这两种鱼圆子便在枞阳民间流传开来。

儿时过年，家家都只炸一道鱼圆子。说是鱼圆子，其实里面掺了不少的假，鱼肉所占的比重是很低的，吃在嘴里感觉硬邦邦的、粉团团的，根本没有多少鱼鲜香味。而那种用清汤煮熟的漂鱼圆子，因为制作工艺复杂，更是慢慢地淡出了人们的视线，通常只在红白喜事的酒席上，才能见到那碗半沉半浮的白色鱼丸子。这种漂圆一端上桌子，食客们也顾不上礼数了，嫩滑细软的丸子分分钟便被送入每个人的嘴中。

到了腊月廿七八，乡村的空气中飘荡的全是炸鱼圆子的味道。记得有一年腊底，父亲突然大奢起来，一改往年尽买水鲢子或胖头鱼炸鱼圆子的习惯。那也是一个腊月廿七八的早晨，他从街上买回了一条七八斤重的青鱼。母亲麻利地片下鱼肉，去掉刺，和剁碎的猪肉泥一起加上姜汁、葱花、适量蛋白、淀粉，用手使劲匀速搅拌、拿捏至所有食料蓬松方罢。搁置半小时后，将菜油加热到起烟时，一个个白色的鱼圆坯子，像吐钱机似的从母亲左手空心拳口滑溜而出，再经右手汤匙放入涌着油花的滚锅中。此时，我的几个弟弟妹妹像几只馋猫似的蹲守在锅台周围。一双双小眼里充满着焦灼的期待。我也是心神不宁地在灶下添柴加火。母亲反复提醒我，食料下锅时火候不能太旺，只需文火保持油温。那些丸子周身吐着气泡，边翻滚边脱去银白色外套，转眼间就成了妩媚诱人的金果果。刚捞出炸好的第一锅鱼圆子，堆了满满的一大碗。不消片刻，这些“尝品”就被围在锅边的几只馋猫一一瓜分了。

五十多年前的乡下农户，还不知道冰箱（柜）是什么东西。鱼圆子炸好冷却后，只能装到一只新买的箩筐中，盖上几片散发着清香的荷叶后，便挂在高高的房梁下面的铁丝钩子上，然后作为招牌菜，用来慢慢地招待春节里的宾客。刚炸好的鱼圆子有着一种钻心入肺的香味。到了夜里，那诱人的香味竟招来了一群老鼠。这些精灵们忽而爬上了床顶，忽而跳到橱上方，忽而攀爬到房梁之上，突着贼眼，朝着那可望而不可即的“美食”，发出一声声吱吱的哀号，却久久不愿离去，扰得人心烦意乱，难以入眠；白天，饥饿难忍的我们这些“米老鼠”，也会背着大人，攀上凳子，用脏兮兮的手偷偷地抓上一把，躲在角落里慢慢地解馋。那金黄油亮的丸子一入口，外脆内嫩，轻轻一咬，满口喷香。饥饿难耐时，我们往往一口一个地直接咽下，连咀嚼也免了。

如果在食材原料中加些蛋清，那炸出的圆子既蓬松又有弹性。入口即化，鱼鲜满口，而且很容易被人体消化吸收，即使是没有牙齿的老人也不用担心吃多了不好消化。要是用它来招待北方来客，你不说，他根本看不出来这是鱼肉做的！

如今，鱼圆子越做越精美，一些讲究的家庭还融入了牛羊肉、山药、香菇等食材。由此可见，鱼圆子作为一种年味，带着一种美好的记忆，已经超越了单纯的饮食习惯，而是经历了数千年历史的积淀成为一种独特的地方民俗文化，完成了一种食品向文化的转换。

炸圆子

邹 艳

上午，一养鱼的朋友打电话说送来两条鱼，我在电话里嘟哝着：“怎么现在拿来？我老爸马上就要去我弟弟家了。”朋友没听清我说什么，我自己都觉得好笑，他要听到了可真要奇怪，老爸走跟现在送鱼有什么关系？可是，还真有关系。

老爸是个大厨，杀鸡宰鱼时利刀一挥片刻的工夫就整利索了，特别是很大的鱼。现在的人都享福得很，平时在菜场买鸡买鱼时都会让老板宰杀，就是家里亲戚给只鸡或鸭什么的，拿到卖家禽的地方给点加工费也会有人帮你弄好。可是鱼就不同了，卖鱼的老板绝不会给你杀不在自己家买的鱼。当朋友把装着鱼的蛇皮袋递给我时，我想都没想就往老爸那送去了，心里庆幸着还好老爸要到下午才去弟弟家，不然我对它们只有看的份了。把鱼拖到老爸家的院子里，打开袋子一看，好大的青鱼，一条起码有十斤以上，是做圆子的好材料。这么大的鱼我从来没弄过，每次朋友送鱼我都理所当然地往老爸家一丢，让他帮着弄好了，或煮，或炖，或炸圆子，俺一家三口只管带张嘴吃就是了，想想真是惭愧得很。天暖还好，天气很冷时，看着老爸鼻子吸吸地蹲在那里杀鱼、剖鱼片、将鱼骨一点点剔下来，心里说不出的心疼。自家住在楼上不方便，只有拿到住一楼的老爸家，可我要自己杀时，老爸是绝对不会同意的。

就在我回家烧了饭吃好了再去老爸家时，老爸已经把两条鱼弄干净了，剖好的鱼片拿到菜场绞碎加了炸圆子的材料调好了装在盆子里了。老爸在不久之前才生了场大病，身体还没完全恢复，一进门老妈就说你老爸累死了。老妈不说还好，一说我的鼻子不由自主地一酸。是哦，老爸累坏了，真让人心疼。一直在胳肢窝下长大的我，一直的依赖，老爸再累，都是欢喜和没有怨言的。有老爸在，我的心就安了！

每到过年，老爸就会在院子里生个炉子，在炉上架个大锅，锅里“突突突”地冒着热气。一股诱人的奇香便会从锅里袅袅飘出，从一楼飘到楼上，飘到左邻和右舍，甚至更远的地方，那股子香气是老爸在卤牛肉。老爸每年过年都要特地回到老家买十几来斤牛肉，老家义津镇的姚王集曾经是个贩牛市场，虽然早就衰败了，可那儿的牛肉却是最好的。老爸一卤牛肉，就把家里整得跟开饭店似的，那口大锅是以前老爸在部队蒸包子的。老爸起码要卤两锅，牛肉、牛舌、牛肚、牛心、牛尾巴……每次老爸卤肉时老妈就会笑骂说，你瞧瞧，就你成天在家搞吃的。老爸侄儿侄女多，正月都会来拜年，不多弄点好吃的怎么够？当老爸穿着大外套进进出出，当那股子香气飘起时，年来了！

过年时，老爸不止卤牛肉，还炸圆子，鱼圆、肉圆还有藕圆。前几天看到一朋友晒的她老爸老妈炸的圆子，就笑着问她是不是边炸边用手抓着吃了。朋友笑着问我怎么知道的，我说这就是年味了。炸圆子，边炸边将烫烫的圆子塞进嘴里吃，从孩提时代到现在，从没改变过。年味是什么，年味就是父母准备美味的年食，孩子张着嘴吃的热闹劲儿。老爸已经在上个星期炸了圆子，连同卤好的牛肉一起放好了，准备迎接晚辈们的到来。

今天，又要炸圆子了，可是老爸却来不及炸好就要去弟弟的新房子过除夕迎新年，只有我动手了。鱼肉和生姜绞碎，加入料酒、豆腐、面粉、老抽等调料打成糊状，沿着一个方向不停地用力搅动，用老爸的话说就是这样吃起来更有嚼劲和韧性。接着就等着下锅炸了。老爸先炸了一锅，让我站在边上看，其实每年炸圆子只要我在家都会站在老爸边上，可从来都没自己动过手，只晓得吃现成的。只见老爸装碗冷水放在一旁，左手抓把鱼肉，轻轻一捏，鱼肉就从大拇指和食指的拳头缝里挤了出来，老爸再用右手拿的勺子一刮，一个圆子就到勺子里了。然后就是沿着锅沿放到油里，老爸一再打招呼得沿着锅沿，不能丢，不然油会溅出来的。那碗冷水的作用是将勺子时不时地在水里沾一下，免得鱼肉黏勺子不能及时滑到锅里。圆子入锅，先都是挤到一起的，为防止粘锅，得用锅铲慢慢铲到锅底，用点暗劲将锅里的圆子慢慢抖开，这样，圆子就会一个个地散开了，再炸会，等沉在锅底的圆子浮起来就差不多好了。如此一般叮嘱，我自己动手了。别的还好，最重要的就是第一步挤圆子，因为从没弄过，糊状的鱼肉捏在手里软软的就像捏泥巴。老爸不放心又不放心，左叮嘱右叮嘱的，一会怕我烫了手，一会怕我性格急，等不及圆子炸透就会捞起来。他边担心还边说还是把圆子炸好再走。我恼了："您老不放心，不让我动手，我永远都不会的。再说了，我学会了，等您老得搞不动时也可以享享我的福啊!"也许是天生的遗传，不一会儿手就顺了，挤出来的圆子还真像模像样的，就是速度太慢，不像老爸，一手挤一手刮，再放入锅里，那可真正叫秒杀。待我将我自己亲手做亲手炸的鱼丸子捞出来时，圆圆的、黄灿灿的，抓一只丢进嘴里，喷喷香，外脆里嫩，火候刚刚到位，老爸才没说什么了。

美味与形色兼顾，是中国人的饮食哲学；美味与亲情相连，是中国人的年味!

黄鳝煨绿豆

章乐飞

黄鳝煨绿豆不但是语义丰富多变、妇孺皆知的熟语，也是枞阳城乡饮食菜谱上一道独特的传统名菜。

黄鳝煨绿豆这碗菜，传统的吃法极易操作。取二三两重的黄鳝三五条，洗净、截断，再取一碗绿豆，一同放入瓦罐小火清炖，待绿豆爆裂成花状即可。放蒜、姜、盐少许，趁热吃，不腥不腻，大补。黄鳝骨肉分离，其肉嫩滑爽口；汤色澄明微黄，绿豆爆裂如梅漂浮其上，大快朵颐也可，细嚼慢吞更佳。若是良朋对坐，小酒慢饮，汤汁润喉，更胜“红泥小火炉”之妙镜。

黄鳝煨绿豆，不但是美食，是佳肴，还是良药，是良方。记得小弟出世不久，一发烧就抽搐（俗说蹬筋），很是吓人。邻村周氏老中医对母亲说，不要紧，到八九岁就自然好了。要不，你就买点黄鳝，用它煨绿豆给小孩子吃，补补身子，兴许好些。母亲就按医生说的去做，不过半年，真的好了。后来偶有生病发烧再也没出现手脚痉挛的症状。

黄鳝煨绿豆是方言俗语，内涵丰富，语义多变。不同的地点、人物、环境，表述的语气不同，表达的意思就不一样。要完整地把握这句方言俗语的意思，还得从无师自通、力大居三十六名教之首的邓贤美说起。

相传，邓贤美（东乡三十六名教之一，家住现周潭镇七井村邓姓村庄）幼时即喜欢玩枪弄棒，习拳练掌，苦于家贫，无钱拜师学艺。十多岁时，父母即亡，弟兄成家，则更痴迷习武，也得三脚猫的功夫。因是小姓，常受欺凌。屡屡与人斗勇，次次甘拜下风。落得个遍体鳞伤、筋骨受损。青春年少，就骨瘦如柴、弱不禁风，过着吃了上顿，顾不得下顿的游手好闲的日子。

一年深秋，邓姓家族兴建祠堂。邓贤美与族人一道开挖墙脚，竟挖出一条三十多斤的大黄鳝。众人大惊，不敢相害。邓贤美抡起铁锹，不待叔伯相阻，手起锹落，偌大的黄鳝便一命呜呼。众人惊骇，窃窃私语，疑是黄鳝精，不能食之。邓贤美将黄鳝挑到铁锹上扛回家时，方知无米下锅，见邻居门前晒着绿豆，便落得一葫芦瓢绿豆与黄鳝相煮，食之。

入夜，大睡。天明早起，方觉浑身不适，骨骼似乎咯吱作响，隐隐作胀。少顷，胳膊、肩背、大腿、腰臀等部位随之胀痛，似血脉膨胀奔涌。手挠脚蹬，捶胸顿足。又抓起布鞋，用鞋底使劲拍打。难过，难受，难熬，歇斯底里般地号叫。邻里相望，疑是中邪，不敢亲近。兄问其故，双手便在酸胀处揉、推。不力。复用鞋底拍打，方觉好受。邓贤美双手抱头，一会儿左侧身，一会儿右侧身，一会儿趴下，任兄用鞋底抽打，此觉舒畅。遂哎哟哎哟地呻吟："打重些……打重些，越重些，就越舒服。"

折腾半晌，胀痛渐消，哀号声渐小。邓贤美连打几个哈欠面向兄长说："难道是吃了黄鳝的缘故？差点把我胀死。"

"这黄鳝也是发物？"

“这么大的黄鳝，要长几十年，甚至上百年，肯定不同一般的食物了。”

其兄与众人议论纷纷，散去。

接下来，邓贤美个儿眦见渐长，脚脖子、手腕子变粗。手劲、脚劲忒大。习武劲头更足，武艺突飞猛进。手端石礅如盆，头顶石碓（俗称石宕）如帽。终于以无师自通、力大无穷而跃居三十六名教之首。

从此，坊间疯传，邓贤美有此武功，是吃了黄鳝煨绿豆的缘故。黄鳝煨绿豆便变成乡间美食、上等菜肴。由此也生出许多歧义而成为约定俗成的有特定地域语境的熟语、歇后语，吃黄鳝煨绿豆——挨打。

记得小时，常与伙伴在圩中间的湖泊里玩水，若被年长者看见，便督促我们上岸，我们不听，还向湖心游去。他们便恐吓：“你们不上来，就跟你们父母讲，那就等着吃黄鳝煨绿豆吧！”

我小时也很顽皮，时常惹母亲生气，母亲便撵着打，我会远飙二十五里。她便大声恐吓：“你跑吧，到晚上，黄鳝煨绿豆让你吃个够！”那意思很明显，到晚上，看你往哪儿跑，只有挨打的份了。

黄鳝煨绿豆，是我们地方独特的饮食文化、语言文字的标签。我们的烹调美食大师该糅合地方人文掌故把黄鳝煨绿豆这碟小菜或炒、或炖、或煮、或蒸，做得更活色生香，成为地方文化旅游、乡村美食的品牌。

老洲三绝

章乐飞

姚岗媒鸭

老洲、老湾西北面的姚岗村是一个拥有3000多人口的大村落，全村90%的人口皆是姚姓家族。据传，在明朝末年，姚氏先祖怀揣张网捕鸭的绝技，乘一叶扁舟顺江直下，不料在老洲湾水域遇险，遂系船登岸投宿。见沙洲宽阔，人烟稀少，树木蔽天，泽地杂草丛生，湖滩芦苇无际，百鸟翱翔。姚氏先祖便在此地择地定居，以捕捉野鸭为生。捕鸭技艺系姚姓家族绝技，传子不传婿。又因陈瑶湖流域系天然的鸟类越冬地，且野生动物捕之不尽、逮之不绝，故姚岗野鸭享誉朝野。

野鸭，系鸭祖远宗。体长60厘米左右，羽毛青白夹杂，嘴短尾长，脚小掌红。体形形状近似家鸭。姚氏先贤把捕获售之有余的野鸭放在家中喂养、家驯、孵化，经百年嬗变，驯化成姚岗独特的地方鸭种，始称媒鸭。该鸭比野鸭性情温驯，不飞逃，与野鸭的共性是喜水，主食植物种子、贝壳和蠕虫等物。此鸭易繁殖、易饲养、易成活，雏鸭三个月即成熟。媒鸭具有野鸭原汁原味、油而不腻、热沸进口不烫等特征。该鸭具有清凉解毒、消水肿、抑癌、抗癌等功效。

姚岗村民掌握着近百年的饲养媒鸭的技术，又拥有得天独厚的饲养地（村北是几百亩的乔湖、滩涂湿地及相邻的十里长鸭儿池河面）。家家饲养，户户鸭声。姚岗媒鸭不但叫响周边，而且声震大江南北。

老洲山药

暑气已尽，寒意慢慢袭来。冬补的最佳食品山药又上市了。老洲、老湾街道可谓是山药一条街。

山药植物学名又称薯蓣。多年生缠绕藤本，块茎，直入土内，长短不等，长的一米有余，短则尺把。形状是圆柱体，直径 2～4 厘米。在初春用块茎株牙繁殖，初冬即可收获。

老湾、桐贵、沙包一带种植山药有近 200 年的历史。此地山药个头大，通体均匀圆滑，除皮后，肉质脆嫩洁白。该区域属江、湖相互交汇浸漫的滩涂湿地，土层深厚，含沙量适中，沙质土壤，较黏、较细、较松，保水保肥性能较好。雨水较多的年份，地表离水即干，不易涝渍；干旱年份，因地下水浅，湿气上升，夜晚土地潮润，俗称“返夜潮”。独特的土质性能和气候给山药提供了特殊的生长条件，所以该地区山药营养丰富、口感良好。

山药由蛋白质、碳水化合物、钙、磷、胡萝卜素等成分组成。山药药用价值高，性味甘、温、平。主治脾虚泄泻、消渴、遗精、除寒热邪气等。益气力、长肌肉，久食具有益健脾胃、润肺壮肾、除头晕目眩的功效，有让人有聪目明、延年益寿之功能。据李时珍说，将山药和蜜一起煮熟，或煎汤都很好，可壮阳滋阴。常用食用方法是以猪排骨煨煮，其汤色清爽、香醇厚、味鲜甜；若清炖放白糖食用，是乳妇的上等补品。真可谓点点精华，滴滴难舍。

近年来，地方政府引导农民进行产业结构调整，老洲山药种植面积不断扩大，技术不断更新，产量增加，保持了近两百年历史的地方特产因原汁原味而倍受人们青睐。

鸭儿池莲藕

藕，是一种最常见的水生植物，南方各地湖泊水塘都易生长。但产于老洲鸭儿池内的藕与众不同，乃藕中上乘珍品。

老洲、老湾西北边的七圩、鸭河两村村南的长河古称鸭儿池。据考，在明朝前，鸭儿池西抵源子港的双溪河，时为白荡湖水入陈瑶湖到长江的通道。后江家圩、乌泊圩堵双溪河水圈堤垦荒，鸭儿池近十里的长河即变成圩内湖泊，故此段水域又有鸭八里之称。鸭儿池河底平坦，河面宽阔，水深变化不大。因受历年江水、湖水漫淹，江沙湖泥堆积，淤泥深厚，泥质肥沃，有机物丰富。河内地下水长年渗出，旱年不涸。河水、河泥温度变化不大，给河内莲藕提供了独特的生长条件，故藕质比其他河塘好。即使次年开春采藕，其藕色仍洁白无瑕，其味仍脆嫩新鲜。

莲藕遍身是宝，莲实又称石莲子。据《本草纲目》载，常食莲实可补中养神、轻身耐老、厚肠胃、固精气、强筋骨、利耳目。捣碎和米煮粥饭食，味清香且健体。藕主热渴，散瘀血，生肌。久食令人心欢，止怒止泄，消食解酒毒。捣汁服，解胸闷心烦，开胃。藕节是一味使用频率很高的草药，可止咯血、吐血、血痢、血崩等。

藕为灵根，生于污泥而不染，洁白自若，质柔而穿坚，孔窍玲珑，丝丝内隐。生于嫩芽长为茎、叶、花、实，复又生芽，生生不息，四时皆可食。熟食可将藕与大米相掺和煮熟后，可做一日三餐的主食。米粉与肉、藕相拌蒸熟后俗称通菜鲊肉，因藕俗称通菜，寓意事事通顺。生吃选取鲜嫩藕切成圆形藕片，放在盘内撒上白糖即可，此为冷盘名菜。这两道菜主料皆藕，是当地红、白喜事酒席上的传统名菜。由莲藕加工而成的淀粉俗称藕粉，是老人、孩子的最佳食品，也是烹饪的上等佐料。

夏日，荷叶如盖、如伞，亭亭玉立，居于水中而不被水没，清洁碧绿，兼得群美。红荷、白荷相居其间，次第绽放，相互争妍。香近欲醉，香远益清，“可远观而不可亵玩焉”。鸭儿池莲藕宜食宜赏，确是沿江宝地——老洲的一绝。

水　车

章乐飞

一架龙骨水车缺鳞少角地斜躺在屋檐下的水泥地面上，似乎是一位官场失意的隐者，抑或是病入膏肓、元气消尽的老人，显示着一丝留念世事的无奈；有的被它的主人劈得漆屑飞扬、四分五裂、支离破碎，似受惊吓的小黑狗蜷缩在柴垛里，羞于面对这日新月异的世界。只有一些稍大的部件，诸如横梁、柱脚、龙骨、龙辐裸露于柴垛外面，在夕阳余晖的映照下泛着鱼鳞般的光芒，似乎在倔强地昭示他往日的奉献与辉煌、曾经的尊严与风光。

水车，农忙的先人呼唤了千年的名字，你在河沟、池塘仰着似龙的脑袋拉动龙骨龙辐这根弦，弹奏着千年的经典绝唱。龙骨水车，中国文化对你形象的逼真雕刻，真的是龙出水，呼风唤雨千年。农闲的先辈抚摸着涂抹着清亮亮的桐油的紫红色龙体，护你千年不腐的龙躯，保你千年不朽的御号。在春节，贴着对联的夹板、披着大红喜字的车厢浓缩着农耕文明的沧桑历史，展示着乡村文化的古朴雄浑、博大深奥。

春耕的序幕拉开，即是水车登场的日子。人们扛着水车步入绿草铺垫、花朵摇曳的田野，沉睡一冬的大地被车水声吵闹得躁动不安了。

水车扛到田野，此曰车水。有经验的老农，把水车扛到田头放下，在往年使用的车水墩旁，用铁锹将这水瓢形状的车水墩稍作整理，安置水车。他先把车尾放入事先插入水沟由草绳联结的两根木棍之间，车尾吃水深度至车厢内的车轮骨边。车头两侧立柱的脚安放在车水墩近似水瓢形状的水凼的前沿，用双手分别握紧车厢两侧扶栏，轻轻抬起，重重放下，车柱脚与地面泥土相衔扎实安稳，就可以安上拐车车水了。

南方的手摇龙骨水车有别于北方的脚踏水车或其他类型的水车，比较而言，长江流域的水车结构简单、操作便捷、搬运方便。据说在“大跃进”时期也曾一阵风地在家乡推广脚踏水车，因不切合地理环境且耗资费力而昙花一现。

龙骨水车工作时由两人迈开脚步侧立于水车头的正前方，手握车拐，将有穿孔一端的车拐套在车头轮轴上安置拐柄的车奶上。车水时，手握车拐的人与车拐构成恰当的角度，一推一拉，使车轮轴上的拐柄竖向旋转三百六十度，致使轮轴带动车头的大轱辘旋转，披挂在轱辘拨齿上的龙骨车辐在车厢内上下运转，运行到车尾的车辐就将河沟里的水刮入车厢，再运行到车头口吐到车水沟流入田里。

车水的活计大多是由三人组成，两人工作，一人歇息，大概二十分钟依次轮换。两人车水配合要默契，讲究用力技巧，用力一拉稍重，一推稍轻，须均匀持久。一推一拉要恰到好处，这样既省力，又不易损坏水车部件。车水虽不伤筋累骨，但易于让人困倦。特别是春困季节车水，微风轻拂，暖阳普照，让人昏昏欲睡，身体软绵困乏。疲劳疲倦侵扰，互相配合就很难协调。为调节劳动氛围，车水人喜欢唱山歌。

车水唱山歌，小伙子乐呵呵。山歌是劳作的号子，解烦的清醒剂。边车水边唱山歌，既不耽误工作，又能使人提精解乏，唱者兴浓，听者兴更浓。这时的田野是歌声的海洋，河塘这边的歌声落下，河沟那边的歌声又起；畈田这边的歌声停顿，沟渠那边的歌声飘扬。我的音乐细胞未有开化，大概是儿时静坐于田野被这美妙的天籁之音陶醉浸润的缘故吧！时至今日还没有苏醒呢。

长在山凹松一棵，
锯到人间姐妹多。
骨骨节节淌清水，
眼泪汪汪唱山歌。

我又想起母亲打给我猜的谜底是水车的谜语，也是我时常听到母亲做针线活或是车水时哼唱的山歌。其腔调低沉委婉、凄凉又夹着亢奋与悲壮，似乎是终日劳作的老水车在叙述他从亘古走来的艰辛与挫折；从深山老林到卧居原野的心路历程与演变。我分明又听到了车龙骨与辘轳拨齿相合的咯噔咯噔声；龙头车轴与夹板孔摩擦的吱呀吱呀声；龙骨车辐在夹板上运行的哇啦哇啦声。这声音从历史的深处走来，谱写着农耕文明的浩瀚乐章；这声音从自然的地坼里走来，弹奏着甘露施雨的经典曲调。

现在有谁还能弹奏演唱？

散落在乡野的残破的老水车无语，我只能把你的模样、你的声音留存在记忆深处。

炒米糖

杨春虹

每当冬天来临时，走在枞阳的街头巷尾，随处可见卖炒米糖的人。她们骑着一辆小三轮车，车上载着所有制作炒米糖的材料和工具，包括已经炒熟了的炒米、芝麻、花生米，另外还有煤气罐和一口铁锅。她们现场制作，边做边卖，手法娴熟无比。流动作业，哪里人多就去哪里，周围总是围满了人，还挺受欢迎的。仔细一看，品种还真不少，有芝麻糖、花生糖、玉米糖和炒米糖。

小车子仿佛存在着某种特殊的磁场，一下子就能把我吸引过去。我无法抵挡这来自炒米糖的香甜诱惑，更多是因为这炒米糖里有我太多童年的记忆。我总是一次又一次地走近它，现场观看一会儿，然后再买点炒米糖，一边走一边吃，心里在默默回味童年的味道。

记得小时候，每到腊月底，村里每家每户都开始精心准备年货了，虽然那时很穷，但是年货还是挺丰富的。光炒货就有炒花生、炒瓜子、炒蚕豆、炒山芋角子和炒米糖，这其中要数炒米糖的制作流程最复杂了。

说到打炒米糖，还得先从熬山芋糖稀说起。山芋糖稀之于炒米糖，发挥着极其重要的作用，它相当于一种黏合剂和凝固剂，将众多细小的炒米凝固成形，不可或缺。这是制作炒米糖的第一步，也是很重要的一个步骤。炒米糖制作成功与否也取决于山芋糖稀的熬制水平，熬得越好其黏性越强，否则，炒米糖容易散，不易制作塑形。

很庆幸我有一位聪明能干的妈妈，以致能吃到各种各样她亲手制作的美食，这给我的童年留下许多甜蜜的回忆，陪我走过了人生中最艰辛的岁月。

记忆中妈妈大约在立冬左右，就开始为这浩大的炒米糖工程做准备了。她先是用网纱布撮重约 1 斤的小麦，每天都给它过水，放在灶台上温暖的井罐口上，好让它快速地发芽。等麦芽长到好几寸时，就开始熬山芋糖稀了。她先把家里的山芋去皮洗净再加入一些糯米同煮，山芋煮熟后捣烂如泥，再加入捣碎的麦芽，然后用布袋过滤出汁水。麦芽起到分清沉淀的作用，最后把分清后的山芋汁水倒入最大的铁锅中大火熬制，水分在不断地沸腾中慢慢地蒸发了。熬山芋糖稀是件特别费时费力的事，妈妈经常要熬到深夜，最终熬成的糖稀仅有原来的十分之一，浓缩的都是精华，用筷子挑起，会牵起很长很长的丝，像金黄色的丝线，非常好看又好吃，特别黏手，但一冷却就凝固成了固体。

妈妈把熬好的山芋糖稀盛放在钢铁锅里，盖好盖子。必须得等到腊月底才打炒米糖，可能是怕打早了，还等不到过年就被我们这群馋孩子偷吃光了吧，那简直是一定的，在那缺衣少食的年代，饥饿感时刻困扰着我们。哪像现在的孩子，可以吃到肯德基、麦当劳、巧克力……而这些东西，毫不夸张地说，都是我长大成人后才认识的。

妈妈把秋天刚收的糯米用热水浸泡后，淘洗干净再沥干，还喷上几杯白酒，盖上布发酵一会儿，据说这样炒出的炒米会更加膨松。灶台旁边早就码放着又干又粗的木柴，村里人都叫它码柴，这种柴火旺又经烧。妈妈先在灶膛里用松毛引火，再加上码柴把铁锅烧得红红的，用青翠的松枝醮上菜籽油在铁锅的周围刷一遍，青烟升腾中将一碗米倒入锅中炒起来。炒炒米还有一套自制的工具，一个是用一大把细竹枝扎成的炒米把，另一个是用一块大铁皮做成的炒米铲。有了它们，炒起来轻松多了。看着妈妈前前后后地忙碌，我也不会闲着，一会儿往灶膛里添柴，一会儿手持炒米把炒炒米，我们都忙得不亦乐乎。我很享受这样的过程，灶膛里红红的火苗舔着黑黑的锅底，铁锅内的炒米在炒米把的搅拌下由白色变成金黄色，散发出浓浓的香味。灶台上井罐水在不断地沸腾，整个厨房里热气腾腾，即使是在最寒冷的冬季，哪怕屋外寒风呼啸，大雪纷飞，屋内也是异常的温暖、温馨，其乐融融。

等到米全部炒完了，妈妈就开始往锅内倒入一些山芋糖稀，为了增加甜味，她还会加入一些白砂糖，用小火将白砂糖熬化，与山芋糖稀融为一体，等锅里不停地吐泡泡，再倒入适量的炒米，用锅铲不停地搅拌均匀。她先是用手试着捏几个糖团子，觉得火候差不多了，便快速地装进大盆里，用锅铲抚平后，盖上一块大大的干净的塑料布。这时爸爸便隆重登场了，他脱下鞋子站在大盆里来来回回地踩，等踩结实后再将大盆反扣在大桌上。妈妈拿来两把磨得十分锋利的菜刀，先将那个圆形的大糖块均匀地切成条状，再放在砧板上切成一块块的小长方体，所以炒米糖又叫切糖。装盆时要快，就像是打铁要趁热一样，切糖时也要趁热，否则等它完全冷却后会变硬，不仅切不动，还容易碎。这时全家人总是一起上阵，两位弟弟也在一旁高兴得手舞足蹈，因为有炒米糖吃，特别开心，他们还会别出心裁地捏出各种奇特的造型。

妈妈就这样重复地打了许多锅，具体的数字我如今已记不清了。只记得她将所有的炒米糖切好摊在好几个大簸箕里，等到完全冷却时，再装进四五个大洋铁箱里，盖上盖子。等过年家里来客人时，妈妈就把它装进雪白的瓷盘里，招待客人，还会送一些给隔壁左右的邻居家，让大家一起分享我们的劳动成果，使得邻里间的关系友好和睦。

在童年与炒米糖有关的记忆里，还有一件事我不得不提。童年留给我最深的印象，除了贫穷还是贫穷。妈妈被生活所迫，变得很有经济头脑，特别会过日子，她把勤俭节约的中华传统美德可谓是发挥到了极致。本着少数服从多数的原则，我随同两个弟弟穿同一种颜色、同一种款式的衣服，无一例外的都是黄褂子加蓝裤子的男孩子风格。等我的穿小了，正好可以给大弟弟穿，大弟弟穿小了就给小弟弟穿。这种统一的服装几乎伴随着我的整个童年，我也因此获得了那个特令我讨厌的“假小子”绰号。后来，在我的据理力争之下，终于获得了着装“自主权”。于是，在那一年过年时，我穿上了特别女性化的花衣服，那是一件红灯芯绒上面花团锦簇的褂子，裁缝师傅还巧妙地镶了许多雪白色的花边，妈妈说我穿上它就像只花蝴蝶，我十分喜欢。谁知意外也悄悄地来临了，我那时特别好吃，天天在口袋里“开小店”。有一天，放在口袋里的炒米糖没吃完，由于有山芋糖稀的原因，炒米糖又甜又黏地粘在衣服口袋里，谁知晚上，老鼠偷偷地来光顾了，它毫不客气地连衣服口袋布都吃了，衣服被咬了个稀巴烂。第二天，我一看顿时傻眼了，伤心极了。第一件心仪的衣服就这样毁掉了，可能是上天好捉弄人，越是心爱的东西越是容易失去。如今的我真的相信，时间才是最好的良药，隔着时光的河流回头望，那件花衣服早已不知去向，但那件曾经令我伤心的往事竟成了一段珍贵无比的回忆。现在我每每讲起，全家人都笑得差点岔了气，妈妈的眼里更是笑出了泪花。

后来，我们都长大了，妈妈再也没有打过炒米糖了。只是在过年时，上街买点，即便花样再多，我也不太喜欢。结婚后，婆婆知道我爱吃炒米糖，可惜她不会打，但她会挑着糯米、白砂糖，还有木柴去附近的糖坊里打，很省事，只要付点加工费可以了，第二天就能挑回打好的炒米糖了。尽管味道很好，但还是难以取代童年时妈妈打的炒米糖，少了那份参与其中的乐趣。难怪有人会说，过程往往会比结果更为重要，有些事情我们注重的就是享受的过程。

今天街上随手就能买到的炒米糖，即使再好吃，也吃不出童年里那份甜蜜无比的味道。

感慨之余，突发奇想，我多么希望妈妈还住在老家，住在那个充满温暖的房子里，头发没有花白，身体依然健康，没有高血压，也没有冠心病。春节将至，我们全家人又在一起开开心心地打炒米糖。

熬山芋糖

张振中

每当在宜城大街小巷见到小摊小贩叫卖脆香绵甜的炒米糖时，我就不禁口齿生津，孩提时吃切米糖的情景就立即浮现在眼前。在那贫穷的六七十年代，农村的孩子在过年吃上香甜可口、香喷喷的炒米切糖，不仅是一种口福，而且是一种奢侈呀！

每年的隆冬腊月，大雪纷飞，天寒地冻，是农户熬山芋糖的良机。记得一到农历腊月，老祖母首先挑选个头大、表面光洁的红皮山芋，削皮洗净切成薄片，放在大锅里旺火煮沸，熟透后放入剁成碎末的大麦芽（做催化剂），手握锅铲用力捣烂搅拌成糊状。然后将煮烂的山芋糊分批装进纱布袋里，在木桶里盛半桶洁净的清水，把装山芋糊的纱布袋在水中反复漂洗、搓揉，使山芋汁通过纱布渗到水桶里，山芋渣就留在袋里。

熬山芋糖并非是一件容易的事，必须掌握火候。火旺了容易沸腾以致从锅中漫出来，甚至焦锅底。火弱了沸点达不到影响催化。将漂洗过滤后的山芋汁液倒进锅里，这时锅里是满盈盈的一大锅浑浊黏稠的山芋浆液，用旺火煮沸煎熬。一锅山芋浆液一般经过七八小时的煎熬，水分才能全部蒸发掉。只见橙色透明的糖液留在锅底，用筷子挑起能连成一根线，这说明到了火候。山芋糖熬好立即起锅不能再熬，再熬就会老火(焦煳)。这时起锅的山芋糖黏而稠，透明晶莹，香甜可口，味道最美。

那年头，农村流行农历腊月底家家炒红锅，户户打切米糖的习俗。炒结米、炒冻米是农家必备的年货。将熬好的山芋糖放在文火锅里慢慢融化，按一定的比例放入味精、生姜、白砂糖、熟猪油、炒米、芝麻，均匀地搅拌。在适宜温度中大约搅拌 20 分钟，使炒米充分混合山芋糖液，趁热起锅放在长方形抽屉里用力压板，待冷却十几分钟后倒出，用锋利的菜刀切成条状的长方体，然后再切成薄片像八珍糕片一样，脆酥可口的切米糖就这样做成了。将切米糖储存在坛罐里，用炒米保养，让切糖不至于粘连和氧化。过年时农家的孩子们可以尽情享受这香脆可口的切米糖啰!

正月初，这山芋炒米糖竟成了农家招待客人的上等副食品。时过境迁，人们的物质生活发生了很大的变化。如今春节期间尽管桌子上堆满了五颜六色的高档副食品、芳香诱人的水果，但孩提时与小兄弟们分享山芋切米糖的情景，还是令人记忆如初呢!

磨剪子铲菜刀

汤 流

正午时分，一阵吆喝声从楼下飘上来，我不觉为之一振。那声音既熟悉又陌生，像是被岁月收藏了许久，突然间开始了回放。到窗边俯瞰，一老人戴一顶草帽，着一条蓝裤，穿一件淡青褂子，腰间别一条毛巾，肩上扛一条长凳子，从拐角处走来，颤巍巍的，腿脚不太灵便。

我一下想起来了，是那个“磨剪子铲菜刀”的老人。怪不得声音那般平仄有致、抑扬顿挫，略显苍老又有穿透力，仿佛过往岁月都被这声音压低了。

有段时间没见他了。

最近的一次，也是一年前的事了。也是一个中午，妻子在家做午饭，听到吆喝声，让我把家里生锈的剪子和菜刀拿下去磨磨。他坐在长凳上，凳子一端绑着长形的磨刀石，另一端挂着一只破帆布袋，里面装的都是他要用到的工具。我瞅了一眼，并未细看，也不知道那些物件都有哪些用途。

他接过刀和剪子，淡淡说了句，这样还能用啊，就忙活开了。磨、铲，一招一式都那般认真细致，中途往磨刀石上洒些水，末了用右手拇指刮试一下变得亮白的刀口，看看是否锋利。

“好了。”

我接过刀剪，准备付钱。

“能给我一碗饭吃吗？”他伸手挡住了我。

我愣了一下，回家让妻子备了满满一碗饭菜送下来。他吃过，连连称谢，执意不收钱。我把四元钱塞进他的破帆布袋里，他不好意思地笑笑。

“您老高寿啊？”

“七十五了。”

“怎么还在外面跑啊？一天能挣几个钱？”

“没法子哦，两个儿子在外地打工，拖家带口的，一个都不养我，我出来混口饭吃。”

……

原以为，不会再见到他了，像他那般年岁，该在家颐养天年了。但吆喝声真切地传来，还是让人唏嘘不已，仿佛一年前他把这声音落在空气中，拐了个弯，又飘了回来。只是，被他磨过的刀剪，因再次变钝已被我扔了。新买的刀剪看起来还闪闪发亮，老人与我无关了。

一位老妈妈拿来生锈的刀剪，长凳上又见他一起一伏略显迟钝的身影。突然间，我有了种异样的感觉。为他，为那位老妈妈，也为自己。想起母亲生前，刀剪是母亲生活中必备用具，也是最亲密的朋友。那时，一把锋利的刀剪不仅难买，也是一笔不小的开支。母亲把刀剪看成心肝宝贝，用得格外细致小心，凡坚硬之物，断不会轻易使用刀剪，以免不小心弄卷、弄缺刀口。不再好使的时候，母亲便请匠人磨了又磨，总舍不得丢弃，美其名曰用顺手了。刀剪的命运不是被扔掉，而在母亲布满老茧的双手中寿终正寝。

某种意义上，我和许多年轻人一样，随手扔掉生锈的刀剪，也就扔掉了母亲的节俭，扔掉了生活中一门古老的手艺。

“磨剪子勒——铲菜刀——”我赶紧找来相机，对着他的背影拍了几张，顺便录下了他的吆喝声。若干年后，再也听不到这声音了。

爆　米　花

章宝贵

爆米花这玩意，说是离我们的生活远了吧，一不小心在某个时候又会出现了。比如说，很难得的一次，朋友送来几张电影票，带儿子和几个网友相邀，一起去小县城的电影院看《阿凡达》。偌大的售票大厅，除了一个长长的吧台，剩下的全被那种特别西式的餐桌占领了。说来也怪，当看见这一切的时候，鼻子也就在瞬间，闻见了一股带着奶油香的爆米花的味道。与其说是为了照顾儿子的馋虫搅动，还不如说我也被这空气中弥漫的味道迷住了。问价，掏钱，二十块。满满一大包，像杯子，更像桶子，儿子捧着，端稳，等进影院落座。眼睛盯着3D荧幕，手却十分准确地和嘴配合，爆米花就这样有条不紊地被递进嘴里，吞进胃里。其实，吃起来，没什么感觉，只是一个惯性动作而已。

事实上，中国人食用爆米花至少有一千年了。宋朝人范成大对爆米花多有描述，称之“孛娄”，后人解释“孛娄”时又称“卜流”，意思为爆米花能占卜流年，这倒是一个很有意思的事情，新年之际，老叟问生涯，美人占喜事，古人把个日常小吃也赋予如此生活含义，不算用心良苦，也算一番情趣。记得儿时，物质极度匮乏的年月，天下一样穷，乡下小屁孩们是没什么零食吃的。但每在时近年关，腊月荒天的，总会有一位面色似锅底的老师傅，拖着板车，穿村走巷，一般是将这行头，停在比如生产队稻场等场地相对比较宽阔的地方，吆喝着“炸六（这里方言读 lù，其实就是玉米粒）谷泡子爆米花啦！”这声音对于当年的我，是具有足够诱惑力和杀伤力的，蹦着跳着吵着哭着喊着，那阵势，必须是征得母亲的一声摇头长叹，拿出米升，端出玉米粒或者大米，摸出二毛钱的加工费，算是心满意足、兴高采烈地去爆米花了。当然，好这口的绝不止我一个，等我赶到现场的时候，早已有脸盆、木桶、布袋、淘米箩、米升子等排成长长的队伍了。怎么办？等着！歪着脑袋，汲着挂面状的鼻涕，目不转睛地盯着老师傅娴熟的动作：将大米或者玉米小心翼翼地倒进特制的釜里，从怀里掏出那些年只有赤脚医生家才有的、装土霉素药片的酱色小瓶，打开盖子，用不锈钢制的小勺子，掏出些许糖精放入，合上盖子。一切妥当后，老师傅端坐在折叠的小凳上，左手拉风箱，右手转釜把，在风箱一呼一吸中，老师傅看准了转把上的气压表，无须千锤百炼，但等火候一到，便听得一声大喊：“让开！”这时的人群，似稻田里觅食的麻雀，被一阵驱赶，立即散开。几个胆小的，双手捂住耳朵，侧着身子，站得远远的，瞄着瞟着。这是作为幸福的参与者和观众，生怕错过这爆玉米的精彩过程。这时便只见老师傅立起身来，铺开套袋，拿起撬棍，一脚搭在釜端，撬棍一扳脚一踩，平地一声雷，“嗵”的一声，炸了，随着一阵热气蒸腾，那老布质地的套袋亦瞬间舒展开来。解开尾端，倒出炸好的米花，那香气迅速弥漫了整个人群，总有阿姨大妈们喋喋不休：“这一锅炸得好，好兆头！”要知道，乡下人靠天吃饭，总有些朴素而又简单的向往，一锅爆米花，也能预示着年景和收成。而这时的小屁孩们，又像麻雀一样蜂拥而至，一哄而上，抢着、吃着、笑着。那种兴奋感，就像在风箱作用下的炉火，欢欣雀跃。

随着社会的快速发展，这种手工制作的爆米花，想想，也只有残存在记忆里，如电影蒙太奇手法的一个画面了。谁还能还原历史呢？

挖藕记

吴永生

“女儿在上，俊面俏样；娘在水底，受苦受难。”这是一则谜语，是小时候祖母打给我猜的。记得儿时，在星光迷离萤虫闪烁的晒谷场上，祖母一边打蒲扇给我驱蚊送凉，一边娓娓地讲那引人入胜的谜语故事。祖母给我们打过许多谜语，大多记不清了，唯有这则荷花和藕的谜语，至今记忆犹新，这或许是因为藕和我们家渊源太深的缘故。

俗语说，靠山吃山，靠河吃河，一方水土养一方人。以我的家族渊薮，从曾祖父起就和水结下不解之缘；到祖父手里，这水里活儿日臻成熟，逆风弄潮、捉鳖钓鱼、水中挖藕等，都堪称一流高手。自然，到了我父亲和我辈手上，依然与水相依。

水中挖藕也是一门绝活，主要器械有二：一是藕钩子，这玩意有四尺多长，是探藕、定方向的必须工具，是挖藕人的“眼睛”，就像排雷兵的探测仪；二是铧锹，这是一种特制的加长锹，便于开塘取泥。挖藕人的毕生功夫在于：一是从表层藕带子（枯荷梗）判断有没有藕及藕生成的大方向，一般下三钩就能捕到藕；二是钩上的功夫，捕到藕以后，就要用钩循序渐进、小心翼翼地理出藕的长向及长度。这会儿切记勿乱转乱拽藕钩，否则伤了藕，既影响外观又败了味，就卖不上价了；三是锹上的功夫，藕的长向定位后，这锹也要不宽不窄不长不短地挖下去，这活计叫“开坛子”，要恰到好处，开大了自然是白费力气。“坛子”开好后，剩下的就是取藕了，这是关键所在。要用藕钩小心翼翼地将藕周身的泥土剥离，像外科大夫剥离肿瘤那样，然后再轻轻地试几试，完完整整地将藕“钓”上来，如果不慎将三四节长得好藕弄断了，自然是功亏一篑。我本来不懂得什么叫庄严、圣地，是在那个刺骨的寒风里，在冰冻的泥塘中，从祖父和父亲屏住呼吸极其虔诚地钓藕的瞬间我读懂了它们的全部意义——这哪里是钓藕呢？分明是守护、期待着那呱呱落地的新生儿！

藕，是丰年的菜肴，又是荒年的主粮，无论是炒还是煮藕粥，都清香扑鼻，制成藕粉则食味更佳。三年自然灾害期间（泛指 1959、1960、1961 年）父亲所在的单位——水上运输社无货可运，几百口人“嗷嗷待哺”。值此紧急关头，社里领导决定组建副业队，由工会主席带队到荒湖荒圩挖藕。那时候，父亲身怀的绝技还鲜为人知，只看他每天挖的藕都是榜上第一。工会主席终于看出门道，先是要父亲当教练，后来干脆叫父亲专门捕藕，他们只管挖，这样既省力又大大提高了集体效益，父亲也就乐得“脱产”，大大地出了一次风头！

想起麒麟人的称谓

江习明

地处枞阳西北边陲的麒麟镇，山川秀美，人文荟萃。这里民风淳朴，乡风独特，就连对人的称谓，也自成特色，即便是枞阳人，也难以完全听懂，有时甚至感到错愕。

我刚到麒麟工作时，还不到三十岁。有一次，我徒步去一个村子。村支书见状，很是惊讶："哎呀，这么远路，你老人怎么不坐车啊？"我一听，唯有苦笑，心想自己当时可能已露疲态，让人觉着苍老。

待在村部坐定，村支书向我逐个介绍两委成员。握手时，这些人又是左一个"你老人好"，右一个"你老人辛苦"，听得我心里发虚，很是崩溃。

回来的路上，我感觉这次下乡，自己的形象很失败，仿佛一下子已垂垂老矣。

时间长了才知道，"你老人"这个词，原来并非特指老年人。在麒麟人的口语中，"你老人"是一种尊称，相当于"您"的意思。对老年人这样喊，对自己尊敬的年轻人，同样也可以这样喊。

还有一次下乡，在一农户家落脚，午餐我吃得很快，匆匆放碗。这家女主人忙过来照应："你这个'椒椒'，饭菜不对口味，可要吃饱哎！"

我估计她是在和我说话，连忙答应："吃饱了，吃饱了。"但我很纳闷，这个椒椒又是个什么东西？

回来一问，简直大跌眼镜，原来"你这个椒椒"竟然还很有典故。

传说清朝名臣桐城人张英，在一次拟写奏章时，误将"叔"写为"椒"。皇帝阅后，很是不快，遂问其故。张英忙谎称："敝乡有一俗，'叔'皆称为'椒'。"岂料皇上生疑，要派人前去探个究竟。张英闻讯，惊恐万分，欺君之罪如何了得？那是要杀头的！于是连夜派侍从快马驰往桐城，让县令三日内告知县民，改"叔"为"椒"。钦差抵达桐城后，遍询民众，结果众口一词。从此，"叔叔"的别称"椒椒"便在桐城一带流传至今。

枞阳旧属桐城，麒麟与桐城更是近在咫尺，自然是一脉相承。然而，麒麟人的"椒椒"已超越了旧有的含义。"椒椒"一词，不仅仅是指自己父亲的弟弟，也用于称呼自己所尊敬的年轻男子。在麒麟人的眼里，"你这个椒椒"是对人的又一尊称，同样也相当于"您"的意思。不过依多年的经验看，"你这个椒椒"似乎比"你老人"年轻一点。

在麒麟工作多年，经常走村串户，发现还有许多称谓，在枞阳其他地方是不曾有的。比如"丈夫"这个词，通常都称为"老公"，也有称"先生"的，枞阳别的乡镇大多叫"老板"。在麒麟，既不称"先生""老公"，也不叫"老板"，而是直接呼为"老的"。闲暇时，妇女们爱扎堆，"你家老的"长，"她家老的"短的，聊成一团，好不热闹。

最近几年，因工作需要，我暂时离开了麒麟一阵子。在异乡的时候，我常常会记起在麒麟的日日夜夜，想起麒麟人的淳朴和善良。当然，有时也会回忆起麒麟人的称谓。

每每想起"你老人""你这个椒椒"这些亲切的称呼时，总有一股暖流涌上心头。

人间有味是清欢

左萃莲

映山红笑在春风里，山村里的野菜次第悄然登场，新鲜娇嫩。

“春食荠菜赛仙丹”，阳春三月，荠菜水灵醉人。我们一家三口都喜欢吃荠菜饺子，清新爽口。荠菜拌豆腐那是一清二白，把豆腐切成小块，煮至微微浮起，加少许猪油和盐，洒几滴酱油，捞起豆腐滗掉水分，和焯水后切碎的荠菜拌在一起，淋上麻油，吃起来口感纯美。凉拌荠菜，有着原汁原味的醇香。荠菜肉丁做米粉粑的馅料，荠菜炒本鸡蛋，荠菜蛋饼，吃后都齿颊留香。荠菜烧汤，味道鲜美，下面条放点荠菜，面条都活色生香了，荠菜涮火锅去油清肠，独具魅力，别有风味。

一场春雨后，马兰“噌噌”地冒出地面，嫩得能掐出水来。马兰头焯水后炒本鸡蛋，或者和鸡蛋摊成饼，看着都那么赏心悦目，吃起来清香可口。马兰头炒豆腐干、凉拌香干或和拍碎的熟花生米凉拌，那荡漾在舌尖的馨香都会让你回味无穷。将晒干的马兰头浸泡开来烧五花肉，马兰头的幽香与肉香融为一体，山野气息在唇齿间流连。

“陟彼南山，言采其蕨。”从诗经里走出的“山珍之王”蕨菜，就是山村人口中的鸡爪菜，许多脍炙人口的珍馔里都有蕨菜，什么虾仁蕨菜、蕨菜鸡丝、冬菇蕨菜、炸蕨菜鱼……山村里的蕨菜，登上了大雅之堂，多少人吃后拥有了经久回味的芳馥。清明时节，蕨菜毛茸茸的嫩薹在春风里袅袅婷婷，我们轻轻一掐，鲜嫩的蕨菜就断了，滑腻的汁液渗出来。蕨菜焯水后还要用冷水冲洗一遍，这时的蕨菜可炒食、煮汤、凉拌。干蕨菜泡发后烧五花肉，软嫩香醇。我最喜欢清炒鲜蕨菜，青玉簪般好看，吃到嘴里脆生生的，鲜纯柔滑，淡香慢慢从齿间溢出，那种天然去雕饰的美味，格外令人留恋。

春天，枸杞芽嫩生生、水灵灵的。我掐下枸杞的嫩头，放到沸水中滚一下，然后用冷水过过，无论凉拌、热炒还是煲汤，都是美味又营养。薛宝钗爱吃油盐炒枸杞芽，我也爱吃。这道菜做法简单，香油加热，生姜、蒜子爆香，将过水后的枸杞头放入锅中翻炒，撒点盐就可出锅了，炒熟的枸杞头清隽可人，油亮青绿，入口鲜纯。枸杞头炒香干，枸杞头炒本鸡蛋，那清雅，那鲜香，都令人久久回味。

人间四月天，山边的地埂上，“菜中灵芝”野蒜不再纤细柔弱。我和老公挖回野蒜，打理干净，野蒜的根茎又圆又白，宛如小珍珠。蒜子用盐腌渍两三天，然后放入白糖，倒入白醋，装进密封的玻璃瓶里，十几天后，这糖醋蒜子就能吃了，甜酸爽嫩。野蒜细长的叶子是极好的佐料，炒莴笋时放点切碎的野蒜，香气萦绕，烧汤时拈点野蒜末，馨香可人。野蒜炒鸡蛋，浓郁的香气扑鼻，葱绿伴着嫩黄，看着就舒畅。野蒜面粉粑外脆里嫩，蒜香飘逸，野蒜饺子香嫩可口，那油亮焦黄的野蒜鸡蛋饼更令人垂涎欲滴，蒜香蛋香，沁人心脾。

槐花盛开时，我会摘些嫩槐花回家，焯水后的鲜槐花凉拌着吃、清炒了吃，那满盘碎玉，馥郁诱人。槐花炒本鸡蛋或烧蛋汤，花香蛋香水乳交融，鲜香滑嫩。槐花烧粥或焖饭，那香喷喷、甜丝丝的余味充盈着你的肺腑。槐花鸡蛋饼芳香四溢，槐花和鸡蛋、葱花、盐混合拌匀，油锅烧热后倒入调好的槐花糊，均匀摊开煎烙，下面一层烙得能翻动时，就转过来再烙另一面，反复翻动，烙至两面深黄，槐花鸡蛋饼入口绵软嫩爽。干槐花做饺子馅、烧汤、炒肉或当茶泡，都是香气氤氲。

入夏，刚出土的野生小竹笋如同纤纤玉指，我们扯回小竹笋，剥出脆嫩的笋肉。“客中虽有八珍尝，哪及山家野笋香。”小竹笋焯水后不管炒食、凉拌、熬汤、烧火锅，都清香袅袅。素炒的小竹笋，满盘翡翠绿，竹香袅绕，鲜嫩爽脆。小竹笋炒酸菜，醇美甘鲜中渗出微微的酸，那可是开胃的佳肴。小竹笋炒肉，肉味完全浸透到竹笋中，和竹香相依相偎，鲜香清醇。鲜小笋好吃，干竹笋味道也很美呀！焯水后的小竹笋撕开晒干，小干笋烧五花肉滋味纯美，柔韧清芬。我觉得小干笋和鸭肉更是黄金搭档，炼好香油，爆香生姜、蒜子，切成小块的鸭肉入锅，倒点黄酒，把鸭肉翻炒出油，再把泡发的小干笋放到锅里，加点酱油、盐，下适量水烧，等鸭肉焖至酥烂，放点米醋和葱花就可以了，笋子鸭肉齐飘香，令人大快朵颐。

人间有味是清欢！大自然馈赠给我们这么多野菜，还有山上那洁白无瑕的花朵、黄花菜，田间地头的马齿苋、芦蒿、蒲公英……这些山野蔬菜，都是纯天然的绿色食品，不但是我们舌尖上的美味，而且营养丰富、保健养生。

山村篾匠

左苹莲

青翠的毛竹在施湾连绵的群山里葳蕤，是我们眼里诗意的风景，在六十一岁的周陶信师傅眼里，毛竹是圆圆的筛子、小巧的竹篮、结实的稻箩……大家都说他编织的竹制品精致紧密、轻巧耐用、圆润柔滑，的确好手艺！

来到周师傅家，我看到他编织好的鸡笼、篮子、笆箕什么的，美观大方。一条长凳上摆放着工具，这些工具各有其用，篾刀、小锯、凿子、刮刀等，把手处都磨得光滑锃亮，周师傅的巧手加上这些简陋的工具，编织出了多彩的生活！其实，编织是特别烦琐的，就说编一担笆箕吧，就要经历选竹、砍竹、破竹、劈片、剖篾、撕篾、刮篾、定型、固边、编篾、锁口、装提柄等，全是手工操作，每一步都有讲究，环环相扣。

周师傅说编篮织筐选竹子很重要，什么品种的竹子有何特性，哪个季节的竹子能编什么，他都了如指掌。他说，根据施湾山上竹子的特点，三年成长期的鲜毛竹最好，太老了脆，太嫩了弱，编织出来的物品都不经用。三年毛竹，柔韧度正好，他这些年一直都是亲自上山挑选竹子，选择笔直节平有头有尾的竹子，去枝叶后驮回家。砍回来的鲜竹要及时破开，过几天就难剖出好篾了，竹子肉厚节多，头粗尾细，要把一根完整的竹子剖成各种各样的篾条，是很麻烦的，生手剖篾，篾条厚薄不匀，甚至容易中途折断，周师傅剖起篾来如行云流水。

破竹时，周师傅一手握刀，一手扶竹，一刀下去，碗口粗的毛竹就被劈开一道口子，“啪”的一声脆响，竹根那端裂开，这时把劈刀夹在竹缝口顺势下推，竹节就随刀而开，訇然崩裂，竹香飘逸，对剖再对剖，他动作娴熟，一根偌长的竹子，一会儿就剖成粗细均匀的竹片了。他说，根据编织物品大小长短的需求，有时要把竹子锯成竹筒，把竹筒分为四块，剖成小竹片。

破竹劈片后，就要将竹皮竹心剖开，分成青篾和黄篾，青白分明。周师傅掏出篾刀，在篾刀一进一退中，劈出不同的篾片，根据编织的需要，把篾片剖成篾条或者篾丝。周师傅撕篾水平相当高，撕篾就是将篾片开层，把篾片剔成薄薄的篾条，听说一般开五六层都不容易了，他手来手往，刀起刀落，最多竟能劈出十层来，每一片都比纸片还轻薄。竹篾一般起了四五层以后，就没多大韧性了，不过像筛子之类的篾器，需要多劈几层，各种竹器在制作过程中使用的竹篾种类不同，或者相同的竹篾在器物的使用位置不同，标准都是不一样的。竹皮表层带竹青的青篾，质地柔韧，极富弹性，可以剖成细细的青篾丝，最适合编织筛子、竹席等细密精致的篾器，没有了竹皮的黄竹片，剖出的篾叫黄篾，以离竹皮远近层次的不同，分为头黄篾或二黄篾，黄篾韧性和结实度都差，难以剖成细篾丝，多用来编制箩筐、簸箕但其受力部位，还是要用青篾来编织。有些竹器还要用到水竹，水竹节长，细绵柔韧，周师傅说，筛子、簸箕等都要用水竹来绞口。

撕篾后，开始刮篾，就是刮去每条竹篾上的毛刺边棱，有的篾条和篾丝上下宽度不一，须进行削刮，以达到所需要的标准。一根篾，起码要在刮刀与拇指的中间，拉过四次，多年的篾匠生涯，周师傅的手指对篾条感觉灵敏，经过他手拉出来的篾，厚薄匀称，细腻柔软，光洁颀长的篾条，在指间来回不停地摇摆，一条接一条地流出，他手抓一扎篾条一甩，哗啦啦，篾条轻轻颤动，婀娜曼舞。

这些篾条要晾干水分之后才能编织器物，周师傅粗糙的双手格外灵活，篾条在他手里乖巧听话，任他摆弄，或编或织或拉或穿，姿势如舞蹈般优美！他充分利用多种编织技法，篾条纵横交织，上下翻飞，经过多次交叉、缠绕、腾挪翻转，编织出了色彩鲜明、质朴美丽的花纹图案来，编织出细密均匀、精巧牢固的各种篾制品。

周师傅说，编一领竹席如同完成一项艰巨的工程。竹席选料特别讲究，毛竹去皮去黄，只取中间一层最富有柔软感的竹心，劈成八九层篾条，黄里透青，竹香幽幽。为了得到统一规格的席篾，将两个锋利的刀片八字形钉牢在木凳上，压住篾条拽过去，然后仔细地刮篾，篾条要经得起婴儿肌肤的考验，刮好后还要放到锅里蒸煮，煮过的篾条不易折断，不生粉虫，柔软经用。完成这些工序后，就可以编竹席了，蹲在地上，先编出蒲团般大的一片，其后就坐下来编织开去，篾条欢快地在手里跳跃，两手配合默契，有时要用嘴来衔住篾条。用青篾和黄篾这两种篾条相间地编，可以编织出花席，花席青黄相间，色泽鲜明，有时根据篾条的不同特点，恰到好处地将它们编放在不同的位置上。编好的凉席手感爽滑，透气性好，夏天睡在上面凉爽宜人，经过几个夏天，席色由青黄转为橘红或棕红，经久耐用。周师傅说，他现在编织一领一米八乘两米的竹席，前后要花费近十天时间，因为竹席做工繁冗，定做一领席子要近千元，所以鲜有人青睐了。

竹器曾经风靡一时，想当年，篾匠这个行当十分吃香。周师傅说，前些年，他每天忙得不可开交，晚上还要加班赶工，竹椅、竹床、躺椅、箩筐、竹耙、笊篱……甚至连热水瓶的外壳，洗锅的竹刷，昔日都是用竹编的。时至今日，竹壳水瓶和笊篱，都该成文物了。那时，有人家的竹器坏了，还会找篾匠修补。渐渐的，随着塑料制品和不锈钢制品的出现，传统的竹器慢慢淡出市场，几乎被淘汰。

据载，篾匠在新石器时代就诞生了。但是今天，从竹子开片到刮篾，都有机械化操作，这种纯手工的操作愈行愈远。这个古老的行业正在悄然消逝，篾匠也将成为最后的风景。周陶信师傅做篾匠四十余年了，山村里只有他一个人还坚守着这老行业，他说，现在没有人愿意学习篾匠手艺了，我看到了他隐藏在眼底的失落……

跑　堂

伍德华

很久很久都未回趟老家，没有用脚板亲自丈量那个唤作铁门口的小村庄，心头便暗藏焦虑。曾记得老堂心（伍氏小宗祠）旁的小三娘奶奶常教诲她那些在他乡筑梦的子孙，出门时日不可太久，否则宗祠里的先祖会落泪，老堂心会在某天正午倒塌的，随后水塘里的那扇铁门会飞上天仙河，再也不能镇压河神水怪，不能保佑一方平安！我不想在今世的某一个中午成为最不幸的人，我要找个正当的理由回家。这时候手机在唱歌，二叔叫我明天回去，给传个菜跑个堂，篱笆院里摆上几桌酒席，邀来远亲近邻叙叙旧尝尝新，也是为了庆贺乔迁新房临水而居。无论践约抑或还愿，明天我都要早点回家。

玫红色巴士把我丢在村口，顺着铺满松针金黄的小路，眼前就是篱笆墙院。一进院门，我仍旧顽皮地送给奶奶、小爷爷、三老太太一人一个拥抱，便立马加入忙碌的摆堂队伍当中。所谓摆堂，就是从村头村尾借来红椿木桌、椅子板凳，八桌两排，四四摆开，再添上香茶瓜子花生奶糖。任务完成后，我人已累得不想动弹。而村里有个老规矩，我们是要去路近的长辈家催客的。喝下一大海碗拉魂汤，我又开始奔走在青山绿水间。大新屋—梅庄—菜凹—王板—西冲—小新屋，熟记于心的路线，很快催来满堂贵客。

传菜的菜谱得由阮畈一带的名厨启德二爷一一清点过目，方可开席。接过新漆的榆木托盘，我便正式开始跑堂。头道菜是小籽红皮花生米，第二、三道分别是糖拌番茄、绝代双椒（青辣椒炒红辣椒），这些菜象征着向阳人家四季红火、五谷满仓。半支烟的工夫，酒桌上的老酒已次第竞香，杯盏碗勺合奏一曲甜美喜庆的乡村交响乐。故人相逢千杯少，故土乡音留人心。谈笑间，友善有力的言辞激励着人们奋进。老村长小爷爷是个退伍老兵，每次都会借着十足的酒劲儿，热情豪迈地吐出那份暖藏心底的沉甸甸的信仰，活就活他个船撵浪，活就活他个龙摆尾，活就活他个云生霞，活就活他个地增辉，活他个拼命三郎才有滋味。在这一方微小的天地里，亲情是永不迟到的，老人们似乎要把一辈子都讲不完的话选择在今日讲完，年轻人觉得纵使晚清的满汉全席，又怎敌得过那一道称作五花肉焖烧豆腐压千张的家乡菜呢？

诚然，在风清景明的日子里，能够回趟老家，为民间酒席传菜跑堂，已成了我血脉里的眷恋。

下一道菜是香葱银鱼炖鸡蛋，浓香纯正、老少皆宜。当我穿绕人群来到西头第三桌时，帮我下菜的正是安爷。今日一如往常，他依旧不敢与我正面相对。流年未央，经年未忘。那是“文革”早期，爷爷从牛皮鞭下救下了草台戏班的小三娘。安爷四处张贴大字报，告发爷爷私自放走唱黄梅淫戏的戏子，就是腐朽的资本主义思想动摇革命路线，并带领红卫兵小分队抄了爷爷老家。我家三位叔叔也不甘示弱，佩戴上毛主席像章，提着安爷一条大腿拖了三里地，直接用绳索悬挂在老枫树底下。事后的安爷，机关算尽复仇事。那年冬日，三岁的我在池边戏水。安爷见四周无人，便故意用黄荆条狠抽老黄牛，激怒的老黄牛犟掉缰绳，直奔池边，从我头上跃过，凶猛地将我带进池中。黄昏时分，我被打捞上岸，爷爷重重责罚了猫在家里看琼瑶、三毛的姑姑们，让她们跪在先祖灵位下，他拿来大黑锅不停地按压我的腹部，脏水满地流淌，我居然活过来了。待爷爷明白真相时，我已读大三。“大侄孙子，敬你一杯酒，算我为当年犯下的糊涂罪向你赔不是！”安爷拉住我的一条胳膊，把我从往事中拽了回来。喝，还是不喝？喝！为什么不喝？度尽劫波江湖在，相逢一笑泯恩仇，我们二人一仰脖子，痛痛快快地来了个杯底朝天。

待我上好红烧泥鳅，东头四桌已掌声雷动。只见小三娘奶奶立起身子，晃了三晃，身边的老伴拉响了二胡，她便围绕着奶奶端坐着的那把雕花椅，热热闹闹地开唱起了《赞酒歌》，

多谢三姐赏我三分醉，枯黄老脸也有红云飞，当初我把香玉荐，忍着话儿不敢吹；今日乡邻亲眼见呐，累活脏活卖力又守规，人人都夸香玉嫂，是媳妇行里夺了魁；她头上乌云掩羞色，胖了身子笑开了眉，女红针线赛织女呀，夜夜伴儿把诗文背；嗨地嗨嗬呀，呀地呀嗬嗨，这都是三姐人好心眼好，讨一房好儿媳，也落得满村满街好口碑！

一段花腔折子戏，给酒席增添欢悦的同时，也唱醉了恩情与缘分，唱醒了安宁与祥和，唱尽了男人的一半是女人。

三道圆子摆完后，二叔依次敬酒答谢，最后来到第九张桌子跟前。桌上摆放着鲜果糕点、三荤三素，还配放着八套碟筷四把雕花椅，却空无一人入席。只见二叔敬洒过花雕酒，久久方才开口：“大大，您过世已整十四年，现如今，大新屋的老姑奶奶、菜凹的老舅爹爹、家门口的织布奶奶、香春大嫂、大哥、三弟也都成了故人，我知道你们在那边亲情依旧，会彼此照应的，儿孙们也放一百二十四个心；我一直没有忘记

你们，今天大喜日子，点点薄酒不成敬意，来年春暖花开日，我还请你们来家中做客!”质朴无华的心声誓语，感动得满堂宾客不由自主地默然起身，同二叔一起给有恩于伍姓人家的先人敬酒。这似乎已成为故乡最有力度的一种礼数和一道独特的风俗文化。一方乡土上，演尽悲欢离合，逝者已逝，流水不息，也都无需要太多感慨。来时，我接你；走时，我不能相送；陪君醉笑三万场，不用诉离殇。

顿然明白，树在，山在，大地在，岁月在，故乡就在。我迷恋故乡，迷恋回故乡跑堂，就像迷恋一把晚清的雕花椅。返城途中，我偷偷地向那蓝色炊烟借来一支清歌，献给我那肥美丰厚的乡土，那个离故事最近的地方。我也已向那些被绿茶泡开的往事许诺，根正苗红的日子，我一定要多回老家跑跑堂。

乡村小卖零

朱芳航

小卖零前身叫摇大鼓的，是我父辈小时候常见的小生意人。我童年时，摇大鼓已经退出历史舞台，演变成小卖零，这时摇的不是大鼓，而是小鼓了。

挑着担子做生意的人在枞阳乡下有很多，比方说卖豆腐的、卖衣服和鞋子的、卖馒头的等，但我印象最深刻的莫过于小卖零了。在凼山老家几个村子里只有一个小卖零。他有一张圆圆的脸，脖子上还有一小块红斑，个头大概一米六左右。肩上挑着的两个箩筐无限接近地面，每次看到他摇摇晃晃地走着路，就会想起电视剧里武大郎卖烧饼来。两个箩筐虽然不是很大，但里面装满了一整个童年的世界。各种各样的小玩意，有针头线脑、头花发夹、零食、玩具，还有一些不知名的小东西，而零食和玩具对还处于儿童时代的我充满了诱惑。

小卖零卖东西有着自己的个性，他一只手扶着担子，一只手拿着摇摇鼓边走边摇，在鼓声间隙还吆喝道："卖东西哎，卖东西哎。"孩子们只要听到他这种叫唤声都缠着爷爷奶奶赏个一两毛钱去小卖零那里买"唐僧肉"或辣条吃。那时候钱很值钱，一毛钱就足以喂饱孩子体内的馋虫了。每当听到小卖零手上的鼓声，我就会可怜兮兮地看着正在打牌的奶奶，奶奶会意后便会给我两毛钱让我去买“唐僧肉”吃。我攥紧了钱跟着小卖零后面追赶着要他停下来，然后羞答答地递上两毛钱换来一包“唐僧肉”，我总是强忍着口水把零食拿回家才拆开。小卖零做生意很厚道，从不欺负我们这些孩子，偶尔还会多给一包。所以我们都把他当作“好人”。童年时代，那有节奏的鼓声就是音乐，伴随着阵阵的美食香味，哪怕是睡梦中，都可以感受到远方摇鼓走过来的是小卖零。

你别看小卖零是个地地道道的农村汉子，可他机灵能干还热情大方。农村的女孩子一般上小学时候就会穿耳朵。穿耳洞一般由祖母或者母亲用老方法来操作。用两颗相对比较圆的黄豆，作为工具，在耳垂的两边慢慢揉搓，至皮里的肉血散开，呈亮皮，对着阳光透亮了就用针轻轻一戳，再将大条把上细竹枝，用茶水消毒后串进小孔，这样穿耳朵的工作就结束了。小卖零不知道在哪里看到有打耳洞的枪，于是他抢占先机就买了把。可是他家却没有女同胞，为了试验他的技术，他只能找其他的人来尝试。小卖零跟父亲很熟悉，姐姐和我都是好吃的小鬼。当年小卖零就拿几包“唐僧肉”来诱惑姐姐打耳洞，姐姐看在美食的份上将就了他的枪，结果正如我们所料，很不满意，两边耳朵的耳洞不一样高。可是姐姐却洋洋得意了，因为从那以后小卖零看到姐姐都会扔包“唐僧肉”给她，而我也只能眼巴巴地看着她吃。至今，我都没有勇气去打耳洞，不仅是怕痛，更怕有人把我的耳洞也打得不对称，就像姐姐当年的一样了。小卖零做生意跑遍了整个大含村，做好事也是名声远扬。平时谁家里水电坏了，看到小卖零，让他修下，他都会很热情地答应，并且水电问题在他的老虎钳子下也就神奇地好了，可是他从来不收大家的维修费。于是大家都认识他，知道他是小卖零，却没人知道他的真名，不管男女老少都叫他小卖零。偶尔会有人在他家买东西，大家还是称呼他小卖零，他的儿子都成为小卖零的儿子。“小卖零”成为他一家人的代号。

几年后，小卖零不跑小生意了，听说是到工地做小工了。等我大学毕业后，就听说他已经不在了。每当人谈起他，村里人都在惋惜着这么好的一个人，诚信做生意，诚实做人，还年轻，怎么就会从工地上摔下来了呢，这都是命啊！可是生命就是这样，没有提前的预知，更没有迟到的幸运。小卖零的货郎担也被很多大商店大超市取代了。就这样，家乡的小卖零被埋进了逝去的光阴里。再次回到家乡居住，也没听到那熟悉的一声吆喝。

这么多年来，每当看到姐姐耳朵上的耳洞我就会想起曾经在我们童年里留下深刻印记的人。他是小卖零，做好事不求回报的实在人；他是小卖零，不管刮风下雨他都会挑着担子摇着小鼓做小生意的人；他是小卖零，一个我们都知道他做小生意却到最后都记不住真名的人。

捉 鳖 记

鲍官明

“一尖（劁）猪，二打铁，三麻（抓）黄鳝，四捉鳖。再不赚钱，拦路打劫。”小时候，捉鳖是作为一种职业存在的，而且这种职业赫然排名第四。

六七月份，作天变的天气里，就见乡村阡陌上，几个扛着鳖枪背着鱼篓间或手里还提着一只三齿或五齿鳖叉的行人，他们行色匆匆，奔着大塘、枣水塘或桐冲大泊而去。尽管此时水满塘满堰的，但捉鳖人自有捉鳖人的办法。他们一般两两一起，一个在塘这边，一个在塘那边，调好鳖枪，放置好鱼篓，蹲身塘边，抄水润完手后，就开始打鳖鼓。双掌合击，中间虚空，发出来的声音沉闷如雷。老人们说，行家里手打出来的鳖鼓，与雷声并无二致，而鳖最怕雷声，倘若人不慎被鳖咬了，不打雷它是不松口的。此起彼伏，一阵紧似一阵的“雷声”令生性胆小的鳖再也憋不住了，它们纷纷朝泥里钻去。这一钻不打紧，水面上就会出现涟漪。这时，就见捉鳖人抄起了鳖枪，目光如炬，逡巡水面。“噗”的一声响，旁观者还没来得及做出反应，带着鳖针（钩）的锡团已经从捉鳖人手中的鳖枪上如离弦之箭一般飞出，没入水中。捉鳖人目光坚毅，手脚麻利，摇轮收线，那线已经绷成了一字。线的那头，一只一两斤重的大鳖极不情愿但又无可奈何地被拖出了水面，在水上踉踉跄跄、连滚带爬，拍出了四散的水花。

当然，这种捉鳖的方法，不是一般人所能为的。他们像乡村的传说，多半停留在乡民的口头上，而难得亲见。

我小时候捉鳖的方法，是跟大哥学来的，将一根毛竹剖开，然后制成三四厘米宽、二三十厘米长的竹签。竹签一头削尖，方便插入塘边泥中；另一头两边各刻出零点五厘米左右的凹槽，方便系尼龙线和绕线。尼龙线通常用白色或绿色，在水里利于隐蔽。线长短不一，多半根据塘的深浅远近做出适当调整。线的另一头先穿进中号缝衣针眼里，打个死结之后，再连线于针的中点处系牢。此时，针和尼龙线就成垂直状态了。这是一个极为精巧的活儿，线那么细，针那么小，结打少了系不牢，打多了就有痕迹。鳖比鬼还精，要是让它瞧出端倪，断然不会上当的。这样一个鳖卡就制成了。同样的鳖卡，我们一般会做八九上十个。接下来就是用鳖卡去卡鳖了。空卡当然是卡不到鳖的。听大人们说狗肝最腥，鳖最易上钩。但平常时候很难弄到狗肝，我们大多用猪肝或者泥鳅、鳑鲏鱼代替。穿饵也极为讲究，要将针和尼龙线成十字形状穿进饵中，当鳖一口吞食下去，准备褪针时，针已横在了鳖的喉管里，鳖越是挣扎针会扎得越牢，直至将鳖的喉管扎通亦无法逃脱。天黑以后，我与二哥一道去放鳖卡，有时泊塘大塘，有时腰泊，有时枣水塘或桐冲大泊。放鳖卡时不仅要做好记号把鳖卡隐蔽好，方便第二天取鳖卡，还要注意有没有被人看见。所谓“螳螂捕蝉，黄雀在后”，有时你刚把鳖卡放完前脚走了，后脚就被人收了拿走，或放到你找不到的地方，结果自然是“偷鸡不成反蚀一把米”，鳖没卡到，鳖卡反而弄丢了。

记忆里卡鳖卡得最多的一次是在 1985 年 8 月最后一天，我当时已经接到了中专学校的录取通知书，第二天就要到学校去报到了。那年大旱，泊塘大塘里还有最后一点水，家家都排队抢水，差不多到半夜才轮到我家车水。等水车位的时候，我就跟二哥将鳖卡在塘四周放下了。晚上车水一晚车到天亮。天亮的时候，我与二哥一起收鳖卡，或许是水浅的原因，也或许是其他别的原因，那天早上收起来的鳖卡几乎每卡不空，不仅有鳖，还有黄鳝和稻鳅，有一只鳖卡上甚至还有一条乌梗蛇。母亲欢天喜地地将鳖称了，足足九斤四两，后来写信回家，得知母亲在我走后，除了留一只鳖杀了给家里人吃外，其余的鳖全部送到麒麟供销社去卖了，卖了二十多元钱，而那年，我一学期只用了五十元钱。

后来，化肥农药的大量使用，犁田时泥鳅黄鳝都难得一见，更遑论鳖了。野生的鳖越来越金贵，一百多块钱一斤还一只难求，取而代之的是无数养殖的鳖。鳖卡早已派不上用场，捉鳖人自是难得一见了。我时常幻想，倘若现在的鳖还像 1985 年那样多，我一定会毫不犹豫地回到泊塘村，回到那生我养我的地方，安心地做一个捉鳖人。然而，这也仅仅是幻想而已。

打鼓书

章宝贵

“鼓槌一打响叮咚，今晚我是说书人，都说在家靠父母，出外还靠朋友们。”

“看官也是江湖人，问我鼓上几根钉，天罡地煞梁山泊，听我鼓上说古今。”

咚咚咚——咚咚——咚咚——咚咚咚——只听几声鼓响，随着唱腔，还有那清脆竹制夹板声、鼓槌轻敲大鼓边沿声和着说书人的节奏，从盘古开天地、三皇五帝到如今，上下五千年的中国历史人文，就这样在说书人的说唱中，像一幅瑰丽的画卷，展现在眼前。通俗的方言，精炼的说词，说得声情并茂，听得如痴如醉。

我想，这种场景对于一个 70 后的乡下人，那是一种鲜活的记忆。那萦绕于耳畔的鼓声，时常盘旋在脑际，带你走进那曾经熟悉的氛围当中，总是有种深刻的印象和温暖的回味。

那个年代，农村人民靠着一亩三分薄田，过着日出而作日落而息的生活，难得清闲的是在每年年关前后，被乡下称作打鼓书的说书人，便准备一鼓一夹板的简单道具，支起由三根竹子制作而成的鼓架子，开始了走村串巷鼓书说唱。

我对中国历史产生浓厚的兴趣，也许最主要的原因还是来源于“鼓书”的说词。少不更事的时候，只要哪里有鼓声传出，想方设法，也要挤到早已人头攒动、摩肩接踵的人群中听鼓书。记得，当年说书的大都来自邻县的庐江、无为人，远道来此说书讨生活。按照行内习惯，说书人一般在开场时，不主动收钱，先来个“书头子”，所谓书头子，类似于电视肥皂剧的广告，也就是诸如“五女拜寿”之类相对说唱篇幅较短的小故事，一来是为了让村里有更多人听见鼓声，来此听书，二来让大家先“尝尝鲜”，等大家渐入佳境，听得入神时，说书人猛敲三声鼓，拱手作揖：“各位父老乡亲，老少爷们，感谢大家来捧场！在家靠父母，出门靠朋友，有钱的捧个钱场，没钱的捧个人场！”大人们一般都表示理解，五分一角地把钱递在东家大桌上，而我们小孩一听到收钱，或作鸟兽散状，跑出门外，或藏掖于大人屁股后，赖着就是不走，只等说书人“闲话少说，言归正传”“花开两朵，各表一枝。”随着“咚咚咚”鼓响，《三国演义》《隋唐演义》《薛仁贵征东》《穆桂英挂帅》《岳飞传》等那些演义评书，说书人娓娓道来：

“各位老少爷们听端详，今天来说关云长，挥刀五关杀六将，过了黄河斩蔡阳”“仁贵落难寒窑蹲，梦里白袍送将军，智谋好比诸葛亮，保家卫国盖世功”“奸贼潘仁美，谗言害忠臣，幽州边关辽军在，还请杨家老太君，可怜啊，杨家大郎替了宋王死，二郎替了德芳亡，三郎阵前马踏如泥，四郎失落在番邦，五郎气得当和尚，六郎精忠报国，七郎乱箭穿了心……”

因为没有剧本，现场说唱，全凭说书人对评书的记忆，要求有四言八句的韵味，说得朗朗上口，说书人滔滔不绝几分钟，就会不停打鼓，这样好有充分时间，在心里把词句组合。由于长期说书，导致略显沙哑的声调，那稍带卷舌的很有质感的口音，把情节说得韵味十足，酣畅淋漓，引人入胜，令人有身临其境之感。说到精彩时，一个个听得是睁大眼睛，紧盯说书人，生怕少听一个字，说到伤心处，那也是轻声叹息，一片唏嘘。那情形，是现在电视剧里的动感画面无法比拟的。记得某次，大伙全都聚精会神听得起劲时，说书人突然拉长声音唱道："东家大娘可听到？不得了不得了，灶壁后有人在撒尿，错把水桶当尿桶啰，赶快去看看是何人？"原来是由于屋内听众太多，走不出去，有人一时尿急，边听鼓书边把东家厨房水桶当作尿桶了。

说书人说得口干舌燥，中途也要稍作休息："各位乡亲稍停顿，等我喝杯茶水润喉咙，抽根香烟过过瘾，再拿鼓槌再追根。"

一部评书就这样，在说书人的现编现卖地说唱到深夜，直到"欲知后事如何，请听下回分解"的鼓声停下。毫无睡意的小孩们，带着意犹未尽的感觉，依依不舍地随着大人听众们，各自回家睡觉去了。当然，我曾把听到的鼓书情节当作真的，沉浸其中，时常在梦里会与鼓书里的人物相遇，骑上马，也和杨宗保一起驰骋沙场，阵前杀敌。直到读书后，学历史，读《史记》，才知道小时候听到的鼓书情节与真实的历史是大相径庭的，只是说书人临场发挥，随意编排，说得添枝加叶，绘声绘色，异常精彩。但在当年没有什么其他娱乐生活的乡下，人们在劳动之余，鼓书就成了唯一乐此不疲地能享受的文化大餐，读书不多的乡下人，谁会在乎这鼓书和真实历史的差别呢！

小时候听的鼓书，随着时光的流逝，如今几乎销声匿迹了。随着科技的发展，电视、电脑、手机等电子产品的普及，人们进入了快节奏的生活，习惯享受"快餐文化"了，说书人的鼓书和鼓声已经远去。但偶尔想起那残存的记忆，耳畔似乎又响起说书人"咚、咚、咚"的鼓声！

照 黄 鳝

章宝贵

“通乌龟，识鳖路”，这是流传在家乡的一句俚语。意思是说在野外抓捉乌龟和老鳖等一些水产品时，应该先要知道并能掌握它们的一些习性，利用相对应的工具，以便于更有效地实施抓捕，这也叫“懂门道”。后来人们将这句话引申到现实生活中来，并赋予了更深的意义，是指在做人做事时，要谙熟一些人情世故的经验，往往会有事半功倍的效果。而当年在乡下，夜间稻田里，用光照捕捉黄鳝的技能，应该也是人们长期以来，通过实践而不断总结的经验。

黄鳝到底是怎么照的呢？当然，得先有“利其器”三件宝：照明工具、夹子、篓子。工具的好坏，是直接关系到捕捉效果的。而这其中，篓子是生在圩区的人家几乎家家都有的。那么首先考虑的是照明工具。在当年，可用的有手电筒，筒状，装干电池使用，也就是赵本山小品里说的上个世纪家里唯一的电器。手电筒有光亮、体积小、操作方便等优点，缺点就是长时间使用费电池，且发热后容易烧灯泡。而另一种相对比较原始点的方法是煤油火把。一根粗铁丝，一端用细铁丝绑上破棉絮，呈球状，浸上煤油。其使用效果也不错，这打着火把照黄鳝，最好两个人“一对手”去合作，一人专司油漆桶改装的油桶和火把，等火把油尽，光照不强时，不时蘸点煤油，好继续行动，另一人专门负责夹黄鳝，这样能大大提高效率。但有一点不好，这玩意油烟重，弄不好一晚上下来，整个人就像烧窑工一样，脸上以及鼻孔里全是黑的，全身都有煤油味。不过尽管如此，也不会影响到照到黄鳝的成就感。

这照黄鳝其次最讲究的应是抓捕工具了。我小时候接触并使用到的，从形式到使用功能，都在不断改进。最早的工具叫錾子，用缝衣针在高温烧后，插入一块塑料板上，密密麻麻，锋芒毕露，看着都有点叫人毛骨悚然，一錾子下去，黄鳝是被錾到了，但粗一点的一蹦跶就溜了，细一点的，因为针刺受伤，很快就死去了。所以，这种实用性不强的工具很快就淘汰了，但是办法总比困难多，接着人们又发明了一种竹制的夹子，两根竹片，做成火钳形状，一端都锯成并列的 W 形的咬合齿状。这种工具较前一种效果大大提高了，后来考虑到经久耐用，人们干脆直接去铁匠铺，叫师傅仿烧锅用的火钳子，做成专门夹黄鳝的工具了。当然，也有“万能”牌的工具，就是徒手抓，这是有一定经验者，才能大显身手的。使用的叫“打丁钩”法，其基本操作是将手握成拳状，唯伸直中指，看见黄鳝，瞬间出手，勾掐住黄鳝脖子。操作的最大难度在于如何把控黄鳝身体部位的点，力度要适中，要做到黄鳝入手，不反抗，行话叫“泥鳅要捧，黄鳝要哄”。尤其是在黄鳝游动的时候，要想眼快手快恰如其分抓捕成功，也非一朝一夕之功了。

家乡自古就是鱼米之乡，自然资源丰富。圩区多水田，田里盛产野生黄鳝。每年在早秧下田时，便可在晚上提灯照黄鳝了，并可一直持续到深秋下霜时。黄鳝属于寒性喜阴之物，昼伏夜出，趁着田间新水，或游于田沟圳口，觅食活动，或委身于水深仅没过脚的稻田里，只露出小脑袋呼吸空气。尤其天作变的下大雨之前，或燥热的初夏夜晚，是水田里的黄鳝出入最多的时候，这就给照黄鳝提供了极佳的捕捉时机。这时节的乡农们，吃过晚饭，相邀或三五一伙，或兄弟一阵，提着火把或电筒，挎着竹制鱼篓，拎着黄鳝夹子，打着赤脚，从家门口的水田开始，在夜风习习、蛙声阵阵中点亮火把，沿羊肠田埂一路照去。不一会，田畈里的火光在弥漫的夜色里散开，若天上繁星，点点烁烁。不时，远处有相问声：“你今晚怎么样？”夜晚的田畈，显得更加空旷，声音总是被传得很远很远。这边听见后，用更大的声音回应：“还不错，逮到好几条大的！”就在这一问一答中，火把已经离村庄越来越远了。不知不觉，已是午夜时分，露水更凉，黄鳝也归穴去了，这时照黄鳝的同伙，互相会用火把或电筒在空中挥舞，以呼应聚合，该回家了。回来的路上，大家互相看看对方篓子里的收获，预算出明天能卖多少钱，那已经被油烟熏得只剩下红嘴唇的脸，露出喜悦的表情。在大家眼里，这照黄鳝，不光是一种乐趣，更多的是，可以作为一种稻粱谋。

在那个人与自然高度和谐的年月，人们的愿望是朴素的。大自然给了人们一方良田，安身立命，养家糊口，还赠送了副产品黄鳝。而人们用照黄鳝的方式，捕捉黄鳝时，也自觉地放养小鳝苗，使照黄鳝成为一种可良性持续的副产业。令人遗憾的是，随着人类文明的快速发展，传统的农耕方式遭到前所未有的颠覆。化肥农药大量无休止地恶性使用，不光透支了祖辈们留下的良田，与良田共呼吸的游虫青蛙、泥鳅黄鳝也遭到了灭顶之灾，更可悲的是，如今的人们向大自然索取的方式，也越来越恶劣，使用剧毒药、电瓶等，用的是“一扫光”的手段，直接加快了许多野生物种消亡绝种的速度。

作为在农村长大的70后，我小时候也有过照黄鳝的经历，读书期间的很多费用，都是来源于照黄鳝的收入。印象中，一次在邻村一处田沟里，遇见了一条又粗又长的“火龙蛇”，被我的火把惊动，突然窜出来，高耸着蛇头，吐着信子，从我的胯下“嗤嗤”而过。吓得我毛管直立，脚下发软，连滚带爬地赶回家后，高烧两天不退，母亲说我是吓得魂魄离身，于是三根筷子，蘸上清水，在我头上点点戳戳，嘴里念念有词，每顿开饭时，母亲端碗站在大门口，喊着我的乳名三遍，才让我吃饭，说是招魂续魄。也就自此后，母亲亲自毁了家里的鱼篓，再也不让我们兄弟晚上下田照黄鳝了。

记得几年前，在老家，和一直生活在农村的二哥聊天，说到当年照黄鳝的情景时，已经年近半百的二哥，放下手中的酒杯，不无感慨地说：“现在的水田里，别说黄鳝，连蚂蟥都没了！”

摇 大 鼓

章宝贵

一担挑子走乡串村。

挑子的两头，分别是竹制团篮上加有镶着玻璃框的长方体的展示柜。那团篮很有特点，圆柱体，高约有70厘米，篮子的两边逢中各有一根支柱，顶端有横单，是为了便于套入扁担。篮子主体一般是编花的工艺，有镂空图案，可以隐约看见里面东西。一个人挑着一条长长的扁担，头顶草帽或斗笠，脖子上吊着一条长毛巾，一手搭扶于肩上的扁担，一手向上挥着一面装着手柄的大鼓，大鼓两边鼓帮上对称地系着两个小球，随着挥动的节奏，发出"噗咚噗咚"的声音，清脆、浑厚、紧凑，由远及近。这就是二十世纪七八十年代，乡下最常见的场景——摇大鼓。说是大鼓，其实并不大，由于是靠左右不停摇晃才可以发声，所以又叫拨浪鼓。人们太过于熟悉这鼓声，久而久之，形容狠命摇头表示不懂或不知道时，会说"把头摇得像拨浪鼓一样"，甚至还有了"摇大鼓的掉桥底下——不懂（噗咚）"，这句俗雅共赏的歇后语的流传。

摇大鼓，其实就是省略了主语的卖货郎，有意思的是为什么叫

"郎"，而不是叫"卖货人"或者其他什么称谓呢？首先这"郎"指的是男人，大概是因为这挑着担子下乡卖东西，女人无法胜任，几乎都是男人的原因。还有，这"郎"是女人称呼男人的，而这卖货郎卖的也大多数是女人要用的东西，也就是说，女人才是这卖货郎的主要客户。所以，被称作"郎"也就不奇怪了。其实，在家乡枞阳境内，除了叫摇大鼓的，还有诸如卖零细的、挑小担的等更通俗形象的说法。

说到卖货郎，其历史应该很悠久了。至少有据可查的，在张择端的《清明上河图》上就能找到卖货郎的挑子，不过，那大宋繁华如梦的东京汴梁城里的卖货郎，摇不摇大鼓就不得而知了。在我小时候，时常听隔壁二爹爹谈古文，眉飞色舞地说《小罗成招亲》，可带劲了。这帅哥罗成，模样英俊潇洒，白袍白马银枪，威风凛凛，冷面神武。按照现在的说法，应该是个超级型男。在《智破孟州府》的故事里，罗成乔装打扮成摇大鼓的卖货郎，使用"美男计"，不但破城成功，还娶得美人归，一举两得。每次说完故事，村子里人都叫"小害鬼"的兵子，总吵着二爹爹再说一遍，二爹爹眯着眼，笑呵呵地伸手摸摸兵子的大脑袋："你这小害鬼啊，只顾着听文又不长记性，长大了，要是看上哪家姑娘，也就学学小罗成去人家门口摇大鼓，可晓得哉！"引得大家笑哈哈地散去。罗成是隋唐时期的风云人物，至于他化装成摇大鼓的诱敌之计，是历史真相，还是后人杜撰，这也就不好定论了。不过在现实中，并未见到故事里的"罗成式"的摇大鼓的。在那个交通很不便利的时代，摇大鼓的挑着担子，全靠脚力，徒步跑遍十里八乡，早出门晚归家，也算是很辛苦的工作了。

在那个物质匮乏的计划经济时代，乡下人想买点东西，也实在是不容易。摇大鼓的平时进村不多，但在每年秋收后到春节期间，乡下人相对闲下来了，尤其是勤劳的家庭主妇和待字闺中的姑娘们，总能在摇大鼓的挑子上，找到自己中意的东西。摇大鼓的也就利用人们这个需求，有规律地三五天来一趟，进村就拿手上的大鼓“噗咚噗咚”一顿猛摇，然后找一处住户集中、朝阳避风的地方，卸下挑子，摘下挂钩上的小马扎凳子，坐下，再是一通鼓声，一阵吆喝。不一会，大姑娘小媳妇们，三三两两地围拢过来了，当然，“摇鼓一响，脚板发痒”的还是充满好奇心的小孩子们，连蹦带跳地第一时间赶到，围着挑子打转。这挑子里的货物，尽管都是些针头线脑的小东西，但像个百宝箱似的，东西特别多！剪刀纽扣花线缝衣针，梳子篦子镜子胭脂粉，蒂索蜂蜡香脂头油精，带子头花发夹大头钉，还有小孩子们喜欢的吃的玩的。玻璃柜里分格摆着，团篮内部层层叠叠码着，四周还挂着，五花八门，琳琅满目，应有尽有。大人们挑好东西付过钱，有说有笑地陆续离开了，孩子们还总是意犹未尽，看着那弹子弹弓气球橡皮筋，还有极具诱惑力的黄豆粒大小的彩色糖果，馋巴巴地吞口水。好在，摇大鼓的卖货郎是懂孩子的心理的，他会很温和地冲着孩子们说：“回家找找鸡鸭鹅肫牙膏皮，拿来换！”这时孩子们一溜烟去又一溜烟回来，还真能在家里的厨房里或窗台上找到几个鸡肫皮，能换一袋糖果或气球什么的，心满意足地跑开了。

行有行规。当年乡下如算命的、阉猪的、剃头的，同行之间都有不成文的规则，各自都有自己的地盘，互不串区，互不干涉，相当于现在的区域代理，这摇大鼓的亦然。在我的记忆里，经常来村子里摇大鼓的卖货郎，胖胖的，个子不高，大家都用“兄弟三个一样长”来调侃他挑着担子的样子。因为常来，大家交往熟悉了，干脆叫他绰号“武大郎”。这“武大郎”，人精明，说话语速很快，却又偏偏有点口吃，但广告词是一套一套的。有人来挑选针线，他会说：“就，就，就我这是，是，是老牌钢针，五分钱两根，经济实惠，经久耐用！”说着，还不忘动作幅度很夸张地用手张开五指，又收回改作剪刀手，神乎其神地比画着。有人买香脂，他马上抢着说：“我，我，我的香脂‘雀翎’牌，能香，香，香几条街，就是香，擦在脸上，大，大，大嫂变成大姑娘!”惹得围观的众人开怀大笑，他也跟着呵呵笑，生意在开心的气氛里成交了。

“武大郎”就这样和村里人打成一片，相处融洽，鱼水相依。但有一次他和大家闹了一场误会。那是因为村子里的大婶们，在挑选做鞋子用的锥子并成交后，“武大郎”发现货物的数量不对，本来就是小本买卖，一下子掉了三根锥子，他那个心痛啊！于是他不依不饶地和大婶们较上了劲，几乎一个下午在村子里发牢骚。说话口吃的他，急得满脸通红，眼睛微闭，嘴唇颤抖，为了让自己吐出话来，竟狠劲地揪着自己的大腿，很无辜地总是重复着一句话：“明明之之（方言，明明白白的意思）三根锥子！怎么会不，不，不见了!”为这事，大家都不愉快，不欢而散。直到事后他再次摇着大鼓进村，刚卸下担子，只见“小害鬼”兵子的父母，领着兵子前来道歉。原来，那是“小害鬼”兵子的一次恶作剧。事情是缘起于兵子看上了挑子里的一只弹弓，他心想父母是不会同意他买的，他便动起的歪脑子，几次下手想偷来。谁知这“武大郎”对这帮捣蛋鬼们早有防范。无从得手的兵子，竟然在家里瞒着父母，在鸡窝里摸来几只鸡蛋，说和“武大郎”换货交易。“武大郎”是从来不干这种事的，哄着兵子说，回去叫你父母来。当然，这事肯定黄了。兵子也从此对他怀恨在心，某次，趁着几位大婶在玻璃柜台上挑选锥子的时候，竟然浑水摸鱼一口气偷了三根锥子溜走了。

事情也就此水落石出了。兵子的父母说，锥子已经被兵子全部弄坏了，愿意赔钱。谁知，这“武大郎”一挥手，笑着说：“小伢子不懂事，算了！算了!”说着，挑起担子挨家挨户地找上次买锥子的大婶们道歉去了，说他误会了大家，请大家别见怪了。

随着市场经济的快速发展，下乡卖货的挑子作为商品经济的雏形，在社会发展的过程中，成了一种历史的符号，渐渐淡出了人们的视野，一如“武大郎”挑着他那货担子，摇着那“噗咚噗咚”的鼓声，摇晃着离开村庄的背影。

斗腿脖

齐永平

斗腿脖，那是小时候枞阳乡村男孩子间流行的一种游戏，或者叫“斗铁脖”更符合日常的口音。在东乡，如白梅，斗腿脖则被称为“kuǎng腿”，“kuǎng”又是方言，常听到枞阳人的告诫：“别kuǎng我啊！”意为别惹我。中年时期，我发现多年来受到的语文教育一遇上方言就显得特别的苍白无力，许多音节找不到合适的汉字来表达，同音字替代都困难。方言，在同官方语言的对抗中有着顽强不屈的骨气。当然，精辟的方言让老乡间的意会更亲切，却给书面表达带来些许困境。

作为游戏，斗腿脖不论姿势和规则都极简单。要领是一条腿站着，有点金鸡独立的气派，双手或一手抱起另一条腿，也有拎着裤腿的，一不小心，“嗤”的一声，裤子被撕成两半，回家少不得吃两下扫帚。游戏的方式就是用膝盖撞击对方的屁股、大腿、膝盖甚至是手，直到对方的两腿落地方才算赢。那些受打击的部位中，大腿是重点照顾对象，尤其是某个地方，我们称之为“酸筋”，撞上了又酸又痛，往往可以一击制胜，以弱胜强的，多是击中此处。

斗腿脖可以独斗，也可以群斗。独斗就是一对一，志同道合的俩孩子，利用课余，躲开老师，在走廊、操场甚至是教室里拉开架势，如同斗鸡一般，斗得个烟尘四起，斗得人仰马翻，也不喊痛。如果一个孩子自觉实力超过对方许多，往往允许对方找个帮手。初中时，我就时常和一个小个儿的小马同学合伙挑战一位大个子同学，三个人有空就纠缠一起，我和小马在正面都无法抵抗大个子，只好一个人在前躲避，另一个赶忙在身后攻击，期望在对方顾此失彼中发现漏洞，或者就是拖败对方。

群斗，一般在放学后的操场上，时间和空间都很富余。几个孩子王选兵挑将，大体势均力敌，然后一声令下，十来个孩子甚至几十个孩子逐对厮杀，场面颇为壮观。偶尔也有擂台战，一个个地出场，打淘汰战，剩者为王。孩子们的世界很单纯，特别讲究公平和不欺弱小的原则，实力悬殊的一般不会对上，真的遇上，点到为止。不然，那身高一米七八的强壮小子还不把一米出头的小个儿撞伤？但是说句老实话，“咕咚”一声摔倒一位高大的孩子，却最让孩子们津津乐道，如果胜利者是位个头矮小的，定会被视为英雄。群斗更多的时候发生在班级之间。譬如二班的某个孩子瞧一班的某个孩子不顺眼了，或者就是纯粹想切磋下技艺，双方斗了一回。失败一方回去找人帮忙，战斗就会升级。最终好热闹的男孩子会把斗腿脖上升到班级之间的战斗，往往一群人斗得七歪八倒，只剩下几个高手酣战。

斗腿脖不纯粹是力气的较量，也讲究技术。对战的双方，小心地试探，测试对方的力量和速度，以期扬长避短。有人身高腿长，行动如风，再一借助地利，三下五除二就让对手缴械，甚至望风而降，真的是威风凛凛；也有人小巧玲珑，转身极快，善于躲闪，明明要撞上了，他能借势消去冲劲，同实力高于自己的对手也能周旋一番；有的人喜欢速战，大步跳跃，口中“啊啊”呐喊，向对方狠命冲撞；有的人耐力好，最能折腾，磨得人腿酸脚麻，他则乘机获胜；最有男儿气概的算是膝盖与膝盖的碰撞，那是强硬对话，常见于身高、力气相当的同学中；也有耍赖皮的，譬如一看你冲来，迅速放下腿脖，又迅速拿起，让你找不着打击的地方，又不挨地，当然不算输，再搞点手上的小动作，一手抱腿，一手拉着你的衣角，其行为一如当今的足球场、拳击场上的拉扯；顶赖皮的就数那些仗着速度快的人，表面上气势汹汹，一看要接触，转身就逃，斗变成了跑的比赛，不过，这是弱小者的必习的技巧。

斗腿脖虽然四季都行，但最适宜的季节莫过于冬天。一来冬天衣厚，斗起来不疼，摔一跤也不过沾些灰，爬起来再斗；二来大冷天的，坐在课堂里缩手缩脚的，斗一斗，浑身发热，可以御寒。

斗腿脖终归是一种带暴力性质的游乐，虽然孩子们缺少营养但皮实得很，极少有受伤的。但斗腿脖终究不为官方认可，一旦发现，严师一要训话二要罚站，所以看见几个人被罚成一排站在教室外，不一定是上课调皮捣蛋，十有八九是缘于斗腿脖。但那个年代，体育器材极少，娱乐活动也极少，好勇喜斗的男孩们从骨子里喜欢这种集力量、速度和技巧于一身的活动，虽屡受呵斥仍乐此不疲。当年，从小学到初中，它伴随着我成长，到了高中时，男孩们也要假装斯文了，才恋恋不舍地远离了斗腿脖。

如今，时代变迁，孩子们游戏的花样多了，身体却嫩了些，这种磕磕碰碰的游戏极少见到了。

连　　枷

齐永平

在这收割的季节，我拿起连枷，满怀喜悦，以为可以找到二十年前的感觉。可是没一会儿就觉得手臂僵硬，力道散乱，没轻没重，全然没有想象中得心应手的感觉。并非连枷笨重，相反十分称手，只是不务农事已久，我与连枷的感情已然淡漠，不像从前了。

而少年时却非如此，我企盼一件好的农具不亚于企盼一顿美食。干农活时，拿到一把刀口锋利、木柄磨得舒适的镰刀，或者手握一柄又轻又快、重心适中、手感舒适的锄头，自有一种挥洒自如的喜悦感；如果是一口笨重、毛糙的农具，干活时非但又慢又费力，心里更是沮丧。可惜最好的农具一般由狠劳力优先享用，我们那样的半大小子们很少沾手，碰上爱惜的家长，干完活后，还把农具擦得干干净净地挂在壁上，挨都不让挨。有个伙伴趁大人没注意，把家里的好锄头带到学校挖树坑，结果放学回家吃了一顿骂，发誓长大后置几把全世界最好的锄头，全借给别人用也不给家人用。由此可见，村庄里的人和农具的感情何等深厚。当年，有些人家里农具齐全，他家的小孩居然以此为傲："你家没洋镐，你爸还向我家借。"这样的话很能让打口水仗的一方哑口无言，就此败北，一点也不比如今比爸爸当多大官做多大款爷逊色。

那些农具中，我有点偏爱连枷。乡村里的连枷多是群居的，家家都有好几件，半大小子也有量身定制的专属连枷。因为比起别的农具，连枷制作简单，不需求助铁匠、木匠那些神气活现的稀有人士，砍一棵竹子，找一些废铁或者铁丝，拿些破布破片，就可以制作一柄合手的连枷了。大人用长柄厚实的大连枷，小孩子就用轻巧的短小连枷，我少时的伙伴不是从收割就是从打连枷开始尝试农活的。那个时候，每个村庄都有一块大稻床，一家一小块，也没明显的界线，但从没人弄错，都在心里呢。天一热，油菜连着小麦，大人们拿出连枷，片片索索地编编，再放到水里浸浸，连枷就可以大显身手了。那时，扛着一把连枷，于少年的我而言，仿佛扛着军旗的先锋大将，气昂昂的，不过要是扛两三把，晃晃悠悠的，就有点别扭了。

我喜欢连枷，还因为打连枷是件轻活。那么些农活中，插秧、割稻、锄草，哪样不弯腰？哪样不把人的腰累得酸痛？“青蛙无颈，小伢子无腰”，大人说得好听，还不是想让我们这些半大的孩子能耐着性子收割。打连枷就有趣得多了，五六月的大晴天，稻床上一丝风都没有，油菜或者麦子什么的齐整整地平铺着，人们竖起连枷，对着油菜角或麦穗甩下去。大人们悠悠地用劲，连枷划成一道道美丽的弧线，奏出欢快的丰收乐曲。有时两个人一进一退，连枷一落一起，节奏不缓不急，眼瞧着厚厚的庄稼一点点变薄，一遍打完，翻过来又变厚变松了；有时三四个人排成一行，齐头并进，煞是威风，如雷的连枷声响彻稻床，回荡在因收获而显得特别忙碌的乡村里。而孩子们却是凭着兴致，高举着连枷，急速地舞动着，“砰砰”乱打着，浑身的力气仿佛用不完；偶尔，两柄连枷在空中便咬住了，纠缠在一起，调皮的孩子称之为“连枷打架”。没一会，孩子们生猛的劲儿就松懈了，连枷也东倒西歪的了，当然少不了一顿数落。

打麦的时候，间或还有“艳遇”，那金黄的麦捆中居然夹带着一种黄色的野瓜，婴儿拳头大小，幽香扑鼻，甘甜可口。我猜测是野香瓜，为此我割麦时特别留心，可是失望居多。世上的事就是这般，有心栽花花不开，无意插柳柳成荫。

多年以后的记忆中，出现更多的是这样的场景：无遮无挡的日头，尘雾弥漫的稻床，打连枷的人先是汗珠密密地沁出，接着就是汗水肆意地流淌，皮肤先是发烫，渐渐变红变黑，口内如同生烟，世界已经远去，只剩下这一块火熏熏的场地。毕竟，再轻松的农活，也是“面朝黄土背朝天”，也是“黑汗淌，黄汗流”，打连枷并非舞步般轻盈，其质感一如大地般沉重。一场劳累，大人们终于同意歇息。躲在稻床边的树荫里，人们围着泡满大茶叶片的茶壶，喝着凉茶，聊着收成；打麦的时候，间或还有香喷喷的小麦粑充饥，那更惬意了。当年，我“咕咕咚咚”地喝着凉开水，狠狠地咬着麦粉粑，全然忘了劳累，以为世上最舒服的事莫过于此了。后来有一段时间我回忆起那段经历很是羞愧，认为自己为孤陋寡闻、毫无境界，可是如今却感到那种单纯、那种简单的幸福很可贵，也许，我的生活状况有着太多的百无聊赖。

放下连枷，我无比感伤。“笑声歌里轻雷动，一夜连枷响到明”，悠游田园的范成大如斯说，那样的情景我小时没遇上，现在更不用说，我想那是诗人遇上丰收年景的豪情放纵。如今，空旷的大稻床逐渐消失了，取代的是门前的小水泥坪，有了脱粒机，连枷这样有着千年高龄的农具也很少出场了。将来，也许只有时髦的“农家乐”里才可以找到它的身影了。

开　秧　门

钱闻萍

谷雨时节，是农事最繁忙的时候了。最为重要的事就是插早稻秧，这是绝对不能错过的季节，因为它是一年丰收的希望。

在我们枞阳一带农村，农民对插一年之首的早稻秧非常重视，对开始拔秧也十分地讲究，俗称开秧门。选择好开秧门的日子，一般的是从稻种子下田开始计算，秧龄为25天，也就是清明就要浸泡稻种了，叫下清明子。立夏前结束早稻秧的栽插，要严格把控秧龄，否则早稻就会没好收成。据说开秧门的日子一般选单日，说是“早”字上发了两棵小苗便成“单”字，故单日意味着早稻发苗好，有旺盛之意。

开秧门的头天晚上，男人要准备好犁耙等做秧田的工具，检查它们是否完好无损，破解好扎秧把用的苗叶（竹林里包裹竹笋的棕色的叶子）。牛要用黄豆和糯米煮饭喂养，喂牛需两人有条不紊地操作，一人扳开牛嘴，一人用毛竹做成的竹筒盛饭倒入牛嘴，一口一口地喂，以感谢牛的辛苦。另外，男人还要准备好开秧门用的烟花爆竹、糖果和糕点等，女人则要煮好鸡蛋或咸鸭蛋，准备好茶水。

清晨五点左右，东方微亮，晨曦初露，潮湿的空气中弥漫着野花和泥土的芳香。一家人就带好工具来到秧田边，男人便摆上鸡鸭蛋，点上一炷香，然后开始燃放烟花爆竹，以示感谢大地赐予他们粮食，祈求神灵保佑他们丰收。然后，拔秧人围坐在一起吃蛋喝茶，糖果和糕点等分发给前来祝贺的乡邻们。

拔秧时，家里的主人要先下田拔 8 个秧把，其他人才能下田，说这也是“发”的意思。这时男人就开始做秧田去了，男人做田也很讲究，田里的泥土松硬度直接影响着插下去的秧苗的发棵，于是有经验的男人们都十分认真地用田犁耙着。需要做多少田，要根据拔秧数量和插秧人数精准计算而定，不能插过夜秧。

傍晚时分，一天的劳作结束后，人们高兴地收拾好工具，披着那似火的晚霞，聆听着布谷鸟的鸣叫声，走在那条湿润的田埂上……

家乡的野腊菜

陈育宁

立冬过后，广袤的田野卸下了绿妆，庄稼已经颗粒归仓，作物开始枯萎衰败，大地一片萧条，渐渐变得像一张发黄的老照片。

收割脱粒后的稻草横七竖八地躺在一块块稻田里，远远看去，犹如空旷的田野盖上了一层厚厚的黄色羽绒被；荷塘里，零星的枯荷似残兵败将，病恹恹地躺在泥水里呻吟、残喘；圩埂上堤坡下，一些晚结的南瓜还泛着青，像一个个大癞蛤蟆，慵懒地隐秘在已经枯萎发黑的藤蔓中。高高的圩埂堤坝灰头灰脸，这一切无不在传递着冬季到来的信息。

但生命永远都存在，庄稼一直都在生长，广阔的田野就是生命场。种植的，野生的，草木如人，自枯自荣。垂柳虽然没了往日的生机，立在岸边依然风姿绰约；绿油油的麦苗刚冒头，犹如豆蔻年华的清纯少女，是冬天土地上最美丽的庄稼；厚实的蚕豆叶梗婷婷伫立于天地之间，为抵御风寒一株株抱成团；田垄上，一畦畦油菜长势喜人，宽大的叶片像农民一双双勤劳的大手，开垦出来年的希望；农民的菜地里，雪白的大萝卜争先恐后地从地底下拱出头，好奇地打量着这个世界，花边样的萝卜菜叶挤挤挨挨，似一群梳妆打扮好赶着抢镜头的美女；更有那些命硬不怕冷的野菜，任劳任怨地爬上了田间地头，任风霜雨雪肆虐毫无畏惧，在荒野中恣意生长，给冬天落寞萧条的大地带来绿色生机。

世界本来就是这样，一些美丽的东西消逝了，另一些美好的希望正在悄然来临，看似荒废的时刻，也会有令人意想不到的惊喜。

去年冬天和两位邻居大姐一起去野外挖荠菜。刘大姐见多识广，对家乡野菜如数家珍，见她蹲在大坝下的田洼处，用铲子动作麻利地在铲一种野菜，叶片看似油菜又像萝卜菜叶，正纳闷着，刘大姐告诉我这叫野腊菜，很香的，腌了胜过雪里蕻，烧排骨、炒肉丝，味道香醇。这是我和野腊菜第一次野外相逢不相识，我蹲下来跟着刘大姐仔细辨认，只见有的叶片边缘带刺，稍不留意便扎了手。我铲下一棵放鼻子下闻闻，有一股熟悉的雪里蕻的清香。

大地不老，阳光普照。我似乎永远无法抗拒原野对我的诱惑，眼下又到了初冬，我急不可耐地约两位大姐再次同去原野找野腊菜。一个晴好的下午，我们穿过枞阳大闸，沿着安广江堤，下到堤下，沿着羊肠般的田埂向田园深处走去。空旷的田野并不冷清，农民在稻田里忙着收干稻草，见到我们笑盈盈的。我们向他们打听何处生长野腊菜，憨厚的农民指着远处长长的圩埂，告诉我们那儿有。顺着他们手指的方向寻过去，果见老圩下僻静处，成片成片的腊菜长势茂盛。那地方绝对没受到现代工业和农药的污染，绿色环保纯天然，宽大的深绿色叶片大开大展，像盛开的天山雪莲，在被庄稼人弃之的地角沟洼中自顾美丽着，四周遍布无数纤纤小棵，形如新疆姑娘一头细长的发辫，看似油菜又像萝卜菜叶。我用剪刀小心翼翼剪下蓬蓬一大棵，感觉比雪里蕻更香更醇。

我们都收获颇丰、满载而归。回家选取部分纤小细嫩的洗净，用开水焯下可做成清凉的凉拌菜，或用红辣椒素炒，鲜香爽口。剩下的摊开或挂起晾着，待到叶片焉了、茎秆略瘪，便剪掉老梗抖净泥土洗干净，放入一只大瓦钵撒上盐，卷起袖子双手均匀揉搓，直到盐粒融化，茎叶渗出水，再装坛挤压密封，上面压上一块光滑的鹅卵石，让菜压进水里，明春可慢慢享用。一个月后，打开坛口，一股冲鼻的清香扑面而来，抓一把洗净，切碎，与红烧的猪排骨一起做成美味的冬季火锅菜，独特的香味令人回味无穷；煮鱼的时候，放点腌制好的野腊菜，加花椒一起煮成让人口舌生津的麻辣酸菜鱼。

春天来临时，选个阳光好的日子再去摘取嫩嫩的腊菜薹，也可将坛子里吃不完的腌腊菜抓出，烧开水焯下晒成霉干菜，霉干菜是家乡的一种土特产，五花肉焖霉干菜是大多数家乡人都熟悉的一道菜。也许是在腊月里上桌的菜，人们就 叫它腊菜吧，也有叫野油菜或野雪里蕻的，冬日里天寒地冻依然郁郁葱葱。它们看似平凡，微不足道，却无怨无悔地奉献给人类做冬季难得的绿色佳蔬。

野腊菜不仅味美且含有丰富的蛋白质、粗纤维及钙、磷、铁等多种矿物质，性寒，具有祛病、清热利便、清肝明目的功效。黄灿灿的野腊菜花能与油菜花媲美，夏天的菜籽能提炼出比市场上更香更独特的菜籽油。因口感粗糙汁味清苦，过去一直被人们忽视，就连一般动物都很少理会它。如今生活水平提高，人们大鱼大肉吃腻了，开始崇尚天然野生蔬菜，野腊菜才渐渐被人们青睐，成了受市民欢迎的佳蔬，甚至上了饭店的餐桌。本人近日体检查出甘油三酯偏高，医生建议少吃动物脂肪多吃蔬菜，野菜无疑成了我的首选。腊菜虽苦，细嚼慢品，苦中有乐，余味无穷。

人们总是对眼前的小幸福持一种漠然的态度。《挪威的森林》中，在读大学生渡边先生通常喜欢在天气晴好的星期日，亲自动手洗衣服并拿到楼顶晾晒，傍晚收回再将皱巴巴的衣服熨得平平贴贴，视烦琐的洗衣熨衣是非常愉快舒服的事。日本作家村上春树也喜欢星期天外出购物，将买回的内衣内裤洗干净后，像卷寿司一样一件一件卷起来整齐地码进衣柜里，他称这为“小确幸”，细小而确切的幸福。行走于大自然中，蹲在地上四处寻找美味野菜，虽很累但我却感觉很开心，不愉快与汗液一起随汗孔排出体外，双手不厌其烦地反复揉搓，将对家人的一片爱揉进菜中，让生活过得有滋有味，这也是我的小确幸。

跋

贴近大地的呼吸

钱叶全

8年前，我在主编《枞阳历史文化名人》时，在书的附页策划了60个文化项目。当时有人以为空穴来风或异想天开。这些项目有什么意义？能够实现吗？实际上，作为文联主编这本书确实不具备文化项目的策划职能，但我还是坚持把这“异想天开”的60个文化项目附录了上去。我知道，一本书要走很远的路，枞阳文化精神的表达绝不能停留在一本书上，而更重要的是在政府肩上，在枞阳民众的唤醒上，在枞阳山水大地的空间表达上。

空间表达是一个陌生的词汇。相对于文学的表达，空间表达是一种城市语言。进绍兴城，有一句口号——沿着课本游绍兴，鲁迅先生在课本中的文章是文学的表达，而我们能够走进去的鲁迅故居就是绍兴城市的空间表达。从文学表达到空间表达，有本质的跨越，文学表达是历史传承，空间表达则是创新传承。我们从读进去的历史与走进去的历史得到的信息是不一样的。随着枞阳的对外开放，枞阳对外的精神表达不能仅仅停留在一套丛书上，而要关注人的脚步。人们来枞阳感受什么样的文化？是“静态”的历史文化还是“动态”的历史文化？是面向过去的文化还是面向未来的文化？其实很简单，人们在枞阳作短暂的停留，不是进入枞阳厚重的历史隧道，而是自身生命的体验。在枞阳优美的山水中，生命有一次感动，文化有一次碰撞，信息有一次交流，足够。所以编一套丛书，不要期望人家在枞阳轻快的脚步中背上厚重历史文化的包袱，枞阳呈现给客人的应该永远是大美山水、和谐乡村、淳美乡风和在山水之间的微笑。这才是枞阳，才是枞阳的原生态。但枞阳又是一个历史文化厚重的城市，有着鲜明的地域文化精神，在枞阳的历史、现实和未来中，文化精神有着持续的生命力，隐寓于枞阳生生不息的文脉中。城市的空间表达就必须完成这种职能的转换，让枞阳山水充满着历史脉动，从而实现枞阳文化精神的对外传播。荣格认为，历史的积淀是一种集体潜意识，通过表达可以上升为集体精神，这种精神凝聚着地域文化的心理能量，不仅承接历史，更重要的是唤醒现实和照耀未来。

本套丛书梳理了枞阳文化的十个系统（当然不止这些），历史文化居多，如《枞阳历史名人传略》《方以智传》《钱澄之传》《枞阳文选》《枞阳诗选》等。选编这些历史文化入丛书，主要考虑枞阳历史走向的一个纵向坐标，在这个坐标轴上，“人杰地灵”，以枞阳历史名人为特色，枞阳大地自古以来创造了极具地域文化个性的灿烂文化。如：方以智，代表了明清中国科学文化的高峰；钱澄之，代表了以诗记史中国明清诗歌的高峰；方苞、刘大櫆、姚鼐，代表了“桐城派”文化的高峰；吴汝纶，代表了中国近代教育转型改革实践的高峰；朱光潜，代表了中国美学开创者的高峰等。诞生在枞阳大地上的这些历史人物，他们的文化成就远远超越了地域文化局限，而成为中国和世界的文化巨人。因此，我们选编这些历史人物，不是狭隘的地域文化观，而是丰富和发展中华文明、中国文化，在时代的坐标点上，诠释“诗人之窟、文章之府、气节之乡”与长江文明的关系，与中国文化的关系。在空间表达上，长江是中华文明的摇篮，枞阳文明与长江文明一脉相承，枞阳浩如烟海的人杰与长江之滨的这块土地存在文化上的源流关系。枞阳是中国文化的重要发源地和创新地。“勉成国器”，吴汝纶伟大的教育思想揭示了枞阳人的文化胸怀。

空间表达的另一层含义就是“地灵”。姚鼐曾语：“独浮屠之俊雄，自梁陈以来，不出二三百里，肩背交而声相应和也，其徒遍天下，奉之为宗。”浮屠，即枞阳浮山，即以浮山为文化圈的枞阳长江流域。现在的地域概念是，县域面积1808.1平方千米，吴头楚尾，长江流经县域84千米，境内四大湖泊水系，均与长江相通。汉武帝在枞阳射蛟置枞阳县，2100年文明史，江水东流，枞阳文化生生不息。而浮山就是一座典型的文化山，位白荡湖之滨，与江水相通，历代名人高僧纷至沓来，留下大量摩崖石刻，出现“浮屠之俊雄”，使枞阳文化自唐以来交流日盛推动“人杰”汹涌。而“地灵”的另一个方面就是枞阳特有的地域环境和地域习俗，经过多年历史积淀，形成枞阳特有的文化基因，进入枞阳人血脉，如《枞阳非遗》《枞阳民俗》等，在“耕读传家”的文化背景下，枞阳人为什么重气节，枞阳人为什么重血性，枞阳人为什么重读书，在枞阳的地理环境包括饮食习惯、语言结构、风土人情中都会找到答案。尽管整理不全面，但揭示了“人杰地灵”的人文地理关系。这是枞阳人真正的家园，也是枞阳人深刻的乡愁。我们眷念这片大地，是因为我们与母亲的呼吸贴得太近。

“枞阳文化丛书”得到顺利编纂，作为主编，我诚挚感谢钱王刚、王乐群、陈靖等十位分册主编的赤子情怀和心血奉献，感谢县委、县政府在枞阳发展的重要节点上高瞻远瞩的文化视野和丛书组委会的决策落实。应该说，这是枞阳的盛事，是枞阳人乡愁的表达，是枞阳文化人的骄傲和自豪。

但我们深知，创新是文化的生命。“丛书”提供的资源能不能上升为枞阳文化精神，转化为枞阳城市的空间语言，任重而道远。旗山公园汉武阁竣工时，《枞阳杂志》发了一篇评论《望长江》，写下这样一段话：“枞阳发展的历史和未来都告诉我们，枞阳发展的成就来源于放眼世界的包容和开放；枞阳发展的未来也一定是世界的枞阳和枞阳的世界。”汉武阁正是这样一双为枞阳人打开全球化视野的眼睛。文化不仅是继承，更重要的在于创新。

2016 年春，江风浩荡。我的身后是枞阳乡村的阡陌和炊烟。大地温暖，母亲仍在劳作。

（作者系县文联主席、“枞阳文化丛书”主编）